Bibliothek der
phantastischen Abenteuer
Herausgegeben von
V. C. Harksen

Über dieses Buch Der Roman spielt zu Beginn der dreißiger Jahre unseres Jahrhunderts in Britisch-Guayana. Der wohlhabende Unternehmer Ralph Nevinson lädt den jungen Maler Milton Woodsley, einen Freund der Familie, ein, ihn und seine Frau und Tochter für ein paar Tage auf die am Berbice-Fluß liegende Dschungelstation Goed de Vries, einen Außenposten seiner Firma, zu begleiten und dort ein paar Bilder zu malen.
Aber schon bald stellt sich heraus, daß Nevinson damit noch einen anderen Zweck verfolgt: Er braucht Hilfe. Von einem alten Indio hat er ein geheimnisvolles Pergament geerbt, das ihm, solange er es nicht berührt, Glück bringen soll, aber sein Verhängnis bedeutet, wenn er es anfaßt. Nevinson, ein leidenschaftlicher Amateurhistoriker, hat der Versuchung, das Schriftstück zu entziffern, nicht widerstehen können. Er hat das Pergament in die Hand genommen. Wenige Tage später tut seine Tochter Jessica das gleiche. Später fassen auch Milton und Mrs. Nell Nevinson das Pergament an. Von diesem Augenblick an verfolgt sie das Spiel einer unsichtbaren Flöte, die immer näher kommt und sie Tag und Nacht quält.
Ralph Nevinson hat das Schriftstück entziffert. Es enthält den Fluch des 1763 beim großen Sklavenaufstand umgekommenen holländischen Farmers Jan Pieter Voorman. Er verwünscht jeden, der das Pergament berührt, so lange seine Flöte zu hören und seinen Geist zu sehen, bis er ihm entweder ein christliches Begräbnis gibt oder ihm in den Tod folgt. In einem Anhang gibt er genaue Anweisungen, wo man seine sterblichen Überreste und die Flöte finden kann. Aber diese Anweisungen sind wertlos, denn in den vergangenen fast 200 Jahren ist das damalige Siedlungsgebiet vom Dschungel überwuchert, und alle Landmarken sind verschwunden. Die Farm muß jedoch in der Nähe von Goed de Vries gelegen haben.
Obwohl sich Milton und die drei Nevinsons bemühen, das Ganze als Aberglauben abzutun, werden sie immer unruhiger, als die Flöte immer näher kommt ...
Der besondere Reiz des Buchs liegt im überzeugend dargestellten Grauen der Flöte, die lockt und warnt und zusammen mit Voormans Aufzeichnungen die Fassade aufgeklärter Nüchternheit immer mehr abbröckeln läßt, bis schließlich der Mensch mit seiner Urangst zum Vorschein kommt ...

Über den Autor Edgar Mittelholzer wurde 1909 in New Amsterdam auf Britisch-Guayana geboren. In den 40er Jahren ging er nach Trinidad, lebte in der Folge auf Barbados, in Kanada und schließlich in England. Seine zahlreichen Romane zeichnen sich durch stilistische Vielfalt und große Experimentierfreude aus. In deutscher Sprache erschien von ihm bisher nur der spannende Historien-Roman »Kaywana« (1954).
Mittelholzers autobiographische Schriften zeigen auch eine Begeisterung für Geschichte, für die Vergangenheit Guayanas, insbesondere die von Berbice, des ältesten der drei Verwaltungsbezirke von Guayana und gleichzeitig die ursprüngliche holländische Kolonie, in die Mittelholzers Vorfahren als Beamte auf die Zuckerplantagen kamen. Er starb 1968 in London.

Edgar Mittelholzer
Gebein und Flöte

Roman

Aus dem Englischen
von Waltraud Götting

Fischer Taschenbuch Verlag

Deutsche Erstausgabe
Veröffentlicht im Fischer Taschenbuch Verlag GmbH
Frankfurt am Main, Oktober 1989

Die englische Originalausgabe erschien 1955
unter dem Titel ›My Flute and My Bone‹ bei Secker and Warburg, London

Umschlaggestaltung: Die Titelillustration von Claus-Dietrich Hentschel, Konstanz,
zeigt einen Ausschnitt seines Acrylbildes »Landschaft [Veränderungen]«
(1979; 29,5 × 39,5 cm)
die Typographie besorgte Manfred Walch, Frankfurt am Main
Printed in Germany
ISBN 3-596-22752-6

Die Hauptpersonen

Milton Woodsley	ein junger Maler aus New Amsterdam in Britisch-Guayana
Ralph Nevinson	ein Geschäftsmann aus New Amsterdam
Nell Nevinson	seine Frau
Jessie Nevinson	seine Tochter
Rayburn	Hausverwalter der Nevinsons in Goed de Vries, einer kleinen Handelsstation im Dschungel
Timmykins	indianischer Koch
Jan Pieter Voorman	ein holländischer Plantagenbesitzer am Berbice-Fluß

Einleitende Bemerkung

Diese Geschichte hätte vor ungefähr zwanzig Jahren geschrieben werden sollen, wurde aber aus mehreren Gründen immer wieder verschoben. Zum einen gehört sie nicht zu den Dingen, die man gern so schnell wie möglich gedruckt sehen möchte, und zum anderen konnte ich mich nicht entscheiden, in welcher Form sie erscheinen sollte. Ich hatte beabsichtigt, meine Tagebuchaufzeichnungen so zu veröffentlichen, wie sie waren, und es dabei zu belassen, aber Mr. Nevinson hielt das für höchst unbefriedigend. Er fand meinen Tagebuchstil, vom literarischen Standpunkt aus betrachtet, zu holprig und eines veröffentlichten Buches unwürdig, und überdies war er der Meinung, daß es der Erzählung, wie sie in meinen Aufzeichnungen vorgebracht wurde, an der angemessenen Form und Struktur fehlte.
Mrs. Nevinson und Jessie widersprachen ebenfalls der Veröffentlichung meiner Tagebuchaufzeichnungen – aber aus anderen Gründen. Warum, so argumentierten sie, machte ich keinen Roman daraus? Er könnte chronologisch aufgebaut sein wie in meinem Tagebuch, aber »bring es in der guten, altmodischen Form einer spannenden Gespenstergeschichte, an deren Ende die Lösung des Rätsels steht«, wie Jessie es ausdrückte. Ihre Mutter pflichtete ihr bei und beschied, daß es »eine Schande wäre, dieses Gekritzel aus deinem Tagebuch zu veröffentlichen. Es ist langweilig – und so unromantisch! Warum überarbeitest du die Aufzeichnungen nicht und bringst Stimmung und Gefühl hinein? Du mußt nichts schreiben, was nicht wirklich passiert ist, aber bring es in eine lesbare Form, oder laß die Veröffentlichung ganz bleiben.«
Nun, ich habe versucht, allen dreien gerecht zu werden. Für Mr. Nevinson – den ›geziemenden‹, klangvollen Prosastil (zumindest soweit er mir gelungen ist) und soviel Form und Struktur wie nur möglich; für Jessie eine »gute, altmodische und spannende Gespenstergeschichte, an deren Ende die Lösung des Rätsels steht« (obwohl ernsthaft darüber debattiert werden müßte, ob das Rätsel

am Ende wirklich als gelöst betrachtet werden kann); und für Mrs. Nevinson »eine Menge Stimmung und Gefühl«.
Was mich selbst betrifft, so bin ich zufrieden, daß ich einen wahrheitsgetreuen Bericht gegeben habe, der nichts enthält, was man meiner Phantasie zuschreiben könnte. Ich bin mit einem feingezinkten Kamm einige Male durch die Arbeit gegangen, um sicherzustellen, daß der Tatsachenrahmen erhalten geblieben ist, und wenn ich auch den beteiligten Personen aus Gründen des guten Geschmacks erfundene Namen gegeben habe, so sind sie darum doch nicht weniger wirkliche Wesen, die auch heute noch überaus munter und am Leben sind.

NEW AMSTERDAM, BRITISCH-GUAYANA MILTON WOODSLEY
Juli 1954

I

Wir hatten wohl gut die Hälfte des Weges zu unserem Ziel zurückgelegt, als ich den ersten Hinweis erhielt, daß hinter Mr. Nevinsons Einladung an mich, einige Zeit mit seiner Familie am Oberlauf des Berbice zu verbringen, noch ein anderer Grund steckte. Als der Dampfer New Amsterdam verließ, lautete die Vereinbarung, daß Mr. Nevinsons Firma, die Berbice Nutzholz- und Balata-Gesellschaft, mich angeheuert hatte, einige Bilder von Urwaldszenen zu malen, die, wenn sie gelangen, die Wände der Hauptniederlassung zieren sollten. Daß Mr. Nevinson einen anderen Grund dafür haben konnte, daß er wünschte, ich sollte ihn, seine Frau und seine Tochter ins Inland begleiten, war mir keinen Augenblick lang in den Sinn gekommen – ebensowenig, wie ich später feststellte, seiner Frau. Seine Tochter Jessie jedoch schien etwas geahnt zu haben; jedenfalls erhielt ich, wie Sie noch sehen werden, durch sie den ersten Wink, daß nicht alles so war, wie es zu sein schien.

Zur Zeit der hier erwähnten Ereignisse – in den frühen dreißiger Jahren – fuhr der Dampfer nur einmal in der Woche den Berbice hinauf. Er verließ New Amsterdam, das kleine Städtchen an der Mündung des Flusses, Mittwoch morgen, erreichte Paradise, den Zielhafen einhundertzehn Meilen flußaufwärts, irgendwann zwischen sieben und halb acht abends und legte am nächsten Morgen zur Rückfahrt ab. Das hieß, daß man, wenn man diese Gelegenheit am Donnerstagmorgen verpaßte, unwiderruflich zu einem mindestens einwöchigen Dschungelleben verdammt war. So, wie ich die Nevinsons jedoch kannte, machte ich mir keine Sorgen um die vierzehn Tage, die wir in Goed de Vries, wo die Berbice Nutzholz- und Balata-Gesellschaft ihren Inlandssitz hatte, zu verbringen gedachten. Das Haus, in dem wir wohnen sollten, würde wohlmöbliert und bestens ausgestattet sein – daran hatte ich nicht den geringsten Zweifel –, und man würde keine Mühe scheuen, mir den Aufenthalt angenehm zu machen.

Wie ich, stammt Mr. Nevinson aus einer alten Farbigenfamilie.

Wir können beide unsere Vorfahren bis ins ausgehende achtzehnte Jahrhundert zurückverfolgen, bis zu einem Zeitpunkt, als die Nevinsons und die Woodsleys die Beimischung von Negersklavenblut, das heute in ihren Adern fließt, noch nicht hatten. Während ich eine olivenfarbene Haut habe, ist Mr. Nevinsons Teint fast so hell wie der eines reinrassigen Weißen. Sein Vater, der eine etwas dunklere Hautfarbe gehabt hatte, war der Geschäftsführer der Eisenwarenhandlung in New Amsterdam und zweimaliger Bürgermeister der Stadt gewesen, sein Großvater, der hochwürdige Mr. Rawle Nevinson, ein anglikanischer Priester, der am Berbice bekannt geworden war für seine guten Taten in den unteren Flußbezirken und wegen der Kirche, die er in Huisten Rust am Canje-Bach errichtet hatte.

Mr. Ralph Nevinson war, wie sein Vater und Großvater vor ihm, ein kultivierter Mensch, und das ist auch seine Frau, eine geborene Groode, ebenfalls eine bekannte Farbigenfamilie vom Berbice. Mr. Nevinson sammelt leidenschaftlich alles, was mit der frühen Geschichte der Kolonie in Verbindung steht, und als Kind war ich immer fasziniert von seinem Privatmuseum voller indischer und holländischer Altertümer.

Normalerweise wäre ich wohl vor Verwunderung tot umgefallen, hätte mir die Berbice Nutzholz- und Balata-Gesellschaft den Auftrag angeboten, für ihre Geschäftsräume Bilder zu malen, doch der Vorschlag wurde mir von Mr. Nevinson, dem geschäftsführenden Direktor, unterbreitet, und das war etwas ganz anderes. Denn obwohl er die siebenundvierzig Jahre seines Lebens in New Amsterdam verbracht hatte (nicht eingerechnet die beiden Jahre, die er während des Ersten Weltkrieges mit den Westindischen Truppen in Ägypten und Palästina gewesen war), war Mr. Nevinson kein kleinstädtischer Spießer, der Künstler mit affektierter Herablassung behandelt hätte. In ihm wußte ich einen Menschen, der meine Künstlerkarriere wohlwollend betrachtete. Zu der Zeit, in der meine Erzählung spielt, hatte meine Familie längst alle Hoffnung begraben, daß ich mich je in »einer guten, gesicherten Stellung« als Buchhalter oder Zollinspektor niederlassen würde. Nach dem Schulabschluß hatte man mir Arbeit als Verkaufsaushilfe in der Eisenwarenhandlung verschafft, eine Sache, die Mr. Jack Nevinson, ein Bruder von Mr. Ralph Nevinson, gemeinsam mit meinem Vater eingefädelt hatte. Nachdem ich drei Monate im Schatten von Nagelfässern, Scharnieren, Drahtrollen und Krampen gelebt hatte, war ich zu Mr. Jack Nevinson hinaufgerufen worden, der mir unter viel Fingertrommeln und onkelhaftem Getue eröffnete, daß man eine »freie Stelle« im Büro für mich gefunden hätte. Ich sollte als zweiter Buchhalter anfangen, und Mr. Jack Nevinson hegte keinen Zweifel, daß es nur eine Frage der Zeit sein würde, bis ich in eine hohe Stellung innerhalb der Firma aufstieg.

Unglücklicherweise hat eine hohe Stellung, sei es nun in einer wohlsituierten und namhaften Firma oder in der Kolonialgesellschaft, mein Herz nie höher schlagen lassen. Daher bedankte ich mich bei Mr. Jack Nevinson und erklärte ihm, es täte mir leid, aber ich wollte die Büroanstellung nicht haben. Ich brauche wohl den Ausdruck nicht zu beschreiben, der auf seinem Gesicht lag, als ich sein abgeschirmtes Heiligtum verließ und mich zwischen den Schreibtischen im Außenraum hindurch zur Treppe schlängelte.

Von jenem Tag an betrachteten mich die ehrbaren Bürger von New Amsterdam als exzentrischen Irren, der es »im Leben zu nichts bringen würde«. Ich wurde bekannt für die schlechte Gesellschaft, in der ich mich bewegte; ich philosophierte beim Friseur mit Busfahrern, Hafenarbeitern und Dienstleuten – Menschen, die einer viel niedrigeren Gesellschaftsstufe angehörten: Ich war eine Schande für meine Familie. Die erste Ausstellung meiner Bilder, die ich organisierte, war ein deprimierender Mißerfolg. Doch am dritten Tag schaute Mr. Ralph Nevinson herein und beglückwünschte mich nicht nur, sondern kaufte obendrein zwei Bilder. Er behandelte mich nicht als den Sohn einer Familie, mit der seine Familie jahrzehntelang freundschaftlich verkehrt hatte, sondern sprach mit mir als ein Mann von Welt zum anderen. Er vermittelte mir das Gefühl, daß wir beide das Wissen um die Menschheit gemein hatten. Er machte nicht den Versuch, die Tage in Erinnerung zu rufen, in denen ich mit seinen Kindern in seinem großen Haus in Queenstown gespielt hatte; das Wohlwollen des guten Onkels dem kleinen Jungen gegenüber war aus seinem Verhalten verschwunden; er schien mich ernsthaft als erwachsenen Menschen, noch dazu keinen dummen, zu betrachten. Er lud mich ein, ihn zu besuchen, wann immer es mir beliebte, und fügte hinzu, daß seine Bücherregale mir stets offenstünden.

So begann die Freundschaft zwischen uns – oder vielleicht sollte ich besser Bekanntschaft sagen, denn es entwickelte sich niemals echte Vertrautheit zwischen uns. Ich war nie in der Lage, eine gewisse Bewunderung für und Ehrfurcht vor Menschen abzuschütteln, die um ein beträchtliches älter sind als ich, und der große Altersunterschied erzeugte in mir eine steife Zurückhaltung, die eine Kameradschaft, wie ich sie möglicherweise mit einer Person meines Alters erlebt hätte, verhinderte. Hinzu kam, daß ich mir stets der Tatsache bewußt war, daß seine Frau und seine Kinder in mir eine lächerliche Figur und so etwas wie einen Außenseiter der Gesellschaft sahen (ich war nie sehr dick mit Jessie und Fred befreundet gewesen; Ronald, der Älteste, war mein Spielkamerad gewesen, doch er war jetzt in Georgetown, nachdem man ihn als Buchhalter beim Finanzamt in den öffentlichen Dienst laviert hatte).

Ungeachtet meines selbstsicheren Auftretens und einer gewissen Aufgeblasenheit meiner Manieren, und trotz der Verachtung für die Kleinstadtspießer von New Amsterdam, der ich stets Ausdruck gab, war ich überaus empfindlich, und so sehr fürchtete ich den Spott und Hohn von Mrs. Nevinson, Jessie und Fred, daß meine Besuche in ihrem Heim nur äußerst sporadisch waren.

Wann immer ich jedoch Mr. Nevinson einen Besuch abstattete, erwies es sich unfehlbar als angenehme und zufriedenstellende Erfahrung. Wir unterhielten uns, außer über Kunst, Philosophie und Menschen, über die frühe Geschichte Britisch-Guayanas, ein Thema, das Mr. Nevinson leidenschaftlich am Herzen lag und über das er ohne weiteres die ganze Nacht über bis zum Tagesanbruch geredet hätte (gelegentlich unterbrochen vom Stöbern in allen möglichen alten Büchern, Briefen und Schriften), hätte ich mich nicht zu angemessener Stunde verabschiedet. Er sah, daß auch ich mich für das Thema interessierte, und das muß wohl einiges dazu beigetragen haben, daß seine Bindung an mich gefestigt wurde, zumal er in einer Stadt wie New Amsterdam einige Nachforschungen hätte anstellen müssen, um jemanden ausfindig zu machen, den Dinge wie die Sklavenaufstände im achtzehnten Jahrhundert und die Taten der alten niederländischen Siedler mit derselben leidenschaftlichen Anteilnahme erfüllten.

Eines Morgens, zehn Tage vor unserem Aufbruch nach Goed de Vries, suchte er mich zu Hause auf und fragte, ob ich am Abend bei ihm vorbeischauen könnte. Es gäbe etwas Wichtiges, das er mit mir zu besprechen wünschte, sagte er. »Etwas, das Sie mit Sicherheit auch interessieren wird«, fügte er hinzu. »Es ist ganz nach Ihrem Geschmack.«

Das war der Abend, an dem er mir den Vorschlag unterbreitete. Er saß in seinem Lieblingssessel, hinter ihm eine Vitrine, in der sich holländische und indische Antiquitäten befanden. Er war ein Mann mittlerer Größe, stämmig und mit einem Bauchansatz. Sein kurzgeschorenes Stoppelhaar lichtete sich auf dem Schädel und war mit Grau durchsetzt, was aber in dem weichen rötlichen Licht nicht auffiel. Er hatte einen langen Schädel und Gesichtszüge, die nicht die geringste Spur seiner negroiden Abstammung verrieten; es war ein edler Kopf, einer, den zu malen ich schon oft den Wunsch gehabt hatte, obwohl ich bisher nie die Kühnheit besessen hatte, ihn zu bitten, mir Modell zu sitzen.

Seine ernsten grau-braunen Augen ruhten mit einem Ausdruck liebevoller Belustigung auf mir, als er sagte: »Ich sehe wohl, daß Sie neugierig sind, mein Junge. Nun, ich werde Sie nicht auf die Folter spannen.« Er hatte eine tiefe, ruhige Stimme, die, wie ich fand, gut zu dem Geruch der alten Bücher in seinem Arbeitszimmer paßte und zu dem behaglichen Halbdunkel, das immer in den Zwischenräumen zwischen den dunklen Mahagoniregalen mit ihren Bücherreihen, Stapeln vergilbter Handschriften und den

Antiquitäten, die einige der Borde füllten, herrschte – es waren dies alte niederländische Krüge, indische Kelche und Becher und Balata-Ornamente, Mauerstücke aus zerstörten holländischen Festungen, Dolche, eine Sattelpistole aus dem achtzehnten Jahrhundert und ein Silberkrug, der sich angeblich um die Mitte des achtzehnten Jahrhunderts im Besitz von Laurens Storm van's Gravesande, dem Generalgouverneur von Demerary und Essequibo, befunden hatte.

In seinem Arbeitszimmer, dessen Atmosphäre mir seit meiner Kindheit vertraut war, fühlte ich mich uneingeschränkt wohl – und nicht nur wohl, sondern von einer heiteren Ruhe erfüllt, da ich natürlich ein Romantiker und außerordentlich empfänglich für meine Umgebung bin. In dem weichen rötlichen Licht lag ein Zauberduft, und gütige Geister schienen in den dunklen Ecken zwischen den Regalen zu hocken und uns zu beobachten, während wir plauderten. Ich konnte ihren erdbraunen Blick auf meiner Wange spüren, und ihr leutseliger Atem vermischte sich mit der kühlen nächtlichen Februarluft, die zu den geöffneten Fenstern hereinstrich. Ja, ich hatte nicht den geringsten Grund, Mr. Nevinsons Plan mit Mißtrauen zu betrachten oder nach irgendwelchen Hintergedanken zu suchen. Die Direktoren seiner Firma hatten, so erklärte er, beschlossen, daß die Hauptniederlassung einiger Reparatur- und Renovierungsarbeiten bedurfte. Die Arbeiten sollten bald in Angriff genommen werden, und ihm war der Gedanke gekommen, warum man nicht, wenn man schon dabei war, gleich Nägel mit Köpfen machte und ein paar gute Bilder zur Verschönerung der Wände erwarb.

»Zuerst dachte ich, Sie könnten ein paar Wandmalereien anfertigen – Dinge, die für die Einheimischen von Interesse sind – vertraute Ansichten, Vögel, Tiere und so weiter – direkt auf die Wände, aber beim eingehenderen Nachdenken darüber wurde mir klar, daß das nicht geht. Auf den Hölzern, die wir verwenden, halten Künstlerfarben nicht besonders gut. Darum kam mir die Idee, daß Sie statt dessen ein paar Bilder auf die Leinwand bringen könnten – und da wir im Holzgeschäft sind, was würde sich besser eignen als Dschungelszenen? Sie könnten mich bei meinem nächsten Besuch oben im Holzschlaggebiet und im Sägewerk begleiten. Ein netter Ausflug für Sie, wenn es sonst nichts bringt.«

Ein winziges Tierchen schwirrte um den hellroten Schirm der Leselampe auf dem Schreibtisch zu meiner Rechten, und vom Canje-Bach drang das Tuckern eines Motorbootes klar und deutlich durch die Nachtluft herauf. Ich glaubte bereits den feuchten Pflanzenmoder des Dschungels riechen zu können, und Schauder freudiger Erwartung durchrieselten mich. Ohne zu zögern erklärte ich ihm, daß ich seinen Plan ausgezeichnet fände. »Nichts täte ich lieber«, sagte ich. »Und vielleicht können wir irgendeine alte holländische Ruine ausfindig machen und überhaupt ganz allgemein ein bißchen nach derartigen Dingen herumstöbern«, fügte ich mit der ganzen Begeisterung meiner dreiundzwanzig Jahre hinzu.

»Das würde Ihnen gefallen, nicht wahr?«

Zu jener Zeit maß ich dem keine Bedeutung bei, aber wenn ich im Nachhinein daran zurückdachte, fiel mir auf, daß in seinen Worten eine übertriebene Spur von Eifer lag. Er rieb sich sogar die Hände und beugte sich, lächelnd und mir zunickend, ein ganz klein wenig vor.

»Aber sicher, Sir! Alles, was mit Ruinen und Altertümern und ähnlichem zu tun hat, fasziniert mich außerordentlich. Das habe ich Ihnen ja schon gesagt.«

»Ja, ich weiß. Schön, schön. Wir werden sehen. Wenn wir erst dort sind, haben wir Zeit genug.«

Den Rest des Abends verbrachten wir mit Gesprächen über praktische Einzelheiten, und erst auf dem Heimweg fiel mir auf, daß wir zur Abwechslung einmal nicht auf unser Lieblingsthema – die Geschichte der Gegend – zu sprechen gekommen waren. Aber auch darüber machte ich mir keine Gedanken. Es fiel mir keine Sekunde lang ein, daß mein Gastgeber unsere Unterhaltung vielleicht absichtlich von dem Thema abgelenkt haben mochte. Nichts an seinem Verhalten hatte mir das Gefühl vermittelt, daß ihn etwas bedrückte, daß er eine Information vor mir zurückhielt, die mit irgendeinem verborgenen Aspekt unserer geplanten Reise zu tun hatte.

Am Mittwochmorgen der darauffolgenden Woche legte der Dampfer pünktlich um sieben Uhr dreißig von der Mole ab. Es war ein ziemlich schäbiges kleines Schiff namens *Arawana* (der Name einer einheimischen Fischart). Im unteren Deck, das den Reisenden zweiter Klasse zur Verfügung stand, hing ein durchdringender Geruch nach Kuhdung, Teer und menschlichen Ausdünstungen in der Luft; auf diesem Deck wird jede nur erdenkliche Fracht – von Grundnahrungsmitteln und Früchten bis Bauholz und Vieh – abgeladen. Die Reisenden der zweiten Klasse sind auf diesen Flußdampfern nie eine fröhliche Gesellschaft. Auf dem Oberdeck, den Passagieren erster Klasse vorbehalten, riecht es nur nach Teer, und es ist erträglich, wenn auch weit entfernt von der sybaritischen Vorstellung vom Paradies. Wir fanden ein paar wacklige Korbstühle vor, in die wir uns, begleitet von lautem Knarren, sinken ließen. Es gab auch einen Speisesalon, in dem man augenscheinlich speisen und nichts als speisen konnte; es war nicht genug Platz zum Herumlaufen darin. An Deck war der Raum sehr begrenzt, und hätte es eine große Anzahl von Passagieren gegeben – selbst zwanzig hätten gereicht –, wären die Verhältnisse entschieden unerträglich geworden, besonders, da die Zahl der Korbstühle zehn nicht überstieg.

Zum Glück gab es nur wenige Menschen, die je erster Klasse flußaufwärts fuhren, und auch diesmal verhielt es sich nicht anders. Außer Mr. Nevinson, seiner Frau, Jessie und mir waren nur noch drei weitere Passagiere erster Klasse an Bord – ein anglikanischer Priester und seine Frau und ein Viehzüchter auf der ersten Etappe seiner langen Reise zur Rupununi-Steppe. Die Nevinsons kannten alle drei, mir dagegen waren lediglich der Reverend Mr. Lumsden und seine Frau bekannt; ich war ihnen im Hause meiner Familie begegnet, bei der sie nicht selten zu Besuch waren. Meine Leute sind selbstverständlich standfeste Anglikaner – ebenso wie ich in den Tagen, bevor ich anfing, mir meine eigenen Gedanken zu machen. Da ich nicht in der Stimmung war, mich an höflichen, belanglosen

Unterhaltungen zu beteiligen, sonderte ich mich mit einem Buch ab, von dem ich gelegentlich aufblickte, um die vorüberziehende Landschaft zu betrachten – nichts als Dickicht über Dickicht und dann und wann ein einsames Gehöft, das die Eintönigkeit des Grüns unterbrach.

Niemand behelligte mich – und niemand schien überrascht zu sein, daß ich mich vom Rest der Gesellschaft fernhielt, da man es zweifellos als gegeben hinnahm, daß ich ein sonderbarer junger Mann sei, der keinen Wert auf ehrbare Gesellschaft legte.

Beim Mittagessen – keineswegs ein schlechtes Mahl; der Koch wußte offensichtlich, wie man ein gutes Kokosnuß-Curry bereitet – tauschten Mr. Nevinson und ich ein paar gemurmelte Gemeinplätze aus, und Reverend Lumsden lächelte mir einmal schalkhaft zu, wackelte mit dem Kopf und säuselte eine Bemerkung über die Gewohnheiten von »euch Bücherwürmern – ts, ts, ts!«

Mrs. Nevinson saß mir gegenüber. Zur Zeit, als diese Erzählung spielte, sah man ihr ihre vierundvierzig Jahre nicht an. Sie hatte einen hellen, olivenfarbenen Teint, war von schöner Gestalt, hatte ein fröhliches, anziehendes Lachen und ein überaus faszinierendes Muttermal unter dem rechten Auge. Als kleiner Junge hatte ich ihre Besuche in unserem Haus stets begrüßt, und mit zehn war ich wahrhaftig bis über beide Ohren in sie verliebt gewesen! Jetzt behandelte sie mich in der Art einer pflichtbewußten Tante und erklärte, daß sie Kate (meiner Mutter) versprochen hatte, dafür zu sorgen, daß ich meine Mahlzeiten nicht vernachlässigte. Sie drängte mich ständig, mehr Gemüse, mehr Reis, mehr Huhn zu nehmen... »Möchten Sie noch etwas Soße, Milton? Kommen Sie, reichen Sie mir Ihren Teller...« Ich reagierte mit freundlicher, höflicher Standhaftigkeit, aß, was ich wollte, und wies zurück, was ich nicht wollte.

Nach dem Mittagessen kehrte ich mit meinem Buch zum Achterdeck zurück, aber diesmal blieb ich nicht ungestört. Ich hörte Schritte, und als ich aufblickte, sah ich Jessie näherkommen. Vor meinem Stuhl blieb sie stehen, betrachtete das Buch in meinem Schoß mit mäßiger Neugier und sagte: »Gedichte, nehme ich an.«

Ich bestätigte es mit einem ernsten Nicken. »Ja, Gedichte.«

»Darauf hätte ich wetten können.«

Ich erhob mich nicht, um ihr meinen Stuhl anzubieten, was sie in keiner Weise entmutigte. Mein Stuhl stand neben einem Kasten, in dem, wie ich vermute, die Schwimmwesten verstaut waren. Sie warf mir einen belustigten Blick zu und setzte sich auf diesen Kasten.

Sie war mit ihren neunzehn Jahren groß und ebenso wohlgestaltet wie ihre Mutter, hatte aber die weit auseinanderstehenden Brauen, die tiefliegenden Augen, die gebogene Nase und das Kinngrübchen ihres Vaters. Ihre Ansichten waren oberflächlich und kleinbürgerlich; Tennis, Tanzen und junge Männer waren alles, wofür sie sich interessierte. Ich habe ihr das – zu ihrer Belustigung – so oft ins Gesicht gesagt, daß es ihr gewiß nichts ausmacht, wenn ich es hier wiederhole. Sie hat mich nie ernstgenommen.

»Wirst du des Lesens nie überdrüssig, Milton?«

»Nie. Hat dich deine Mutter hergeschickt, damit du mich aus meiner Einsamkeit erlöst?«

Sie kicherte. »Nein. Ich bin aus eigenem Antrieb gekommen. Ich hatte Lust, mir die Füße zu vertreten. Die Hitze wird von Minute zu Minute schlimmer.«

Die Hitze hatte tatsächlich zugenommen. Das niedrige Sonnensegel machte es eher schlimmer als besser. Und jetzt, da wir uns weit von der Küste entfernt hatten, gab es keinen Wind mehr. Der Urwald, der im Sonnenlicht funkelte, schloß uns von beiden Ufern her wie zwei undurchdringliche Mauern ein. Er wirkte starr und lauschend, als wäre er in einem Zauber gebannt. Die Farbe des Flusses hatte sich von einem hellen, schlammigen Bernstein in geheimnisvolles Schwarz gewandelt. Ich sah mich bereits zwischen den Schatten der Lianen und stacheligen Palmen, spürte bereits einen Hauch von Geheimnis und Abgeschiedenheit in der Luft.

»Es ist mir ein Rätsel, warum du auf diese Reise mitgekommen bist«, sagte ich. »Ich dachte eigentlich nicht, daß du meinst, das Dschungelleben vierzehn Tage lang aushalten zu können.«

Sie lachte. »Ich sehe schon, du hast eine sehr niedrige Meinung von mir. Ich habe gehört, daß es oben am Fluß eine Menge netter indischer Jungen gibt. Ich sehe zu, daß ich mir einen angeln kann. Sie geben gute Ehemänner ab.«

»Ich verstehe.«

»Und außerdem – hast du vergessen, daß Fastenzeit ist? Da finden keine Tanzveranstaltungen statt. Was hat es für einen Sinn, in der Stadt zu bleiben?«

»Richtig. Das hatte ich vergessen. Fastenzeit. Eine sehr passende Zeit, um in die Wildnis zu gehen, würde ich sagen.«

Sie kicherte. »Das Fasten ist allerdings nichts für mich, darauf kannst du wetten! Ich freue mich auf meinen *Labba*-Pfeffertopf. Aber sag mal, was höre ich, du fährst hinauf, um Bilder für Papas Büro zu malen? Stimmt das?«

»Du bist heute ungewöhnlich gut informiert.«

»Damit hat er dich also geködert, mit uns zu kommen?«

»Ich fürchte, ich kann dir nicht recht folgen.«

»Schon gut. Mach dir nichts draus.«

Ich zündete mir eine Zigarette an und sah zu, wie sich der Rauch über dem schmalen Deckstreifen zu graublauen Phantomen formte, bevor er sich ganz in der hitzeflimmernden Luft auflöste. Jessie schlug die Beine unter und begann, eine beliebte Tanzweise vor sich hin zu summen und im Rhythmus mit dem Fuß dazu an meinen Stuhl zu klopfen.

Ich blickte über die Reling auf das Wasser hinunter, das schäumend an der Bordseite entlangrauschte. Kleine Wellen kräuselten sich ununterbrochen zum Ufer hin. Das Deck zitterte unter dem monotonen Stampfen der Motoren.

»Worauf willst du hinaus, Jessie?«

Ihr Pfeifen brach ab, und sie warf mir ein geheimnisvolles Lächeln zu. Ihre Schnippischkeit war verschwunden. Es hatte sich sogar, zu meiner großen Verwunderung, ein besorgtes Stirnrunzeln auf ihrem Gesicht gebildet. Ich war es nicht gewohnt, Besorgnis an ihr zu entdecken.

»Ich möchte nicht darüber sprechen«, sagte sie nachdenklich,

»weil ich es mir vielleicht nur einbilde – aber ich glaube, irgend etwas beschäftigt Papa.«
»Beschäftigt ihn?«
Sie nickte. »Ich meine, es hängt mit dieser Reise zusammen. Er war in den letzten zwei oder drei Wochen nicht er selbst. Mutter glaubt, daß er überarbeitet ist, aber das ist es nicht.«
»Was könnte es sonst sein?«
»Ich weiß es nicht, aber ich spüre, daß es etwas mit dieser Reise zu tun hat.«
»Aber ist es nicht üblich, daß er die Niederlassung oben am Fluß alle sechs Monate besucht?«
»Ich weiß – das ist es ja, was mir Gedanken macht. Er hat seinen ersten Besuch für dieses Jahr im letzten Monat gemacht. Genaugenommen dürfte er nicht vor Juni oder Juli wieder hinauffahren.«
»War er letzten Monat oben in Goed de Vries? Das wußte ich nicht.«
»Er war dort – kam aber am nächsten Tag mit demselben Schiff zurück. Er sagte, daß Rayburn, der Hausverwalter, mit einer Gallenkolik im Bett läge und das Haus in einem chaotischen Zustand wäre.«
»Das scheint mir ein guter Grund zu sein.«
»Ja, ich weiß. Papa nimmt es sehr genau mit seiner Bequemlichkeit, und er haßt es, wenn es im Haus staubig oder unordentlich ist. Aber das ist nicht der einzige Grund, warum er mit demselben Schiff zurückgekommen ist. Mutter glaubt alles, was er ihr erzählt – aber mich kann er nicht so leicht täuschen. Seit seiner Rückkehr von der letzten Reise ist er nervös und schreckhaft – von einer inneren Spannung, als hätte er ein Geheimnis, von dem er fürchtet, wir könnten es entdecken.«
Ich lächelte. »Bist du sicher, daß deine Phantasie nicht unter dem Einfluß der Heftromane steht, die du und deine Mutter immer verschlingen?«
»Es hat nichts mit Phantasie zu tun! Warum hat er mich gebeten, mitzukommen? Es stimmt, daß Mutter ein paarmal mit ihm oben

war, aber sie mußte sich immer selbst einladen. Er hat sie nie darum gebeten. Aber diesmal hat er uns beide aufgefordert, ihn zu begleiten. Und sieh dich an! Er hat dich ebenfalls gefragt. Wenn er sich nicht vor irgend etwas dort oben fürchtet, warum braucht er dann soviel Gesellschaft?«

»Aber vor was sollte er sich fürchten? Vor Gespenstern?«

»Das behaupte ich nicht. Obwohl ich schon gehört habe, im Sägewerk würde es spuken. Die Arbeiter erzählen, sie hätten einen alten Holländer auf den Grünholzstämmen bei der Winde laufen gesehen.«

»Es ist immer ein alter Holländer, stimmt's?«

»Oder ein Sklave ohne Kopf. Erinnerst du dich an die Geschichten, die uns Milly, unser Kindermädchen, in Papas Arbeitszimmer erzählt hat, als wir klein waren?«

»Sie haben mir zu viele Alpträume verursacht, als daß ich sie hätte vergessen können.«

Auf dem unteren Deck klimperte einer der Matrosen – oder vielleicht auch ein Passagier – auf einer Ukulele und sang mit rauher, aber melodischer Stimme: *Wärst du das einzige Mädchen auf der Welt.*

Jessie begann die Melodie leise mitzupfeifen und klopfte mit dem Fuß auf das Deck.

»Ich habe gehört, wie deine Mutter und dein Vater dich geschimpft haben wegen dieser Pfeiferei, Jessie. Sie finden es nicht damenhaft.«

»Findest *du* es auch nicht damenhaft?«

»Ich habe nicht von *mir* geredet.«

»Wir leben nicht mehr im viktorianischen Zeitalter. Das sage ich immer zu Mutter.«

»Darin stimme ich dir, selbst wenn es das einzige ist, zu.«

Danach schwiegen wir – ich zumindest. Jessie fuhr fort, zu pfeifen. Ich strich mir über Stirn und Wangen, die feucht waren vom Schweiß. Der Stuhl quietschte, als ich meine Stellung veränderte, und irgendwie war es, als würde das knarrende, knirschende Geräusch plötzlich versetzt in einen ruhelosen Nebelhauch, der mein

Bewußtsein durchzog, so daß ich versucht war, mich nervös umzusehen. Ich stellte fest, daß ich in das schwarze Wasser starrte. Dann wanderte mein Blick zu den Bäumen hinüber, deren Zweige tief über dem Fluß hingen. Ich begann mich zu fragen, was nicht alles in dem feuchten Halbdunkel lauern mochte, das zwischen dem flimmernden Wirrwarr von Grüntönen brodelte. Wer konnte sagen, welche seltsamen Kreaturen uns im Vorüberrauschen beäugten? Winzige, der Insektenkunde unbekannte Käfer. Oder irgendein Ungetüm, das weder Reptil, noch Vogel oder Säugetier war – wie die Gnome an der Mündung des Flusses und am Canje-Bach. Bernsteinbraune Augen in einem grünen, flachen Schädel . . .

Mir fiel auf, daß Jessie verstummt war. Sie saß mit lauschend zur Seite geneigtem Kopf und leicht gerunzelter Stirn da. Als ihr die Neugier in meinem Blick bewußt wurde, murmelte sie: »Das ist eigenartig. Ich frage mich, ob er mit uns auf dem Schiff ist.«

»Sprichst du mit mir, oder führst du Selbstgespräche?«

»Hörst du nicht die Flöte? Es ist dieselbe, die ich seit ein paar Tagen in Queenstown gehört habe. Derjenige, der sie spielt, muß sich auch auf dem Weg flußaufwärts befinden.«

»Wovon sprichst du? Was für eine Flöte ist das? Und wer ist derjenige, der sie spielt?«

»Ich habe keine Ahnung, wer es ist, aber er muß mit uns auf dem Schiff sein. Ich bin sicher, daß es derselbe Bursche ist. Jemand hat in den vergangenen Wochen in der Nähe unseres Hauses in Queenstown ständig Flöte gespielt.«

»Und was ist dabei?«

»Nichts – ich sage nur, daß er offensichtlich mit uns hinauffährt. Hörst du nicht die Flöte auf dem unteren Deck?«

»Ich höre eine Ukulele, aber eindeutig keine Flöte.«

Sie lachte. »Sei nicht albern, Milton. Du, ein so begeisterter Freund anspruchsvoller Musik, solltest eine Flöte nicht erkennen, wenn du sie hörst?«

In diesem Augenblick entdeckte ich ihren Vater, der über das Deck auf uns zukam. Er setzte seinen Weg jedoch nicht bis zum Achter-

deck fort, sondern blieb mittschiffs oben an der Kajütetreppe stehen. Ich bemerkte ein Stirnrunzeln auf seinem Gesicht. Er rauchte eine Zigarette und verhielt sich alles in allem ein wenig verwundert und angespannt; es sah aus, als lauschte er einer Unterhaltung am Fuße der Kajütetreppe auf dem unteren Deck.
Jessie rief ihm zu: „Papa, hörst du nicht eine Flöte dort unten?«
Er zuckte zusammen und blickte auf, als hätte er uns eben erst bemerkt. »Was hast du gesagt? Was war das?« In seiner Stimme lag ein ungewohnt scharfer Ton. Er kam, den Blick auf Jessie geheftet, zu uns nach hinten. »Was hast du gefragt, Jessie?«
Jessie war seine Nervosität offenbar auch nicht entgangen. Sie sagte: »Ich dachte schon, du willst mir den Kopf abreißen. Ich habe mich nur nach der Flöte dort unten erkundigt. Milton schwört, daß er sie nicht hören kann.«
Er schnippte die halbgerauchte Zigarette, womöglich noch angespannter als zuvor, über die Reling. »Ja, ich höre eine Flöte. Hörst du sie auch?«
»Natürlich. Ich bin doch nicht taub.« Sie warf mir einen triumphierenden Blick zu. »Siehst du, Papa hört es auch, Milton.«
Ich beugte mich, allmählich ernsthaft verwundert, vor, denn ich wußte genau, daß es auf dem unteren Deck keineswegs so etwas wie eine Flöte gab. Außer der Ukulele und dem Gesang war nichts zu hören als das Stampfen der Motoren, das Rauschen des Wassers, das an unserem Dampfer vorüberbrodelte, und gelegentliche Fetzen einer Unterhaltung; einfach die Summe der Geräusche, an deren selbstverständliche Gegenwart sich unsere Sinne gewöhnt hatten.
»Mr. Nevinson, hören Sie eine Flöte?«
»Ich fürchte, ja – aber lassen Sie sich dadurch nicht beunruhigen, mein Junge. Ich nehme an, Ihre Ohren sind nicht darauf eingestellt.« Er lächelte Jessie zu, aber ich wußte, daß er seiner Stimme absichtlich einen beiläufigen Klang gab. Ich wußte, daß unter der nach außen zur Schau getragenen Lässigkeit eine Schicht tiefer Sorge und Beunruhigung lag. »Wann hast du sie zum ersten Mal gehört, Jessie?«

»Die Flöte? Vor ein paar Tagen. Eine Woche ungefähr – oder vielleicht auch länger. Wenn es dieselbe ist, natürlich, und für mich klingt es ganz so. Warum fragst du?«

»Ich wollte es nur wissen. Übrigens, junge Dame, hast du dir vor kurzem ein Buch aus meinem Arbeitszimmer ausgeliehen?«

»Ein Buch? Nicht, daß ich wüßte. Du weißt, daß ich niemals eines deiner Bücher anrühre. Ich glaube, ich war überhaupt seit Monaten nicht mehr in deinem Arbeitszimmer.«

Er zog sie am Ohr. »Das ist übertrieben. Stiebitzt du nicht Briefmarken von meinem Schreibtisch, wenn du an Fred schreibst?«

»Ach ja, das hatte ich vergessen. Ich habe Anfang der letzten Woche eine Ein-Penny-Marke aus deiner Schreibtischschublade genommen. Oder in der vorletzten Woche. Ich weiß es nicht mehr genau.«

»Welche Schublade war das? Die rechte? Kannst du dich daran erinnern?«

»Ich glaube, es war die linke. Die, in der du eine Menge alter Papiere mit niederländischer Schrift aufbewahrst. Normalerweise hältst du sie verschlossen, aber an jenem Tag war sie aus irgendeinem Grund offen. Ich fand zwei Ein-Penny-Marken in einer kleinen Pappschachtel.«

»Darum kann ich in diesem Haus niemals Briefmarken finden. Was lesen Sie gerade, junger Mann? Etwas Philosophisches?«

Er warf einen Blick auf das Buch in meinem Schoß, dann klopfte er mir freundschaftlich auf die Schulter und entfernte sich.

Jessie sah mich an. »Was habe ich dir gesagt! Siehst du nun, daß er nicht mehr derselbe ist?«

»Was das betrifft«, gab ich zurück, »bist du auch nicht mehr dieselbe. Was soll das Gerede über eine eingebildete Flöte? Träumt ihr alle beide?«

Sie starrte mich an. »Wie meinst du das? Hast du sie nicht gehört?«

»Oh, hat es jetzt aufgehört?«

»Vor ungefähr einer Minute. Aber ist das dein Ernst, Milton? Du hast sie wirklich nicht gehört?«

»Nein, wirklich nicht.«
»Aber – ach, das ist doch albern. Ich habe nicht geträumt. Ich habe sie gehört. Und es war nicht das erste Mal. Ich habe sie erst gestern abend, als ich zum Essen herunterkam, gehört. Sie schien ganz nah in der Nachbarschaft zu sein. Und Papa hat es auch vor ein paar Minuten gehört. Er hat es gesagt. Wie kommt es, daß du es nicht hören kannst?« – Sie lachte. »Du versuchst mich auf den Arm zu nehmen.«
»Dagegen wäre ich, wörtlich genommen, ganz und gar nicht abgeneigt, aber im übertragenen Sinne – nun, ich fürchte, da bist du auf dem Holzweg, Jessie. Ehrlich, ich versuche nicht, dich zu foppen. Ich habe nichts von einer Flöte gehört. Die Ukulele und die Stimme dort unten sind das einzige, was ich in den vergangenen paar Minuten vernommen habe. Da war keine Flöte.«
»Wirklich? Auf dein Ehrenwort?«
»Wirklich. Auf mein Ehrenwort.«

II

Es stimmt, daß ich, wie ich schon sagte, ein romantischer Mensch bin; aber hinter meiner Gefühlsbetontheit verbirgt sich ein ausgeprägter Rationalist, und ich gestehe offen, daß ich keine Sekunde lang daran glaubte, daß irgendwelche übernatürlichen Dinge verantwortlich waren für die Vorgänge, die ich eben beschrieben habe. Ich war überzeugt, daß es eine vernünftige Erklärung für die Tatsache geben mußte, daß Jessie und ihr Vater eine Flöte hören konnten und ich nicht, und daher forderte ich sie auf, sich in meinen Sessel zu setzen und zu warten, bis ich zurückkam.

»Was hast du vor?« erkundigte sie sich.

»Ich werde auf dem unteren Deck einige Nachforschungen anstellen.«

»Ich komme mit dir.«

»Ich glaube nicht, daß deiner Mutter die Vorstellung gefallen würde, eine ehrbare junge Dame wie ihre Tochter unter dem Pöbel im Unterdeck herumstreifen zu sehen.«

Sie befahl mir, mir den Sarkasmus zu sparen, und begleitete mich nach unten.

Mit dem zweiten Maat hatte ich bereits Bekanntschaft geschlossen. Er war einer meiner Diskussionspartner beim Barbier. Auf meine Frage hin erklärte er: »Eine Ukulele und eine Mundharmonika sind die einzigen Instrumente, wo wir hier unten haben, soviel ich weiß.«

»Und was ist mit den Fahrgästen? Bist du sicher, daß in den letzten paar Minuten niemand Flöte gespielt hat?«

»Nein, Mr. Woodsley, nicht hier unten. Ich war die ganze Zeit hier, ich hätt's gehört. Nur Mitchell hat auf seiner Ukulele gespielt.«

»Ich weiß genau, daß ich eine Flöte gehört habe«, warf Jessie ein. »Mein Vater hat sie auch gehört. Und es kam von hier unten.«

Der zweite Maat schüttelte lächelnd den Kopf. »Nich hier unten, Miss. Das kann ich beschwören. Niemand hat heute auf diesem

Deck Flöte gespielt. Aubrey, einer der Matrosen, hat eine Mundharmonika und Mitchell seine Ukulele – und das sinn die einzigen Instrumente, die ich hier an Bord hören tu. Keiner von den Passagieren hat ein Instrument nich gespielt, seit wir heute morgen von der Stadt losgefahren sinn.«

Als wir zum Oberdeck zurückkehrten, bemerkte Jessie: »Also, das ist das Merkwürdigste, das mir je passiert ist. Wenn es kein menschliches Wesen war, das die Flöte spielte, dann muß es ein Geist gewesen sein, denn ich habe sie gehört – so deutlich, wie ich dich sprechen höre.« Ihre Worte klangen so beiläufig, als wäre das ganze ein Scherz.

»Was war es für eine Melodie?« erkundigte ich mich. »Hast du sie erkannt?«

»Es war keine bestimmte Melodie. Es klang so, als würde jemand Tonleitern üben – oder es könnte etwas Klassisches gewesen sein.« Sie warf mir einen spöttischen Blick zu. »Eines von diesen knochentrockenen Stücken, die du so gern hörst.«

»Ich verstehe.«

»Erinnerst du dich an das Stück, das du immer auf dem tragbaren Plattenspieler, der Ronald gehörte, gespielt hast, etwas über einen Faun?«

»Debussys *L'après-midi d'un faune*...?«

»Genau das. Es war eine ähnliche Melodie. Eine ziellose, wandernde Tonfolge.«

»Wie war das bei den früheren Gelegenheiten, als du es hörtest? War es da auch ohne bestimmte Melodie?«

»Ja, es war immer genauso. Ich habe nie besonders darauf geachtet. Es kam irgendwo aus der Nachbarschaft, und ich habe mir nichts dabei gedacht.«

»Du hast es deiner Mutter oder deinem Vater gegenüber nie erwähnt?«

»Nein? Warum sollte ich? Irgendein Instrument, eine Geige, ein Klavier oder Saxophon hört man immer. Eine Flöte war nichts so Außergewöhnliches, daß man eine Bemerkung darüber hätte machen müssen.«

»Das klingt einigermaßen einleuchtend. Und du erinnerst dich nicht, an welchem Tag genau du es zum ersten Mal gehört hast?«
Sie lachte. »Was hat das jetzt zu bedeuten? Befinde ich mich im Zeugenstand?« Doch dann schüttelte sie den Kopf. »Nein, ich erinnere mich nicht an den genauen Tag, aber es ist nicht länger als zwei Wochen her, da bin ich ganz sicher.«
»Unser Haus in Queenstown ist nicht sehr weit von eurem entfernt – es ist gleich um die Ecke – und ich kann dir versichern, daß ich in den letzten Wochen nicht die Spur von einer Flöte bemerkt habe.«
»Nun ja, entweder bist du taub, oder ich bin verhext.«
»Nein, aber Scherz beiseite, Jessie, ich bin verwundert. Du bist nicht gerade berühmt für deinen klaren Verstand, das ist wahr, aber nicht einmal du würdest dir vermutlich solche Dinge einbilden. Und was deinen Vater betrifft, so glaube ich nicht, daß es einen vernünftigeren Mann in der ganzen Kolonie gibt –«
»Da kommt Mutter! Ich frage mich, ob sie es auch gehört hat.«
Mrs. Nevinson kam auf uns zu, und das leise Lächeln auf ihrem Gesicht wurde immer strahlender, je näher sie kam – ein Lächeln, das ich insgeheim immer ihr Salonlächeln nannte, weil sie es auf unverkennbar mechanische Weise ein- und abschalten konnte. Es war ein anziehendes, aber so offensichtlich einstudiertes Lächeln! Erst als sie direkt vor uns stand, bemerkte ich, daß ungeachtet ihres Lächelns ein leicht beunruhigter Ausdruck in ihren Augen lag.
»Was heckt ihr beiden hier oben aus?« fragte sie.
»Milton versucht, eine Musikkennerin aus mir zu machen. Wir unterhalten uns über Flötenmusik.«
»Lassen Sie sich nicht von ihr ärgern, Milton. Ich wünschte, Sie könnten wirklich ihr Interesse für die Musik wecken. Heutzutage dreht sich alles um diesen Jazz. Und Jessie saugt es geradezu in sich auf.« Sie seufzte theatralisch. Den meisten ihrer Gesten haftet etwas Dramatisches an. Sie gehört zu den Menschen, die ihr Leben eher inszenieren als leben, und deren Gesten nie ganz ernstgenommen werden dürfen.

»Jessie, hast du irgend etwas zu deinem Vater gesagt, das ihn aufgeregt hat?« erkundigte sie sich.
»Ihn aufgeregt? Nein. Warum?«
»Nun, er ist einfach nicht er selbst. Er will mir weismachen, es wäre die Hitze und die Müdigkeit, aber das scheint mir nicht Grund genug dafür, daß er sich allein in den Speisesaal setzt, um zu rauchen und alte Zeitungen durchzublättern.«
Jessie zuckte die Schultern. »Ich weiß nicht, was das alles zu bedeuten hat, aber Papa ist schon seit Wochen nicht mehr er selbst – seit er im letzten Monat von Goed de Vries zurückkam. Ich habe es dir gesagt, aber du hast darauf bestanden, er wäre nur überarbeitet.«
»Aber warum sollte er niedergeschlagen sein, nur weil er oben in Goed de Vries war? Er hat letzten Monat nur eine einzige Nacht dort verbracht. Was könnte passiert sein, das ihn so aus der Fassung gebracht hat?«
»Das wüßte ich selbst gern. Oh, aber Moment mal! Hast du von der letzten geheimnisvollen Sache gehört, Mutter? Hier auf dem Dampfer gibt es einen Geister-Flötenspieler.«
»Einen was?«
»Hast du es nicht gehört? Du willst doch nicht sagen, daß du zu den Tauben gehörst!«
Nachdem man ihr die Situation erklärt hatte, rief Mrs. Nevinson aus: »Das ist vollkommen unmöglich, Kind! Ihr träumt beide, du und dein Vater. Wenn auf dem unteren Deck Flöte gespielt wurde, warum haben es Milton und ich und alle anderen dann nicht gehört? Und ich erinnere mich auch nicht, in den letzten paar Wochen eine Flöte in Queenstown gehört zu haben. Der alte Mr. Culley hat immer gespielt, aber er ist gestorben, und ich kenne sonst niemanden, der eine Flöte hat. Um welche Zeit hast du es meistens gehört – nachts?«
»Es war kein Alptraum, falls du das andeuten möchtest«, erklärte Jessie. »Ich habe diese Flöte zu allen Tages- und Nachtzeiten gehört – und ich war überaus wach. Ich habe es am hellichten Vormittag gehört, ich habe es am Nachmittag gehört, während ich ein Bad

nahm, und ich habe es am Abend gehört. An einem Abend, als ich mit Randolph Hart spät von den Selkirks heimkam, habe ich es gehört. Wir hatten gerade die Ecke der Ferry Street erreicht.«

»Das ist ungefähr da, wo Milton wohnt. Vielleicht war es Milton selbst. Milton hat so merkwürdige Gewohnheiten: Es würde mich nicht erstaunen, zu erfahren, daß er heimlich Flöte spielt.«

»Aber sicher«, murmelte ich. Dann kam mir ein Gedanke, und ich wandte mich an Jessie. »Jessie, kannst du dich erinnern, ob die Tonlage immer gleichbleibend war – oder hat sie sich irgendwie verändert – ist sie mit dem Wind höher und tiefer geworden? Du weißt, wie sich die Geräusche in Queenstown manchmal mit dem Wind verändern.«

Ihre Mutter brach in Gelächter aus – ihr fröhliches, spitzbübisches Lachen, das meinen Herzschlag unfehlbar beschleunigte (ich muß annehmen, daß ich immer noch verliebt war in sie), denn wenn ihr Benehmen auch geziert war, konnte man Mrs. Nevinson nicht nachsagen, daß es ihr an Charme fehlte. Indem sie in der für sie typischen Weise sozusagen die Tonart ihrer Stimmung wechselte, fuhr sie mich an: »Aber Milton, Sie wollen mir doch nicht weismachen, daß Sie ihr die Geschichte mit dieser Flöte glauben!«

»Und warum nicht? Warum sollte ich sie nicht glauben? Ich persönlich finde die ganze Sache höchst geheimnisvoll. Ich bin sicher, daß weder Mr. Nevinson noch Jessie sich das Flötenspiel auf dem unteren Deck nur eingebildet haben können.«

»Gütiger Himmel! Ich hätte es wissen müssen, auch ohne, daß Sie es sagen. Sie sind in vieler Hinsicht genau wie Ralph. Stets bereit, aus allem ein Geheimnis zu machen, damit ihr einen Vorwand habt, Tage und Wochen darüber zu grübeln und euch in alte Bücher und Schriften zu vergraben. Wie dem auch sei«, fuhr sie mit einem weiteren tiefen Seufzer fort. »Ich hoffe, Ralphs Laune hält nicht, wie es manchmal der Fall ist, tagelang an. Ich empfinde es als sehr peinlich für mich, daß er sich mit diesen alten Zeitungen im Speisesalon verkriecht. Mr. Lumsden muß ja das Gefühl haben, er wird geschnitten. Und der arme Mr. Herrick hätte sich so gern über die Lage der Viehzüchter mit ihm unterhalten.«

Als sie gegangen war, wiederholte ich die unbeantwortete Frage, die ich ein paar Minuten zuvor bezüglich der Flöte gestellt hatte, und Jessie erwiderte: »Nein, ich würde nicht sagen, daß die Tonlage sich mit dem Wind veränderte. Aber jetzt, da du es erwähnst – mir ist etwas aufgefallen. In den letzten zwei oder drei Tagen schien es nähergekommen zu sein.«
»Näher?«
Sie nickte. »Besser kann ich es nicht beschreiben. Als ich es vor vielleicht zwei Wochen zuerst hörte, schien es aus einiger Entfernung zu kommen – einige Straßen weiter. Aber gestern und vorgestern klang es viel näher – so, als käme es aus dem Nachbargarten.« Sie blickte mich plötzlich mit einem besorgten und erschrokkenen Ausdruck an. »Hör mal, Milton, du glaubst doch nicht, daß irgendein Spuk dahintersteckt, oder?«
Ich brummte etwas Unverständliches.
Sie scharrte nervös mit den Füßen. »Das ist kein Scherz. Ich habe mir zuerst keine Gedanken darüber gemacht, aber jetzt, da Mutter und ihr anderen sagt, daß ihr nichts gehört habt, beginne ich mich allmählich zu wundern. Meinst du nicht, es ist irgendeine – irgendeine Erscheinung – ich glaube, das ist das Wort? Etwas, das nur Papa und ich wahrnehmen können?«
»Ich möchte lieber noch keine Meinung dazu äußern«, beschied ich sie mit einer Stimme, die, wie sooft in jenen Tagen, triefte vor Wichtigtuerei.
»Aber glaubst du nicht, daß es eine ganz natürliche Erklärung dafür geben könnte?«
»Das will ich doch hoffen«, gab ich zurück. »Ich ziehe es immer vor, eine natürliche Erklärung zu finden, bevor ich mich in irgendwelche okkulten Spekulationen ergehe. Das beste wird sein, wir warten noch ein paar Tage und sehen, was passiert. Wann immer du die Flöte wieder hörst, denk daran, es mich sofort wissen zu lassen.«
»Oje. Das heißt, daß ich von jetzt an dauernd darauf lauschen werde. Ich hoffe wirklich, wir finden eine Erklärung dafür. Ich hasse alles, was mit Geistern zu tun hat. Ich habe noch nie einen Geist gesehen, und ich habe auch keinerlei Verlangen danach.«

Wir saßen lange schweigend da und starrten in das eintönige Grün des Dschungels. Die Hitze umflatterte uns wie unsichtbare verschlungene Seidenranken, und das dumpfe Dröhnen der Motoren unter Deck erfüllte mich mit einer Benommenheit, gegen die ich mit aller Macht ankämpfte. Ich war wie besessen von der Notwendigkeit, wach und auf der Hut zu bleiben. Es war, als spürte ich etwas Bedrohliches in dem reglosen grünen Blattgewirr, das sich zu beiden Seiten auftürmte, und als wagte ich nicht, die Augen zu schließen, um nicht von einem lauernden Entsetzen überwältigt zu werden, das nur auf eine Gelegenheit zum Sprung wartete.
Unvermittelt erhob ich mich. »Ich glaube, ich sehe einmal nach, was dein Vater im Speisesalon macht«, erklärte ich. Jessie stand ebenfalls auf, schien aber nicht begeistert.
»Wenn Papa eine seiner Launen hat, gehe ich nicht in seine Nähe«, sagte sie. »Du kannst es ja wagen, wenn du willst. Ich werde mich mit Mrs. Lumsden unterhalten.«
»Dein Vater ist nicht annähernd das Ungeheuer, als das du ihn betrachtest«, wies ich sie zurecht. »Ich möchte wetten, daß er überhaupt nicht mißgelaunt ist. Wahrscheinlich hat ihn das seichte Geplauder, das deine Mutter und die Kirchenleute wie in einem Roman von Jane Austen von sich gegeben haben, gelangweilt, und er hat sich unauffällig entschlossen, die Flucht in den Speisesalon anzutreten. Genau das hätte ich auch getan.«
Kaum eine Minute später bestätigte sich meine Vermutung, denn als ich den Speisesaal betrat, blickte Mr. Nevinson von einem vergilbten Dokument, das vor ihm ausgebreitet lag, auf und begrüßte mich mit einem Lächeln. »Nun, junger Mann, haben Sie mich gesucht?«
»Ja, ich wollte sehen, was Sie tun. Mrs. Nevinson sagte, Sie seien mißgelaunt, aber ich habe ihr nicht geglaubt.«
»Nell ist immer mißtrauisch, wenn ich mich ein Weilchen zurückziehe, um allein zu sein. Setzen Sie sich, und unterhalten Sie sich ein wenig mit mir.«
Er sprach, als hätte er mich erwartet, und ich spürte, wie sich ein

kleines Körnchen Neugier in mir durchbohrte, während ich einen Stuhl heranzog und mich ihm gegenüber an den Tisch setzte. Er hielt mir ein Zigarettenetui hin, und ich nahm eine. Dann sah ich, daß er bereits eine Zigarette unangezündet zwischen den Lippen hatte, holte mein Feuerzeug hervor, knipste es an und schob es ihm über den Tisch entgegen.

Zu meiner Verwunderung zog er eilig den Kopf zurück und sagte: »Ist schon gut, mein Junge. Machen Sie sich keine Mühe. Ich zünde sie gleich an.« In seiner Stimme schwang unverkennbar Verlegenheit, und gleichzeitig schob er das Manuskript mit einer schnellen, schützenden Bewegung zu sich hin. Es fiel ihm in den Schoß, und er hob es auf, faltete es zusammen und steckte es zwischen die Blätter eines dicken Buches, das neben seinem Ellbogen auf dem Tisch lag. Es war ein holländisch-englisches Wörterbuch, das ich gut kannte, da ich es oftmals auf dem Schreibtisch in seinem Arbeitszimmer gesehen hatte.

»Ich habe ein bißchen übersetzt«, murmelte er.

Einige Minuten lang unterhielten wir uns über belanglose Dinge – die Hitze, die Beschwerlichkeit von Schiffsreisen, die Qualität der Speisen, die mittags serviert worden waren, die Tatsache, daß Mr. und Mrs. Lumsden in wenigen Minuten in Brave Lands, wo die anglikanische Kirche stand, von Bord gehen würden. Er schien ängstlich darauf bedacht, die Rede nicht auf das Manuskript zu bringen, und ich hielt es für rücksichtsvoller, ihm keine direkten Fragen über Inhalt und Herkunft desselben zu stellen.

Doch dann blickte er unvermittelt auf das Wörterbuch hinunter und sagte: »Eigentlich ist es zu heiß für solche Arbeiten, aber ich konnte der Versuchung nicht widerstehen.« Er warf mir einen Blick zu. »Ich werde Ihnen bald davon erzählen, und ich bin sicher, daß es Sie interessiert.«

Nach einer kurzen Pause fuhr er fort: »Was diese Flöte betrifft, Milton, so weiß ich, daß Sie sich wundern. Mir geht es genauso, und ich wollte auch mit Ihnen darüber sprechen, aber vorher habe ich eine Frage an Sie. Ich habe gehört, daß Sie mit Jessie nach unten gegangen sind, um sich danach zu erkundigen. Nell hat es mir gerade, bevor Sie kamen, erzählt. Heißt das, daß Jessie dachte, sie würde auf dem unteren Deck gespielt?«

»So ist es, Sir. Das hat sie gesagt. Haben Sie es denn nicht von dort gehört? Ich habe gesehen, wie Sie am Niedergang standen und nach unten sahen.«

Er nickte. »Ich wollte es nur wissen. Aber eigentlich habe ich nicht hinuntergeschaut, weil ich dachte, das Geräusch käme von dort. Ich ging über das Deck und bin zufällig einen Augenblick dort stehengeblieben.«

»Wollen Sie damit sagen, daß Sie es nicht vom unteren Deck her gehört haben?«

Er schüttelte bedächtig den Kopf. »Nein, Milton. Es war hier oben an Deck – genau neben mir.«

III

Wenn ich heute darauf zurückblicke, fällt mir auf, daß seine Bemerkung mir nicht annähernd so viel Furcht und Entsetzen einflößte, wie es zu erwarten gewesen wäre. Außerdem lag es vermutlich daran, daß ich stets einen so tiefen Respekt vor ihm hatte und ein so unerschütterliches Vertrauen in ihn setzte, wenn ich keinen Laut der Ungläubigkeit ausstieß. Ich starrte ihn nur unentwegt verwundert an und wartete darauf, daß er fortfuhr, ohne auch nur im geringsten zu bezweifeln, daß gleich irgendeine ganz einfache Erklärung folgen würde.

Selbst, als er seine erstaunliche Geschichte zu Ende gebracht hatte, verspürte ich kein Verlangen, zu spotten oder auch nur ungläubig zu lächeln. Würden Sie ihn kennen, wie ich ihn kannte, so würden Sie mir gewiß darin beipflichten, daß er ein Mann war, den man ebensowenig mit dem Übernatürlichen und dem Okkulten in Verbindung bringen konnte, wie man sich ein Stück von Bernard Shaw ansehen und erwarten würde, ein nettes kleines Liebesdrama mit gefühlvollen Liedern zu erleben.

»So absurd es auch klingen mag«, erklärte er, »ich konnte es nicht wagen, Sie diese Handschrift berühren zu lassen, mein Junge, weil die Wahrscheinlichkeit allzu groß ist, daß Ihnen genau dasselbe passieren würde wie Jessie und mir. Das ist der Grund, warum ich sie so hastig zurückgezogen und in meinen Schoß geschoben habe, als Sie sich herüberbeugten, um mir Feuer zu geben.«

So also begann es. Dann berichtete er mir von dem Manuskript. Er hatte es zum ersten Mal an jenem Mittwochabend im Januar in Goed de Vries gesehen – genau vor drei Wochen. Es hatte einem alten Buffianda (einem indisch-negroiden Halbblut) gehört. »Er hatte zwei Meilen weiter oben in Horstenland gewohnt, war aber kurz zuvor gestorben. Sein Name war Patoir, und er war ein sehr sympathischer Mensch. Er hat uns gelegentlich einen Stamm Grünholz verkauft. Er hat mir vor fast zwei Jahren von dem Ding erzählt, sagte aber damals, er könnte es mir nicht geben – oder auch nur zeigen –, weil es mit einem Fluch behaftet sei. Es sollte seinem Besitzer Glück bringen, solange es sicher vor Tageslicht und Feuer verschlossen aufbewahrt wurde. Aber niemand sollte es je in die Hand nehmen. Was passieren sollte, wenn es in die Hand genommen wurde, schien Patoir selbst nicht zu wissen. Er war ein recht kluger Kerl und sehr offen mir gegenüber, das muß ich sagen. Er erklärte mir, es habe ihm, soweit er es beurteilen könne, kein besonderes Glück gebracht, er wolle aber dennoch nicht riskieren, daß ihm etwas passierte, und darum hielt er es stets verschlossen in dem Behälter, in dem es sich befand, seitdem es in seinen Besitz gelangt war. Er sagte, daß er selbst nur ein einziges Mal einen kurzen Blick darauf geworfen hätte.

Wie es der Zufall wollte, konnte ich ihm im Verlauf unserer Geschäfte dort oben so manch einen Gefallen tun, und er begann mich zu mögen. Wir wurden gute Freunde, und er versprach mir immer wieder, mir den Behälter zu überlassen, wenn er sterben würde – obwohl er mich warnte, daß es gefährlich für mich sein könnte, wenn ich mir daran zu schaffen machte. Er sagte, daß er, auch wenn er nicht an den albernen Unsinn glaubte, von dem die meisten Leute da oben überzeugt sind, doch wüßte, daß es gewisse Dinge gäbe, die der Mensch nicht verstehen könnte, und daß er es vorzog, ›das Böse nicht aufzustören, damit das Böse mich nicht stört‹. Das war einer seiner Lieblingssprüche.

Ich bedrängte ihn nie, mir die Handschrift zu zeigen, obwohl ich natürlich sehr neugierig darauf war, besonders, nachdem er einmal angedeutet hatte, daß sie in Holländisch verfaßt war und aus den frühen Kolonialtagen stammte. Er sagte, ein Inder hätte sie ihm in der Büchse, in der sie noch immer aufbewahrt wurde, gegeben. Es war ein Geschenk dafür, daß er den Inder von einem schlimmen Malariaanfall kuriert hatte. Der indische Bursche hatte offensichtlich noch nie von Chinin in der uns bekannten Form gehört, und Patoir verabreichte ihm regelmäßig eine Dosis und erreichte so innerhalb weniger Tage eine Besserung.

Als ich vor drei Wochen nach Goed de Vries kam, erfuhr ich zu meiner Verwunderung als erstes von Rayburn, dem Verwalter,

daß Patoir eine Woche zuvor an akuter Gelbsucht gestorben war und daß er vor seinem Tode bestimmt hatte, daß ich seine ›Glücksbringer-Dose‹, wie er sie nannte, erhalten sollte. Er hatte keine Verwandten. Er war nicht verheiratet. Die Frau, mit der er zusammenlebte, war nur seine Geliebte. Es gab also offensichtlich keine Aufregung um die Dose. Rayburn holte sie am Tag nach seinem Tod und brachte sie in mein Haus in Goed de Vries. Ich fand sie auf der Frisierkommode in meinem Schlafzimmer vor. Es ist ein kleiner Behälter, sechsundzwanzig mal sechzehn, und sieben Zentimeter hoch. Aus Blech und ziemlich verrostet.
Nun, Milton, wie Sie wissen, bin ich der letzte, der etwas auf abergläubische Gerüchte geben würde, und so öffnete ich die Dose unverzüglich. Es befand sich kein Schloß daran. Sie war nur fest zugedrückt, und ich mußte sie lediglich aufstemmen.«
Hier machte er eine Pause und öffnete das Wörterbuch an der Stelle, an der er die Handschrift hineingeschoben hatte. Von meinem Platz aus konnte ich erkennen, daß es sich offenbar um zwei in der Mitte gefaltete, starke Bögen Pergament handelte. Die Schriftzeichen waren – offensichtlich vom Alter – rötlichbraun.
»Das habe ich gefunden«, sagte er. »Es war nichts anderes darin als das. Und so, wie Sie es wahrscheinlich auch getan hatten, nahm ich es heraus und sah es mir an. Ich konnte es nur grob übersetzen, da ich nicht daran gedacht hatte, mein Wörterbuch mitzubringen, und meine Holländischkenntnisse beschränkt sind.
Ich hätte erwähnen sollen, daß ich das Haus bei meiner Ankunft in einem ziemlich unordentlichen Zustand vorgefunden hatte. Rayburn lag mit einer Art Darmverstimmung im Bett und erklärte, daß er sich nicht imstande gefühlt hätte, das Haus in Ordnung zu bringen. Er ist ein hart arbeitender und zuverlässiger Bursche, und ich nahm seine Entschuldigung an. Aber wenn ich etwas nicht ertragen kann, dann ist es ein unordentliches Haus, und so nahm ich am nächsten Tag das Schiff und kehrte in die Stadt zurück. Ich hätte natürlich, unter uns gesagt, bleiben und die Dinge nehmen können, wie sie waren, aber die Wahrheit ist, daß es

mir in den Fingern juckte, dieses Papier richtig zu übersetzen. Ich konnte einfach nicht zwei Wochen ohne mein Wörterbuch dort oben bleiben.
Ich halte es für das beste, wenn ich Ihnen den ersten Teil der Übersetzung vorlese, bevor ich mit meinem Bericht fortfahre. Die Handschrift ist in zwei Abschnitte unterteilt.«
Er zog ein Blatt Papier aus dem Wörterbuch, das, wie ich sah, mit seiner eigenen Handschrift bedeckt war. »Ich fürchte, der Bursche hatte den Verstand verloren, als er es schrieb, aber über diese Seite der Angelegenheit können wir uns später unterhalten. Der Text lautet folgendermaßen: ›Derjenige, der dieses Pergament berührt, besiegelt damit seinen Pakt mit mir, Jan Pieter Voorman, meiner Musik zu lauschen und mir später, wenn ich rufe, in den Tod zu folgen. Man hat mich ausgeraubt und meine Frau und meine Kinder, die auf der *Standvastigheid* nach St. Eustatius hätten aufbrechen sollen, grausam ermordet. Ich werde nicht ruhen bis zu dem Tage, an dem meine Gebeine und meine Flöte gefunden und nach christlichem Brauch begraben sind. Mein Fluch und die Pest über die Person oder die Personen, die Hand an dieses Pergament legen. Mein umherschweifender Geist wird sie zu Tode peinigen, so meine Wünsche nicht erfüllt werden. Mit Zähneknirschen werde ich am heutigen vierten März mein Leben auf Erden beenden. Ich verfluche diese schwarzen Teufel, wie ich die noch schwärzeren Wesen verfluche. Derjenige, der meiner Seele zur Ruhe verhelfen und sich von diesem Pakt befreien will, soll das jetzt Folgende beherzigen und sich so zur Entdeckung meiner Gebeine, meiner Flöte und Muskete führen lassen.‹« Mr. Nevinson blickte auf. »Das alles nimmt die erste und zwei Drittel der zweiten Seite ein. Er hat beide Seiten des Papiers beschrieben. Auf dem übrigen Platz befindet sich ein langer Bericht darüber, auf welche Weise die Gebeine des Schreibers zu finden sind und so weiter. Es ist durchaus verständlich, die einzige Schwierigkeit besteht darin, daß er es für selbstverständlich zu halten scheint, daß der Finder dieses Dokumentes genau über die Lage seiner Siedlung im Bilde ist. Er hat offensichtlich nicht vorausgesehen, daß die Siedlungen hier oben

am Fluß irgendwann verlassen werden könnten und der Dschungel wieder die Oberhand gewinnen würde.«
Mr. Nevinson sagte das mit einer Stimme, die vollkommen ruhig und in keiner Weise aufgeregt war. Nur seine Augen verrieten mir, daß er innerlich aufgewühlt war. Er faltete die Handschrift wieder zusammen und schob sie zwischen die Seiten des Wörterbuches, dann klatschte er leicht in die Hände und richtete seinen Blick auf mich.
»Das war ein Teil der Geschichte«, sagte er. »Ich komme nun zu dem Teil, der wie eine Episode von Edgar Allen Poe oder diesem anderen Schriftsteller, M. R. James, klingt. Wie dem auch sei«, hier kicherte er, »es ist geschehen, und ich kann Ihnen versichern, daß sich niemand mehr wünschen würde als ich selbst, daß sich das Ganze als bloße Erfindung erweisen würde. Haben Sie sich gemerkt, was der Verfasser dieses Dokumentes verkündet hat? Nun, wie Sie verstehen werden, Milton, habe ich nie einen Gedanken an die darin enthaltene Drohung verschwendet. Ich war an dem Ding lediglich als Antiquität interessiert. Es ist offensichtlich, daß der Verfasser ein Siedler war, der während des Sklavenaufstandes von 1763 heimgesucht wurde. Die ›schwarzen Teufel‹, die er erwähnt, können nur aufständische Sklaven gewesen sein, die sein Anwesen ausgeplündert und seine Familie ermordet haben müssen. Das scheint soweit klar – vor allem, da er ankündigt, ›am heutigen vierten März‹ Selbstmord begehen zu wollen. Der Aufstand begann, wie Sie wissen, am einundzwanzigsten Februar am Canje-Bach; aber die Aufständischen erreichten den Fluß erst am siebenundzwanzigsten, und es traf die Leute hier völlig unvorbereitet. Am vierten März war die Lage verworren. Das Haus des Predigers in Peereboom stand unter Belagerung, und die Siedler hatten die Flucht ergriffen oder lauerten in ihren Verstecken im Busch. Nun, das war mein einziges Interesse an der Sache. Aber Sie können sich meine Bestürzung vorstellen, als mir eines Abends in meinem Arbeitszimmer plötzlich auffiel, daß ich einer Flöte in der Nachbarschaft lauschte! Ich will nicht übertreiben oder ein melodramatisches Bild entstehen lassen. Dazu kennen Sie mich zu gut. Und

tatsächlich kann ich Ihnen versichern, daß das bloße Hören des Flötenspiels mich nicht im geringsten beunruhigte. Es gibt in dieser Stadt alle möglichen Instrumente, wie Sie selbst wissen. Wenn nicht gerade jemand die Luft mit einem Saxophon verpestet, ist es ein Klavier oder eine krächzende Geige.
Aber als ich die Flöte hörte, fiel mir natürlich das Manuskript ein, und meine Gedanken wanderten müßig zurück. Es war bestimmt abwegig, dem Flötenspiel in der Nachbarschaft irgendeine Bedeutung beizumessen, nur, weil ich zufällig diese beiläufige Drohung in der Handschrift gelesen hatte, so dachte ich – aber ich bin eben ein Mensch und konnte nicht verhindern, daß meine Gedanken um die Sache kreisten. Dann wurde mir plötzlich klar, daß ich die Flöte schon an den zwei oder drei Tagen zuvor gehört hatte. Es war nicht das erste Mal. Jetzt verspürte ich ein deutliches Unbehagen und begann ernsthaft zu überlegen, wo und wann genau ich die Flöte wahrgenommen hatte. Die Erinnerung traf mich wie ein Blitz, daß ich sie am Donnerstag in Goed de Vries in den frühen Morgenstunden ebenfalls gehört hatte. Ich war von ihrem Klang aufgewacht. Die Musik schien von weiter unten vom Fluß zu kommen, und ich dachte mir nichts dabei, weil die Behausungen der Männer gleich hinter dem Sägewerk liegen und einer von ihnen sich so seine Zeit hätte vertreiben können. Die Leute sind Frühaufsteher. Aber als ich dort in meinem Arbeitszimmer daran zurückdachte, kamen mir Zweifel. Ich begann das Flötenspiel mit der Warnung in der Handschrift in Verbindung zu bringen, und das bereitete mir Unbehagen. Ich verfolgte die Sache eingehend zurück und stellte schließlich fest, daß ich von jenem Donnerstagmorgen an die Flöte gehört hatte und, mehr noch, daß ich sie seither jeden Tag vernommen hatte.«
Er hielt inne, und ich betrachtete ihn schweigend, während er sich mit der Hand übers Kinn strich. Auf seiner Stirn standen kleine Schweißperlen.
»Es fällt schwer, sich vorzustellen, daß etwas Derartiges passiert, Milton. Ich meine, mitten in unserem nüchternen, alltäglichen Dasein, geprägt von Straßenverkehr, in Büros klappernden

Schreibmaschinen und den alten, gewohnten, vernunftgeprägten, normalen Vorgängen . . . und ausgerechnet mir muß es passieren! Einem gesetzten, unsentimentalen alten Gaul wie mir! Es scheint absurd – lächerlich. Und doch ist es so. Es passiert ein- bis zweimal am Tag. Einmal habe ich es im Büro gehört, als ich nicht einmal daran dachte. Keine bestimmte Melodie. Eine Art Tonfolge, als würde jemand ein Debussy-Stück üben, es aber nicht ganz richtig treffen.«

Er trommelte nachdenklich mit den Fingerspitzen auf den Tisch.

»Ich habe Nell und Jessie natürlich nichts davon gesagt, weil ich sie auf keinen Fall beunruhigen wollte. Und ich hielt an der Hoffnung fest, daß es sich um irgendeine seltsame Erscheinung handelte, die schließlich von selbst wieder verschwinden würde. Aber es wurde im Gegenteil immer schlimmer. Es kommt näher. Das meine ich ernst. Näher und näher.«

Nach einem kurzen Schweigen fuhr er fort: »Gestern nachmittag, auf dem Heimweg vom Büro, hörte ich es, und es schien vom Trittbrett meines Wagens zu kommen. Aber dort war niemand. Ich hielt an und durchsuchte den Wagen selbst und die nähere Umgebung sorgfältig. Und Bauchrednerei kommt nicht in Frage. Ich habe diese Möglichkeit auf verschiedenste Weise geprüft. Und nun denken Sie an die heutigen Ereignisse. Es war direkt neben mir, während ich mit den anderen zusammensaß und plauderte. Ich war so erschrocken, daß ich aufstehen und auf dem Deck auf und ab wandern mußte. Aber es verfolgte mich. Es folgte mir auf Schritt und Tritt. Wirklich, es ist unbeschreiblich. Es ist wie eine Passage aus einem Buch, das man gelesen hat. Ich kann das Gefühl nicht erklären, Milton. Das ist das letzte, das ich mir je hätte träumen lassen.«

Er rutschte unruhig auf seinem Stuhl herum. »Und Sie können sich meinen Schrecken vorstellen, als Jessie mich rief und sich erkundigte, ob ich es auch hören würde. Sie können sich nicht vorstellen, welche Mühe es mich kostete, nicht die Beherrschung zu verlieren. Denn mir war blitzartig klar, daß sie sich an meiner

Schreibtischschublade zu schaffen gemacht haben mußte. Ich hatte das Dokument in die linke Schublade gesteckt, weil ich die immer abschließe. Aber ich habe es so oft hervorgeholt, um einen Blick hineinzuwerfen, daß ich wohl ein- oder zweimal vergessen haben muß, sie wieder zu verschließen.«

Er schlug sich an die Stirn. »Es ist wie ein – wie ein unangenehmer Traum. Ich kann immer noch nicht glauben, daß das alles wirklich passiert.« Er sah mich an und lachte kurz und unglücklich auf. »Wenn es sich herumspricht, werden die Leute bald sagen, ich hätte den Verstand verloren – und ich könnte es ihnen nicht verdenken.«

Darauf folgte wieder Stille, dann bedachte er mich mit seinem ruhigen, würdevollen Lächeln, das viel zu dem Vertrauen beiträgt, das er den Menschen, die ihn kennen, einflößt. »Ich fürchte, ich war nicht ganz aufrichtig gegen Sie, junger Mann. Die Firma möchte wohl, daß Sie die Bilder malen – der Auftrag gilt nach wie vor –, aber in Wirklichkeit habe ich es so eingefädelt, daß Sie uns hier hinauf begleiten können. Ich brauche jemanden wie Sie, der mir hilft, einen Ausweg aus dieser Klemme zu finden, Milton. Ich wüßte keinen anderen Menschen außer Ihnen, der sich auf wirklich vernünftige und ernsthafte Weise für diese Angelegenheit interessieren würde. Ungeachtet Ihres Rufes als Exzentriker weiß ich, wie Sie wirklich sind. Die Ansichten, die andere Leute über Sie äußern, lassen mich vollkommen kalt. Ich weiß, daß ich mich auf Sie verlassen kann. Nell und Jessie habe ich mitgenommen, damit wir beide Gesellschaft haben. Irgendwie konnte ich die Vorstellung, ohne Begleitung hinaufzufahren, während dieses geheimnisvolle Geisterspiel um mich herum stattfindet, nicht ertragen.«

Jeder andere wäre vielleicht überrascht gewesen über mein unerschütterliches Schweigen während seiner ganzen Rede, aber Mr. Nevinson war an mich gewöhnt. Wir verstanden uns ausgezeichnet, und ich wußte aus Erfahrung, daß, wenn er sich einmal daranmachte, irgendwelche Ereignisse oder Umstände zu berichten, er seine Sache gründlich machte und nichts Wichtiges ausließ und damit seinen Zuhörern die Notwendigkeit, Fragen zu stellen, abnahm. Zudem war mir bewußt, daß er mich als einen erstklassigen Zuhörer betrachtete, und ich hatte keinerlei Verlangen, diesem meinem Ruf bei ihm zu schaden. Darum wartete ich, bis er geendet hatte, bevor ich auch nur ein Brummen von mir gab.

Die erste Frage, die ich ihm stellte, bezog sich auf den zweiten Teil der Handschrift, denn ich war begierig darauf, zu erfahren, worin diese ›Anweisungen‹ bestanden. Er nickte lächelnd und zog das Dokument wieder aus dem Wörterbuch hervor. »Ich hatte die Absicht, Ihnen die Übersetzung, die ich angefertigt habe, vorzulesen«, erklärte er, »aber es ist eine langweilige, ziemlich unzusammenhängende Angelegenheit – nicht sonderlich interessant –, und ich sehe nicht, wie es für uns von Nutzen sein könnte. Ich glaube, wir heben es uns besser für später auf. Vielleicht gehen wir es heute abend nach dem Essen gründlich durch. Aber, Milton, sagen Sie mir, was halten Sie von der Sache? Fällt Ihnen irgendeine Erklärung dafür ein?«

»Ich fürchte, ich bin ebenso ratlos wie Sie, Sir. Ich habe noch nie etwas dergleichen gehört. Ich weiß, daß es so etwas wie Poltergeister gibt, aber soweit ich weiß, tritt dieses Phänomen in der Regel in zufälliger und unvorhersehbarer Weise auf. Ziegel und Vasen schweben durch den Raum, Möbelstücke rutschen herum, glühende Kohlen springen aus dem Kamin, Kirchenglocken läuten – stets ohne erkennbaren Grund. Aber diese Geschichte mit der Flöte ist neu – und scheint mir so gezielt und berechnet.«

»Genau das fiel mir auch auf«, nickte Mr. Nevinson. »Ich habe auch über Poltergeister gelesen, aber das Ganze scheint mir nicht zum Poltergeist-Phänomen zu passen. Und im übrigen, warum sollte das bloße Berühren des Pergaments eine Geistererscheinung hervorrufen, wie Jessie und ich sie gegenwärtig erleben?«

»Was das betrifft«, warf ich ein, »so habe ich gelesen, daß Gegenständen ein gewisses geistiges Fluidum anhaften kann. Man weiß natürlich nicht viel darüber, das meiste ist Spekulation, aber es gibt die Theorie, daß Häusern, in denen Menschen gewaltsam und unter großer Gemütsanspannung zu Tode kommen, gewisse me-

diale Schwingungen innewohnen. Eine Art ätherisches Magnetfeld bildet sich sozusagen um den Ort, und wenn die Umstände stimmen, treten Geistererscheinungen auf, die von allen, die gegenwärtig sind, wahrgenommen werden können. Nehmen wir also, mit anderen Worten, an, dieser Holländer hat eine starke psychische Ausstrahlung – einen ätherischen magnetischen Strom – in der Materie des Dokumentes hinterlassen. Ist es nicht möglich, daß ein Mensch durch die Berührung damit in Einklang mit diesen Schwingungen gerät und daß dadurch das Phänomen der Flötenmusik hervorgebracht wird? Denken Sie nur, wie harmlos ein freiliegender Draht aussieht, in dem elektrischer Strom fließt, aber berühren Sie ihn, und das Ergebnis kann umwerfend sein. Wir können den Strom darin nicht *sehen*, aber er ist da. Ebenso können wir die parapsychische Kraft in diesem Dokument nicht *sehen*, das heißt aber noch lange nicht, daß sie nicht wirklich existiert.«
Mr. Nevinson lächelte und schüttelte bedächtig den Kopf. »Eine ziemlich verrückte Theorie, mein Junge, aber – nun ja, ich bin mittlerweile soweit, daß ich bereit bin, alles zu glauben. Einfach alles.«
Wir verfielen ein Weilchen in Schweigen, und ich schickte mich eben an, eine Frage an ihn zu richten, als Mrs. Nevinson in der Tür zum Speisesalon auftauchte. Sie blieb stehen, stieß einen tiefen, theatralischen Seufzer aus und betrachtete uns mit einem Ausdruck leidgeprüfter Nachsicht.
Ihr Mann sah sie mit einem Stirnrunzeln an.
»Man sehe sich diese beiden an! Man sehe sie sich nur an!« stieß sie mit einem neuerlichen Seufzer hevor.
Ich merkte, daß Mr. Nevinson diese Störung ungelegen kam. Gewöhnlich drückt seine Haltung ihr gegenüber liebevolle Langmut aus. Ich hatte schon vor langer Zeit festgestellt, daß er, obwohl er ihr leidenschaftliches Verlangen nach Gesellschaft und den harmloseren Vergnügungen der Welt nicht teilte – denn er gehört zu den asketischen und eher verschlossenen Menschen –, sie niemals kritisierte, weil sie so war, wie sie war, sondern sie vielmehr ihrer Wege gehen ließ, während er seine eigenen einschlug. Mir war

klar, daß diese Taktik nicht immer erfolgreich funktionierte – es gab lange Zeitspannen der Kälte zwischen ihnen –, aber im großen und ganzen waren sie ein vernünftiges Paar und hatten offensichtlich gelernt, größere Katastrophen im Rahmen ihrer Beziehung zu vermeiden. Ich hatte nicht die Befürchtung, daß sie sich je trennen oder vor einem Scheidungsrichter wiederfinden würden.

»Was ist los, Nell? Was ist?« fragte Mr. Nevinson gereizt.

»Mr. und Mrs. Lumsden machen sich bereit, von Bord zu gehen, Ralph. Findest du nicht, daß es höflich wäre, dich von ihnen zu verabschieden?«

»Sind wir schon in Brave Lands?«

»Schau hinaus, dann siehst du es selbst. Ist dir nicht aufgefallen, daß das Schiff die Fahrt verlangsamt hat?«

»Na gut, ich nehme an, ich muß der Höflichkeit Genüge tun. Schon gut, ich bin gleich da.«

Sie stieß wieder einen ihrer großartigen Seufzer aus und entfernte sich, während Mr. Nevinson lächelnd zu mir herübersah. »Es sieht so aus, als müßten wir unser Gespräch auf einen günstigeren Zeitpunkt vertagen, Milton.« Er erhob sich langsam – dann stieß er einen leisen Schrei aus und starrte mich, Bestürzung und eine leichte Verärgerung im Blick, erschrocken an.

Denn ich hatte, bevor er meine Absicht erraten konnte, die Hand ausgestreckt und absichtlich auf das Schriftstück gelegt.

IV

Zweifellos ist es anderen Menschen vor mir passiert und ist darum auch nichts Neues, und dennoch ist es eine interessante Tatsache, daß ich mich so manches Mal dabei ertappt habe, daß ich dasaß und Bäume, Häuser oder den Straßenverkehr beobachtete, und dann stellte ich fest, daß ich plötzlich ohne erkenntlichen Grund in einen Strudel der Illusion gezogen wurde: in eine Art Vakuum der Vergänglichkeit; ein Luftloch in meinem Bewußtsein, das mich, obwohl ich wußte, daß es nur für kurze Zeit anhielt, doch beunruhigte. Beunruhigte, weil es dazu angetan war, die mühsam von mir festgelegten Werte dessen, was wirklich und was unwirklich war, durcheinanderzubringen.
Nennen Sie es ein mystisches Erlebnis, wenn Sie wollen, was immer es aber auch sein mag, bestehen bleibt die Tatsache, daß ich in solchen Augenblicken stets eine Stimme vernehme oder zumindest zu vernehmen glaube –, die mir versichert, daß das von mir Wahrgenommene substanzlos ist, daß alles, was ich sehe, nichts anderes ist als ein Trugbild, das mir von meinem funktionierenden Nervensystem vorgegaukelt wird. Es drängt sich mir die Empfindung auf, daß in die Häuser, die ich betrachte, kein Vertrauen zu setzen ist, weil sie aus einem Material gemacht sind, das der Korrosion unterworfen und daher vergänglich ist; sie könnten sich jederzeit in eine Staubwolke auflösen. Der Straßenverkehr besteht lediglich aus Metall, das Form und Gestalt erhält und in Bewegung gesetzt wird; vielleicht wird es unvermittelt in eine dünne Rostschicht oxydieren und wie ein Häufchen Schlamm weggespült werden. Und die Bäume – die Bäume werfen ihre Blätter ab und befinden sich, wie die Menschen, die unter ihnen hindurcheilen, in einem unaufhörlichen Fluß chemischer Veränderungen; die Zellen, aus deren milliardenfachem Gewimmel sie sich zusammensetzen, sterben mit jeder Sekunde, die vergeht, ab; die völlige Vernichtung ist lediglich eine Frage der Akkumulation von Sekunden und Minuten. Kurz gesagt, ist in Wirklichkeit alles – alles Bewegliche, alles Lebendige,

die üppige Fruchtbarkeit der gesammelten Symbole, die in meinem Bewußtsein flimmern – Tod. Tod in der Maske von Bewegung und Sonnenschein, Tod in der Maske von grünem Laub und Klangmustern, Tod in der Maske menschlicher Gestalten, die lieben, Angst haben und sich mit Geldverdienen aufreiben.

Solche Stimmungen sind stets begleitet von einem Gefühl der Niedergeschlagenheit und Leere, einem Infragestellen der Nützlichkeit gegenwärtigen Handelns, dem Zweifel am Sinn des Weiterlebens, und auf dieses Stadium folgt unweigerlich eines, in welchem ich, wie von einem tastenden Hoffnungsschimmer durchdrungen, beginne, den greifbaren Stoff des Lebens zu untersuchen – greifbar insoweit, als meine dem Trügerischen verhaftete Verfassung es mir erlaubt, die Greifbarkeit der Materie einzugestehen. Dann grübele ich über die offensichtliche Stofflichkeit meines Körpers nach – das Schweregefühl im Verhältnis zum Erdboden oder zum Sessel, in dem ich sitze, die Neigung eines Armes oder Beines, herunterzusacken, wenn die Muskeln plötzlich entspannt werden; Druck, Spannung und Belastung; und schließlich die unaufhörlich pulsierende Tätigkeit von Herz und Kreislauf. Das letztere erweist sich immer als überaus ermutigend – der Klang eines klopfenden Herzens hat für mich immer etwas bemerkenswert Tapferes und Anregendes –, und mit einem kleinen Freudenschauder nehme ich dann bereitwillig die kühle Gleichgültigkeit der Brise wahr, die über meine Wangen streicht. Und ein Hahnenschrei in der Ferne oder Hundegebell kann einen Hauch von Alltäglichkeit erzeugen, in der ich mir selbst wie eine absurde Gestalt vorkomme, und mit einem kurzen, lautlosen Auflachen beobachte ich, wie die ganze belebende Flut der Gegenwart wieder durch mich hindurchströmt, und die Kräfte, die mich nur einen Augenblick zuvor gefangenhielten, lösen sich auf und zurück bleibt wieder einmal der vernunftbegabte, sich mühende Mensch, der vollauf mit dem alltäglichen Vorgang des Lebens beschäftigt ist.

Auf dem letzten Stück der Reise nach Goed de Vries stellte ich oftmals einen Hang dazu fest, in diese Zwischenweltzustände, wie ich sie nur nennen kann, zu verfallen. Ich gestattete mir aber nicht, mich ihnen zu überlassen, da ich entschlossen war, wenn meine Zeit kommen würde, die Flöte zu hören – sofern sie überhaupt kommen würde –, ein streng rationales Wesen zu sein, empfänglich nur für das, was meine fünf bekannten und anerkannten Sinne in meiner Umgebung wahrzunehmen vermochten. Es durfte keinerlei Zweideutigkeit geben. Es durfte kein Zweifel in mir möglich sein, ob die Erscheinungen eingebildet oder real waren. Ich mußte sicher sein, daß meine Ohren so funktionierten, wie sie es immer taten.

Mr. Nevinson schalt mich nicht wegen meiner Unbedachtheit, das Dokument zu berühren. Als sich der erste Unwille und Schreck gelegt hatte, zuckte er einfach die Achseln und murmelte, es sei schließlich meine Sache. Dann fügte er lächelnd hinzu: »Ich hätte es wahrscheinlich voraussehen müssen, so wie ich Sie kenne. Nachdem Sie eine so mysteriöse Geschichte gehört hatten, konnte wohl niemand von Ihnen erwarten, daß Sie die ›Magie‹ nicht am eigenen Leib erfahren wollten, wie? Nun, ich hoffe, Sie werden es nie bereuen, mein Junge. Sie können nicht sagen, ich hätte Sie nicht gewarnt und mein Möglichstes getan, um zu vermeiden, daß Sie mit dem Dokument in Berührung kamen.«

»Wenn ich Ihnen überhaupt von Nutzen sein soll, Sir«, entgegnete ich gutgelaunt, »versetze ich mich doch am einfachsten in die Lage, Ihnen dienlich zu sein, indem ich mich unverzüglich mit dem Virus infiziere, finden Sie nicht?«

Diese Worte gingen mir bis Goed de Vries nicht aus dem Kopf, denn genau so fühlte ich mich – als wäre ich mit den Viren einer seltenen, aber aufregenden Krankheit infiziert und wartete nun darauf, daß die Symptome in Erscheinung traten. Ich stellte fest, daß ich von der ruhelosen Fröhlichkeit besessen war, die die Vorfreude auf Unbekanntes manchmal hervorbringt.

Wir erreichten Goed de Vries zwanzig Minuten vor sechs. Die Sonne stand am rechten Flußufer tief über dem Dschungel, und ihr weicher, rötlicher Schein verlieh der Ansammlung von Holzhäusern, die sich auf einer Lichtung am linken Ufer drängten, eine Atmosphäre von tiefem Frieden und von Besinnlichkeit. Dort stand die Sägemühle mit ihrem schlanken schwarzen Schornstein – das Tagwerk schien beendet, denn sie lag in verträumter, untätiger Stille da –, und auf ihrer Uferseite erstreckten sich die Stapel roher Holzstämme bis an den Rand des Wassers. Eine Gruppe von sieben oder acht Blockhütten mit Reisigdächern, offensichtlich die Behausungen der Sägewerkarbeiter, befanden sich ein wenig abseits zur Linken; das heißt, von der Siedlung aus gesehen, flußabwärts. Das Gutshaus, ein einstöckiges, auf Säulen errichtetes Gebäude, lag etwa hundert Meter oberhalb der Sägemühle und machte einen distanzierten, überheblichen, ja snobistischen Eindruck.

Ich mußte lächeln bei dem Versuch, mir vorzustellen, wie Goed de Vries vor etwa zwei Jahrhunderten ausgesehen haben mochte, als es eine blühende Zucker- oder Kaffeeplantage unter den Holländern gewesen war. Das ganze Urwaldgebiet, das sich bis an den Rand der Lichtung drängte, mußte damals bebautes Land gewesen sein. Neben dem großen Gutshaus mußte es Reihen um Reihen von Blockhütten als Wohnstätten für die Sklaven gegeben haben, außerdem eine Zuckerfabrik oder ein Lagerhaus für den Kaffee, zwei oder drei Häuschen für den jeweiligen Aufseher und seine Gehilfen, den Zimmermann und einen Bader, wie man ihn in jenen Tagen nannte. Vielleicht hatte um eben diese Stunde eine Glocke durchdringend geläutet oder ein Horn dumpf getutet, um die Arbeitstrupps von den Feldern heimzurufen – oder, wenn sie bereits zurückgekehrt waren, sie zur Abendmahlzeit unter den rauschenden Zweigen eines Baumes zu versammeln; oder zu den Züchtigungen des Tages, die der Aufseher oder sein Gehilfe überwachen mußten. Derselbe rötliche Sonnenschein mußte auf so manch einen im Stock gefangenen nackten schwarzen Körper gefallen sein, und der Aufseher mußte, an seiner langstieligen, schlanken Pfeife ziehend, dagestanden und zugesehen haben, wie diese Körper an so manchem Tag sich noch tiefer rot färbten, als es selbst der Sonnenschein zuwege bringen kann . . .

Ich entdeckte eine einsame Gestalt am Kai, der sich etwa fünfzig Meter oberhalb des Uferabschnitts befand, an dem die Stämme lagen. Jessie, die mit ihrer Mutter und mir an der Reling stand, rief: »Da ist Rayburn! Ich möchte wissen, wo Timmykins steckt.« Auf meine Frage hin erfuhr ich, daß Timmykins der indische Koch war. Eigentlich hieß er Timothy, aber Jessie nannte ihn immer Timmykins, weil er ›ein so pausbäckiges kleines Gesicht hat. Er ist der süßeste Inderjunge, den ich je gesehen habe!‹ Ihre Mutter bestätigte das und fügte hinzu, daß Timmy ein sehr guter Koch sei und sie oftmals in Erwägung gezogen habe, ihn sich zu schnappen und bei sich zu behalten, wenn er und Rayburn in die Stadt kamen, was sie gelegentlich taten.

Es dauerte jedoch nicht lange, da tauchte Timmykins mit einigen anderen am Kai auf, um dabeizusein, wenn der Dampfer anlegte, denn das wöchentliche Linienschiff war natürlich in dieser Gegend ein Ereignis. Pakete, Kisten und Briefe für die Arbeiter mußten abgeladen werden, bevor das Schiff seine Fahrt nach Paradise fortsetzen konnte.

Rayburn, ein schlanker, etwa vierzigjähriger Neger mit wachsamen Augen, lächelte und zog ehrerbietig seinen Filzhut vor uns, und hinter ihm folgte Timmykins wie ein zusammengeschrumpfter Schatten seinem Beispiel.

Wie ich erwartet hatte, erwies sich das Gutshaus als bestens ausgerüstet und überaus behaglich. Die Wände waren im Wohnzimmer hellgrün und im Eßzimmer hellblau gestrichen, das Mobiliar war modern und gut gepflegt – Rayburn war offensichtlich kein Faulpelz –, und es gab ein malvenfarbenes, ein rosafarbenes und ein hellbraunes Schlafzimmer. Die Veranda spannte sich um das gesamte Haus, und Jessie und ich machten, in einer Art kindlicher Begeisterung, die Runde, um ›die Liegestühle zu testen‹, wie Jessie es ausdrückte. Sie wählte einen aus und erklärte, sie würde jeden, den sie darin entdeckte, augenblicklich hinausbefördern. »Ich hoffe, *du* hast mich verstanden, Milton!« Offenbar war dies ihr zweiter Besuch in Goed de Vries. Das erste Mal war sie vor drei Jahren dort gewesen; damals waren Fred und sie fast in Ohnmacht gefallen vor Verwunderung, als er sie aufgefordert hatte, ihn zu begleiten.

Ich stellte erfreut fest, daß Jessie den Zwischenfall auf dem Schiff anscheinend aus ihren Gedanken verbannt hatte, und gab mir alle

Mühe, zu verhindern, daß das Gespräch darauf zurückkam, denn ihr Vater und ich waren übereingekommen, ihr nichts von dem Schriftstück und unseren Vermutungen bezüglich der Besonderheiten dieser Flötenmusik zu erzählen, für die sich so schwer eine einleuchtende Erklärung finden ließ.

Das Schlafzimmer, das mir zugewiesen wurde, war eines von zwei aneinandergrenzenden Räumen auf der Südseite des Hauses. Es war der hellbraune Raum. Mr. Nevinson – wie mir seine Frau mitteilte – konnte das zweite haben, das rosafarbene. »Jessie und ich nehmen das große Zimmer auf der Nordseite«, fuhr sie fort. »Ich weiß, daß es Ralph am besten gefällt, aber er wird diesmal ohne es auskommen müssen. Geschieht ihm ganz recht, warum mußte er schließlich Jessie, mich und auch noch Sie einladen, mit ihm hierherzukommen!«

»Ich dachte«, entgegnete ich, »Sie würden ihn lieber davon abbringen, zu eng mit mir zusammen zu sein. Haben Sie keine Angst, daß wir unsere Türen verschließen und uns so sehr in alte Bücher und Dokumente vertiefen, daß wir sogar die Mahlzeiten vergessen? Sie wissen ja, daß es eine Verbindungstür gibt.«

Sie hob die Arme und legte, die Augen zu den Deckenbalken verdreht, den Kopf schief. »Milton, ich flehe Sie an. *Bitte*, ermutigen Sie ihn nicht auch noch dazu, sich allzuviel mit alten Büchern zu beschäftigen. Er hat, wie ich sehe, ohnehin schon einen ganzen Koffer voller Bücher mitgebracht.« Sie stieß mit Märtyrermiene einen Seufzer aus, dann eilte sie Richtung Küche davon und rief: »Oh, mein Gott! Das Fleisch! Gerade fällt es mir ein! Hoffentlich hat Timmy es in den Eisschrank gelegt!«

Ein tiefes, regelmäßiges Knattern hallte vom Fluß herauf, und einen Augenblick lang dachte ich, es handele sich um ein herannahendes Motorboot, bis mir einfiel, daß es der Petter-Generator war, von dem Mr. Nevinson mir erzählt hatte, denn ich sah, daß in der Spülküche eine Glühbirne aufleuchtete. Irgendwie war mir die Frage nach dem Licht in diesem Augenblick in den Sinn gekommen, und der Anblick der Glühbirne, die zum Leben erwachte, gab mir ein Gefühl der Ruhe und Sicherheit, denn ich hasse nichts mehr als ein Haus, das nur mit Petroleumlampen oder Kerzen beleuchtet ist. Ich fürchte mich nämlich vor Spinnen, und ich habe immer das Gefühl, daß Petroleumlicht und Kerzenschein die Verbündeten dieser abstoßenden Kreaturen sind.

Nachdem ich das Haus gemeinsam mit Jessie gründlich erforscht hatte, verließ ich sie und ging hinaus zu Mr. Nevinson und Rayburn. Ich sah sie, in beiläufiger Unterhaltung, im mittlerweile düsteren Zwielicht am Fuße der Eingangstreppe stehen. Mr. Nevinson rauchte eine Pfeife und machte den Eindruck, als könnte es weit und breit keinen zufriedeneren Menschen geben. Mit keiner Handbewegung, mit keinem Zucken der Augenbraue verriet er, daß ihn etwas beunruhigte. Er lächelte mir zu, als ich herantrat.

»Rayburn, das ist der Herr, von dem ich dir erzählt habe, der Bilder malt – Mr. Milton Woodsley.«

»Sehr erfreut, Ihre Bekanntschaft zu machen, Sir!« rief Rayburn mit breitem, überaus ehrerbietigem Lächeln aus – und ich fürchte, ich brachte ihn in beträchtliche Verlegenheit, indem ich ihm die Hand entgegenstreckte. Er nahm sie, schüttelte sie kurz und ließ sie fallen wie ein heißes Eisen – und das trotz der Festigkeit meines Händedrucks. Er konnte natürlich nicht wissen, daß es meine Gewohnheit war, Menschen wie Dienstmännern, Schauerleuten und anderen ›Personen von niederem Stand‹ die Hände zu schütteln; er mußte von mir das kühle, herablassende Lächeln und das Nikken eines jungen Mannes der Mittelklasse erwartet haben.

Nachdem wir ein paar Minuten lang obenhin miteinander geplaudert hatten, klopfte Mr. Nevinson seine Pfeife am Schuhabsatz aus und sagte in allerbeiläufigstem Tonfall: »Ach, übrigens, Rayburn, erinnerst du dich an die kleine Dose, die du in mein Zimmer gelegt hast, als ich das letzte Mal hier war? Wer war es eigentlich, der sie dir für mich gegeben hatte? War es Patoirs Frau selbst?«

»Ja, Sir. Matilda – sie geben sie mir selbst. Sie mir geben und sagen der alte Mann versprechen es Ihnen wenn er tot und ich müssen es nehmen und Sie geben.«

»So, so, Matilda? Ich wußte nicht, daß sie so heißt. Ist sie noch in Patoirs Haus in Horstenland, oder wohnt sie wieder bei ihrer Familie?«

»Also, nein, Sir. Tatsächlich sie tot. Vorgestern sie ertrinken in Fluß bei Haus, wo sie mit alte Mann gewohnt.«

»Ertrunken? Wie ist das passiert? Ich dachte, die Inder wären alle gute Schwimmer?«

»Sir, ich selbst nicht richtig wissen wie es passieren. Ich hören komische Geschichte. Diese Flußleute zu abergläubisch, Sir. Ich froh ich kommen aus Stadt. Wenn du geboren und groß werden hier an Fluß, du müssen werden dumm und abergläubisch.«

»In der Stadt gibt es auch abergläubische Menschen, Rayburn, mach dir nichts vor. Aber was war das für eine komische Geschichte, die du gehört hast?«

Rayburn kicherte. »Sir, Leute sagen, Matilda tot, weil Geist sie verfolgen, wenn Patoir tot. Sie sagen sie der alte Mann nicht gut behandeln wenn er gelebt, und sobald er Augen schließen in Tod er beginnen sie zu verfolgen. Sie sagen, sein Geist sie verfolgen bis sie tot.«

»Ich verstehe. Und auf welche Weise hat sie der Geist verfolgt?«

Rayburn trat verlegen von einem Fuß auf den anderen, als wäre er der Meinung, sich schon lächerlich genug gemacht zu haben, indem er einen solchen Tratsch wiederholt hatte. Er sagte: »Sir, es ist nichts als Blödsinn. Ich nicht genau darauf achten. Ich sie sagen hören daß Matilda hören eine Art Musik in der Nähe von ihr Haus. Sie erzählen Leute sie hören Flöte spielen aber können sehen niemand der sie spielt. Sie hatte den Verstand verloren, Sir!« lachte Rayburn. »Jeden Tag sie sagen die Flöte kommen näher und näher bis an dem Tag bevor sie tot sie laut schreien und sagen sie sehen einen weißen Mann der tanzt vor ihr. Und ihre Schwester die bei ihr war sehen Matilda zittern am ganzen Leib und schwören der Geist haben sie mit leiser Stimme gerufen sie ihm sollen folgen in sein Grab. So sie sein ertrunken, Sir. Sie folgen dem Geist in Fluß und ertrinken.« Rayburn lachte wieder. »Die Frau hatte völlig den Verstand verloren, Sir. Das ist, was ihr gefehlt haben!«

V

An der Küste von Guayana wimmelt es von Leuchtkäfern. Es sind zartgliedrige, gemächliche kleine Wesen von der Größe der alten Drei-Penny-Münzen, die einem behäbig über das Handgelenk oder den Ärmel krabbeln und in kurzen Abständen aufleuchten. In dunklen Nächten kann man sie wie weiche Fünkchen im Laub von Büschen und sogar sehr hohen Bäumen sehen, denn sie fliegen manchmal sehr hoch. Oder Sie liegen schlaflos im Bett, und plötzlich glüht ein grünlich-weißes Auge an Ihrem Fenster auf und verschwindet wieder in geheimnisvoller Stille. Gelegentlich taucht ein solches Tierchen als flaumiger Fleck zwischen den Dachsparren auf und schießt blitzschnell von Balken zu Balken oder fällt in grünem, tödlich stillem Bogen herunter, so daß man unwillkürlich geneigt ist, das Gesicht im Kissen zu vergraben, um einer unfaßbaren Bedrohung zu entgehen.

Im Haus gibt es jedoch keine Leuchtkäfer. Jedenfalls habe ich keine bemerkt. Aber Feuerfliegen gibt es zuhauf. Sie sind etwa zweieinhalb Zentimeter lang und haben einen annähernd zylindrischen Körper. Leuchtkäfer glühen am Unterleib, aber bei den Feuerfliegen ist das anders. Ich weiß, es klingt unglaubhaft für Menschen, die nie ein solches Tier aus der Nähe gesehen haben, aber es ist dennoch wahr, und Sie können sich jederzeit selbst überzeugen, indem Sie eine Fahrt den Berbice hinauf unternehmen. Feuerfliegen verfügen über zwei leuchtende, bläulich-weiße Vorderlichter und ein rötliches Schwanzlicht. Ja, ich scherze nicht; es ist ungelogen so. Ich habe sie so oft untersucht, daß ich es wissen muß.

Als ich in jener ersten Nacht in Goed de Vries an meinem Schlafzimmerfenster stand, fing ich eines dieser Tierchen ein, das aus der Dunkelheit auftauchte und in gespenstischer Stille auf der Fensterbank aufleuchtete. Ich hielt es zwischen Daumen und Zeigefinger und beobachtete es gebannt. Das Schwanzlicht glühte nur in bestimmten Abständen auf, aber die beiden Vorderlichter erloschen nie. Sie wurden einmal heller, einmal dunkler und dann wieder heller, offensichtlich je nachdem, wie die Stimmung des Wesens schwankte. Einmal dachte ich irrtümlicherweise, sie würden gleich ausgehen, als sie plötzlich mit einem Schlag wieder aufflammten – und zwar so verblüffend grell, daß ich instinktiv das Bedürfnis hatte, das Geschöpf loszulassen, um mich nicht zu verbrennen.

Die beiden Fenster meines Zimmers gingen nach Süden oder, wenn Sie so wollen, zum flußaufwärts gelegenen Teil der Lichtung hinaus, was bedeutete, daß sich meinem Blick, wenn ich hinaussah, nur Dschungel und Wasser boten. Das Nordzimmer auf der anderen Seite des Hauses überblickte das flußabwärts führende Gebiet, wo sich die Sägemühle und die Wohnstätten der Arbeiter befanden.

Dunst hing schwer in der Luft – und es vermischten sich darin der Duft von Vegetation und Flußwasser: eine modrige süße Üppigkeit, die im ersten Moment überaus erfrischend schien und den Wunsch weckte, tief einzuatmen, um im nächsten Augenblick Mißtrauen zu wecken, da man eine erdige Dumpfheit wie von jahrhundertelang faulenden Blättern und den Knochen längst verscharrter Leichname wahrzunehmen vermeinte.

Die Insekten flirrten und summten in einem Hintergrundchor, an den sich die Sinne rasch gewöhnten, weil es ein so monotones Gebrumm war. Gelegentlich quakte ein Frosch irgendwo in der undurchdringlichen Dunkelheit und verstummte dann, um nie mehr gehört zu werden, fast, als hätte eine Hand ihn absichtlich zum Schweigen gebracht.

Aber was mich am meisten von allem faszinierte, waren die Feuerfliegen. Vor dem ungebrochenen Schwarz des Dschungels und über der Oberfläche des träge dahinfließenden Flusses, in dem sich die Sterne spiegelten, boten die Feuerfliegen eine unaufhörliche Vorstellung. Es war ein bebender, unermüdlicher, lautloser Tanz. Ziellose, schimmernde Flaumtupfer, schwebten sie und stürzten, stiegen auf und schossen im Zickzack hin und her, flüchtig und beiläufig. Winzige Lämpchen, die Lichtbündel in die feuchte Dunkelheit woben. Als ich sie allzu aufmerksam betrachtete, stellte ich fest, daß sie eine hypnotische Wirkung auf mich auszuüben begannen. Ich hatte das Gefühl, daß sie auf mich zukamen und sich wieder zurückzogen, auf mich zukamen und sich zurückzogen ... Und einmal schienen sie sich im Näherkommen zu Tausenden und Millionen von kalten, hellen Punkten zu vermehren, und ich wurde von dem Eindruck umfangen, als haftete ihnen etwas Pelziges und Böses, etwas Frostiges an, als könnten sie ihre Herkunft in einem Gebiet des Polarlichts haben und selbst Teilchen einer eisigen Gefahr sein, die mit ihrer betäubenden Starre vom menschlichen Körper Besitz ergriff. Ich konnte nicht anders, ich mußte dastehen und sie gebannt beobachten, bis es mir gelang, den Zauber mit einem Lächeln abzuschütteln. Doch selbst, als die Gegenwart mich wieder durchdrang, konnte ich einen leisen Schauder nicht verhindern und mußte mich selbst mahnen, mich nicht allzusehr von Träumen und weißen Lichtflecken umgarnen zu lassen.

Der Fluß machte leise schmatzende Geräusche im Buschwerk, das seine Ufer säumte – ein heimlichtuerisches Zischeln, das irgendwie noch einsamer und verlorener schien als das Flirren und Summen der Insekten. Als ich es mir ins Bewußtsein rief, stellte ich mit einem leisen Schrecken fest, daß es mir vorkam, als wäre es das Zischen einer Schlange oder das Rascheln leichter Gewänder. Fast augenblicklich glaubte ich sicher zu hören, daß sich dort draußen in der Dunkelheit etwas bewegte – jemand, der in Seide gekleidet war. Vielleicht ein himmlisches Gazegewebe. Ich straffte mich und spähte mit gerunzelter Stirn in die undurchdringliche Dunkelheit hinaus.

Dann hörte ich hinter mir im Raum ein Geräusch, und als ich herumfuhr, sah ich die undeutliche, pyjamabekleidete Gestalt Mr. Nevinsons in der Tür, die unsere beiden Zimmer verband, auftauchen. Mit einem Schauder der Erleichterung wurde mir klar, daß es die Berührung seiner Haut mit der Seide des Pyjamas gewesen sein mußte, was ich gehört hatte. Ich erzählte ihm davon, und er grummelte etwas und sagte, ja, er habe sich soeben den Pyjama angezogen. Warum ich meinen noch nicht anhätte?

»Ich habe die Feuerfliegen beobachtet«, erwiderte ich.
»Ja, ich sehe ihnen auch gern zu«, erklärte er, und im Sternenschein, der sich durch das Fenster über uns ergoß, sah ich, daß er lächelte.
Es war spät – kurz vor elf Uhr. Das ganze Haus lag im Dunkeln, denn der Generator war um zehn Uhr abgestellt worden, da es keinen Grund gab, ihn zu späterer Stunde noch laufen zu lassen. Das frische Fleisch, das wir mitgebracht hatten, war gekocht worden, und im Kühlschrank befanden sich keine verderblichen Lebensmittel.
Mrs. Nevinson und Jessie hatten sich nach dem Abendessen noch ungefähr eine Stunde lang Radiomusik angehört und sich dann zurückgezogen, und bald darauf hatte Mr. Nevinson Rayburn im unteren Stockwerk – Rayburns Zimmer, der einzige Raum, der ebenerdig angelegt war, befand sich unmittelbar unter dem Wohnzimmer – zugerufen, er solle den Generator für die Nacht ausschalten.
Wir lehnten uns aus dem Fenster und rauchten Zigaretten, und so unterhielt ich mich lange mit Mr. Nevinson – vielleicht bis nach Mitternacht. Wir stimmten darin überein, daß, nach dem, was Rayburn uns erzählt hatte, zu schließen, Patoirs Frau, Matilda, dem Zauber des Dokuments ebenfalls zum Opfer gefallen sein mußte.
»Es ist doch vollkommen normal«, erklärte Mr. Nevinson, »daß sie wissen wollte, was sich in der Dose befand. Sehr wahrscheinlich hat sie das Gerücht, daß irgendein Aberglaube daran haftete, nie geglaubt. Eher hat sie wahrscheinlich angenommen, es wäre eine List von Patoir, um sie davon abzuhalten, den Behälter zu öffnen. Sie muß geglaubt haben, er würde Geld darin horten, und als er starb, ging sie als erstes hin und befriedigte ihre Neugier in diesem Punkt.«
»Ja, das sehe ich auch so, Sir«, entgegnete ich. »Aber was ich wissen will, ist folgendes: Wie haben Sie Ihr weiteres Vorgehen geplant? Ich meine, ich nehme doch an, daß Sie nicht vorhaben, tatenlos herumzusitzen und den Ereignissen ihren Lauf zu lassen?«

»Ganz im Gegenteil, mein Junge. Sie können sicher sein, daß ich in der Absicht zu kämpfen hier heraufkam. Ich werde mich nicht so zahm mit diesen rätselhaften Vorgängen abfinden. Ich bin entschlossen, die Sache auf irgendeine Weise zu beenden. Das Naheliegendste ist, diese Gebeine und die Flöte, von denen in der Handschrift die Rede ist, zu finden und zu sehen, was dann passiert. Und da liegt natürlich auch der Haken. Ich habe keine Ahnung, wo diese Plantage, von der der Schreiber spricht, liegen könnte. Ich habe eifrig im Kolonialministerium gesucht, aber die Akten dort erwiesen sich als nicht sehr aufschlußreich. Ich konnte den Namen Voorman als Besitzer der Plantage zur Zeit der Rebellion nicht finden. Das ist allerdings nicht allzu verwunderlich. Wie Sie wissen, enthalten die Aufzeichnungen eigenartige Lücken. Der Regierungsarchivar hat mir einmal erzählt, daß das achtzehnte Jahrhundert in bezug auf die überlieferten Dokumente eine einzige Katastrophe ist. Dürftig, bruchstückhaft. Zahlreiche wertvolle Unterlagen sind verlorengegangen – insbesondere solche, die sich auf die Zeit um 1763 bezogen, aber vielleicht war auch der Aufstand selbst dafür verantwortlich. Hoogenheim, der holländische Gouverneur, verbrannte praktisch alle Dokumente in Fort Nassau, bevor er die Geschütze vernagelte und den Rückzug flußabwärts antrat.«

Nach einem kurzen Schweigen fuhr er fort: »Wie dem auch sei, morgen werden wir Patoirs Gut einen Besuch abstatten und uns ein wenig umsehen. Dann unterhalten wir uns mit Matildas Schwester. Vielleicht kann sie uns etwas erzählen, was uns von Nutzen ist. Eine andere Sache wäre es, herauszufinden, wer dieser indische Bursche sein könnte, der Patoir den Behälter schenkte. Wenn wir ihn ausfindig machen, könnte er uns vielleicht erzählen, woher er ihn seinerseits hatte. Das heißt, wenn er noch am Leben ist«, ergänzte er mit einem ausgeprägt grimmigen Unterton, wie ich fand.

Vom Fluß drang ein Glucksen herauf, als wäre eine Palmfrucht hineingefallen. Oder es konnte auch ein Fisch gewesen sein. Als das Geräusch verhallt war, breitete sich die Stille wieder über uns

aus, schwer und abwartend, wie sie für den Dschungel in dieser Gegend so charakteristisch ist. Es regte sich kein Windhauch, die Luft schien wie aufgelöste Vorhänge im Raum zu hängen. Der Fluß lauerte wie ein finsterer Feind, der jeden Augenblick seine schwarzen, glitschigen Tentakel in der Dunkelheit nach uns ausstrecken konnte. Flußaufwärts ertönte ein tiefes, knurrendes Bellen, und ich zuckte unwillkürlich zusammen, denn ich wußte genau, daß kein Hund imstande war, einen solchen Laut hervorzubringen; er war zu kraftvoll und scharf.
»Paviane«, murmelte Mr. Nevinson. »Sie sind zum ersten Mal im Dschungel, darum klingen sie in Ihren Ohren so beeindruckend. Nun, ich glaube, es ist Zeit fürs Bett.«
Ich stimmte ihm zu, doch aus irgendeinem Grund bewegte sich keiner von uns von der Stelle, sondern wir blieben am Fenster stehen.
Es lag etwas wirklich Faszinierendes in der Nacht. Eine dichte Lebendigkeit und Intelligenz – eine beobachtende Ruhe. In seinen feuchten Tiefen hatte der Dschungel, der sich wie eine ausgefranste Spitzenborte vom Sternenhimmel abhob, ein indigoblaues Lächeln aufgesetzt, und in dem gelegentlichen Quaken eines Frosches verbarg sich ein Kichern, das alles bedeuten konnte. Das leise Zischeln des Flusses nahm dann und wann einen höhnischen Charakter an. Aus seiner verschwiegenen Finsternis schien er absichtlich ein feuchtes Pflanzenmiasma in unsere Gesichter zu hauchen, das seine Feindseligkeit gegen uns zum Ausdruck brachte. Die Feuerfliegen vertieften, immer noch in ihrem tödlich schweigenden Tanz versponnen, den wachsamen Zug der Dunkelheit, als wüßten sie im Herzen ihrer kalten Glut um die Bedeutung dieser Nacht – den verborgenen Grund für das Lächeln des Dschungels, die Botschaft, die der Frosch in regelmäßigen Abständen hinausquakte, die Ursache für die verschlagene Feindseligkeit des Flusses.
Das Bellen der Paviane brach ebenso plötzlich ab, wie es begonnen hatte. Der Chor der Insekten wob ein Netz um uns herum. Dann raschelte es laut im Gebüsch am Rande der Uferböschung, und

nachdem das Rascheln verstummt war, schlug die Stille wieder bebend und feucht, behaftet mit dem modrigen Laubgeruch von Jahrhunderten, über uns zusammen. Ich hatte das Gefühl, das Wesen der Szene sehen, hören und berühren zu können – die Nacht selbst, den ureigensten Geist der Bäume und des Wassers zu erfassen. Das Insektengesumm wirbelte, schraubte sich hoch, drehte sich in purpurnem Kreis ...

Ich merkte plötzlich, daß sich in Mr. Nevinson Spannung geschlichen hatte, und drehte den Kopf mit einem Ruck zur Seite. Er stieß einen leisen Ruf aus.

»Was ist los, Sir?«

Er trat vom Fenster zurück und blickte um sich, ohne auf meine Frage zu antworten.

In diesem Augenblick wich der Bann der Beschaulichkeit von mir. Ich wußte, daß es wirklich geschah, und blieb lauschend stehen. Es war kein Zweifel möglich. Es hatte nichts Unwirkliches an sich. Es war eine Flöte, deutlich und in mäßiger Ferne. Ein melodieloses, wanderndes Geplätscher hoher Töne, das aus den Bäumen kam, die so still in der Nacht standen.

VI

Ich weiß noch, daß sich mein Bewußtsein auf die Möbel im Raum konzentrierte – die sternhellen Umrisse der Frisierkommode, des Bettes, des Waschständers und des Schaukelstuhls, und der unwichtige, banale Gedanke kam mir in den Sinn, daß ich vergessen hatte, mein Rasierzeug auszupacken. Ich erinnere mich auch daran, daß eine Feuerfliege durch das andere Fenster hereinirrte, an der Wand unweit der Frisierkommode aufglühte und dann wie ein blau-weißer Neonbogen wieder in die Dunkelheit hinausflog. Das alles notierte ich in meinem Tagebuch, weil es sozusagen den symbolischen Hintergrund bildete, als ich zum ersten Mal die Flöte hörte, doch es blieb auch in meiner Erinnerung haften, so daß ich es auch ohne Einsichtnahme in mein Tagebuch hätte berichten können.

Weniger deutlich erinnere ich mich daran, was in den Minuten, die auf diesen Augenblick folgten, geschah. Es ist von einer Aura der Folgerichtigkeit umgeben und für mich, der ich die Ereignisse aufzähle, liegt nichts Bemerkenswerteres darin als in einer ganz alltäglichen Berichterstattung.

Ich sagte: »Es war kein Märchen, Sir. Sie hatten recht. Ich kann es hören.« Mr. Nevinson erwiderte nichts.

Ich hörte, daß sich im Schlafzimmer auf der Nordseite etwas bewegte, und dann rief Jessie laut: »Papa! Bist du wach? Hörst du es?«

Das Bett knarrte, und ihr Fuß klatschte auf den Boden. Ihr Vater gab ihr keine Antwort, und sie rief noch einmal herüber: »Papa! Wach auf! Da ist die Flöte wieder! Milton! Bist du wach? Die Flöte spielt im Wohnzimmer!«

Ihre Mutter gab einen leisen, gereizten Laut von sich, dann hörte ich sie rufen: »Jessie! Was ist los? Bist du aufgestanden?«

Ich spürte Mr. Nevinsons Hand auf meinem Arm. »Kommen Sie mit ins Wohnzimmer«, sagte er mit leiser, drängender Stimme, und ich folgte ihm hinüber.

Draußen sandte die Flöte noch immer ihre Klänge durch die Nacht. Irgendwie beunruhigte es mich nicht im geringsten. Den Tönen haftete etwas so Harmloses, gar Idyllisches an. In keiner Weise schienen sie mir geisterhaft oder unheimlich.

Mr. Nervinson stieß gegen einen Stuhl und murmelte etwas von Streichhölzern, und im selben Augenblick hörten wir das Kratzen eines Streichholzes aus dem Nordzimmer, und das Gitterwerk am oberen Rand der Mauer leuchtete in rötlichem Schein auf. Die Räume waren, in der gewohnten Bauweise der Tropen, nicht fest umschlossen; die Wände hatten eher den Charakter hoher Schirme. Mrs. Nevinson schalt Jessie unaufhörlich aus, und ihre Stimme klang deutlich herüber.

»Hattest du einen Alptraum, Kind? Wo gehst du hin? Warum zündest du die Lampe an? Jessie, was ist los?«

Jessie erwiderte abwehrend: »Aber hörst du es denn nicht, Mutter? Es ist im Wohnzimmer – jetzt in diesem Augenblick. Sei nicht albern. Jemand spielt im Wohnzimmer Flöte. Ich bilde es mir nicht ein.«

»Mach dich doch nicht lächerlich. Was für eine Flöte? Hier in diesem Haus spielt niemand Flöte. Du hast zuviel zu Abend gegessen. Geh wieder ins Bett.«

Jessie rief wieder herüber: »Papa! Bist du wach?«

»Ja, Jessie! Ich bin im Wohnzimmer. Komm herüber. Bring die Lampe mit. Beeil dich.«

Jessie erschien in der Tür. Das Nordzimmer grenzte unmittelbar an den Wohnraum. Ihr Gesicht wirkte verängstigt. Sie hatte einen Morgenmantel über den Pyjama geworfen. Die Lampe in ihrer Hand tauchte den Raum in einen unbestimmten, gelblichen Schein; der Schatten des Mädchens türmte sich groß und bedrohlich hinter ihr an der Tür auf, und ein Teil ihres zerzausten Kopfes verschmolz zu einem bizarren Muster mit dem Gitterwerk oben an der Wand.

»Papa, hörst du es nicht? Es ist da. Gleich dort drüben beim Sofa. Aber es ist merkwürdig. Dort ist nichts. Keine Menschenseele. Ich sehe niemanden.«

»Schon gut, mein Mädchen. Reg dich nicht zu sehr auf. Du bist nicht die einzige, die es hört.« Ihr Vater sprach mit einer Gelassenheit, die mich in Erstaunen versetzte. Er sah sehr bleich aus, und ich bemerkte, daß er von Zeit zu Zeit einen wachsamen, suchenden Blick über die Schulter zurückwarf.

Seine Frau tauchte, hastig einen Morgenmantel überstreifend, auf.

»Ralph! Was soll dieser lächerliche Blödsinn? Weißt du, daß es schon nach Mitternacht ist? Was ist bloß mit euch allen los?«

»Mutter, hörst du es wirklich nicht?« Jessies Stimme hatte einen fast flehenden Klang. In diesem Augenblick trat ihre Charakterschwäche sehr deutlich hervor. In ihrer Haltung lag eine Verletzlichkeit und hilflose Starre, die mich rührte und an meinen männlichen Beschützerinstinkt appellierte. Sie streckte die Hand aus. »Sieh doch! Jetzt hat es sich nach dort drüben bewegt! Es kommt jetzt aus der Ecke hinter dem Tisch!« Sie packte ihre Mutter am Arm. »Was geht nur heute nacht in diesem Haus vor?«

»Du zitterst ja«, bemerkte Mrs. Nevinson. »Was hat das um alles in der Welt zu bedeuten?« Als sie zu ihrem Mann herüberblickte, wirkte sie fast komisch in ihrer Verärgerung. Sie hatte sich von ihrem Schreck und der Gereiztheit darüber, aus dem Schlaf geweckt worden zu sein, erholt und ihr treffender Sinn für Humor erwachte wieder zum Leben. Etwas von ihrer Theatralik ergriff wieder von ihrem Wesen Besitz. Sie blickte mit dem Anflug eines Lächelns von ihrem Mann zu mir. »Milton, hören Sie etwa auch diese mysteriöse Flöte? Ihr steht alle da wie Ölgötzen!«

»Ja, da ist eine Flöte«, erklärte ich mit einem gezwungenen Lächeln. »Aber für mich klingt es, als wäre sie außerhalb des Hauses. Irgendwo stromabwärts jetzt. Zuerst war es stromaufwärts.«

Sie schüttelte in einer Art herablassender Ungehaltenheit den Kopf. »Also, ich weiß nicht, entweder muß ich stocktaub sein, oder ihr drei habt völlig den Verstand verloren. Ich höre nicht einen einzigen Ton.«

Jemand packte mich heftig am Arm, und als ich den Kopf wandte, erblickte ich Mr. Nevinsons Gesicht. Sein Griff war wie eine

Schraubzwinge; er tat mir weh. Er starrte über die Schulter zu der Tür, die auf die Veranda hinausführte, und es lag etwas Unnatürliches in seinem gebannten Blick. Ich hatte irgendwie den Eindruck, daß er eigentlich weniger die Tür selbst visierte, sondern etwas, das sich rechts von der Tür befand – etwas, das er aus den Augenwinkeln beobachtete.

Ganz plötzlich stellte ich fest, daß die Flötenklänge verstummt waren.

Jessie atmete tief durch. »Jetzt ist es weg!« Sie spähte, die Augen furchtsam geweitet, hinter der Lampe, die sie noch in der Hand hielt, im ganzen Raum herum.

Ihr Vater jedoch hatte keinen Muskel bewegt. Er stand ganz still, den Kopf zur Tür gewandt, dieses starre, wachsame Glitzern in den Augen. Sein Griff um meinen Arm war jetzt so fest, daß ich nur mit Mühe ein Stöhnen unterdrücken konnte.

Seine Frau warf ihm einen beunruhigten Blick zu und trat näher. »Ralph! Was ist los? Was starrst du die Tür so an? Ist irgend etwas an der Tür?«

»Geh weg, Nell. Geh in dein Zimmer zurück.« Seine Stimme war ein tiefes Grollen, und er sprach, ohne die Richtung seines Blickes zu ändern. Er hatte die Finger so tief in meinen Arm gegraben, daß ich im Geiste sehen konnte, wie sich das Blut, am Fließen gehindert, schäumend staute.

Mrs. Nevinson runzelte verwundert die Stirn und wich nicht von der Stelle. »Das ist wirklich höchst eigenartig«, murmelte sie.

Plötzlich und zu meiner tiefen Erleichterung lockerte ihr Mann seinen Griff um meinen Arm. Ich konnte den erleichterten Atemzug spüren, der seine Lungen füllte. »Nell, ich habe dich gebeten, in dein Zimmer zurückzukehren, oder nicht?« Seine Stimme hatte einen gereizten Klang. »Bitte, geh augenblicklich. Jessie, geh auch wieder in dein Bett.«

»Ralph, was soll das heißen? Findest du nicht, daß du mir eine Erklärung für dein merkwürdiges Verhalten schuldest?« Mrs. Nevinsons Stimme hatte einen beleidigten Beiklang.

Zu jedem anderen Zeitpunkt hätte Mr. Nevinson umgehend Reue

gezeigt, doch jetzt war er selbst zu sehr beunruhigt. Er erwiderte: »Ja, ich weiß. Ich gebe es zu – aber ich bitte dich dennoch, in dein Zimmer zu gehen. Morgen werden wir über alles reden. Vertraue meinem Urteil, wenn ich es für besser halte, alle Erklärungen auf morgen zu verschieben.«

Aber so unerbittlich seine Worte auch klangen, Mrs. Nevinson beugte sich nicht seinen Anweisungen. Sie ist eine Dame von heftigem Temperament und nicht leicht zu vertrösten. »Aber was hat die ganze Geheimniskrämerei zu bedeuten?« fragte sie. »Muß ich es so verstehen, daß irgendein Geist in diesem Haus umgeht? Du kannst ganz bestimmt nicht von mir erwarten, daß ich mit dem Wissen ins Bette gehe, daß hier irgend etwas nicht stimmt. Das wäre unvernünftig von dir.«

Jessie fügte ein wenig heftig hinzu: »Ja, Papa, du mußt es uns sagen. Ich bleibe keine Nacht länger in diesem Haus, wenn es irgend etwas Merkwürdiges darin gibt. Ich packe meine Sachen und fahre morgen früh mit dem Dampfer in die Stadt zurück.«

Ihr Vater lächelte. Seine Ruhe erstaunte mich. »Du und deine Mutter, ihr seid ein so leicht erregbares Paar! War das eben das erste Mal, daß du die Flöte gehört hast? Hast du sie nicht zuvor auf dem Schiff gehört? Und während der letzten zwei Wochen ebenfalls in New Amsterdam? Was hätte es also für einen Sinn, aus dem Haus davonzulaufen und in die Stadt zurückzukehren? Glaubst du, das würde etwas ändern?«

»Aber woher kommt es denn? Wer spielt die Flöte? Ich bin davon aufgewacht – und ich bin sicher, daß es hier in diesem Raum war – aber ich konnte niemanden sehen, der sie gespielt hätte. Ich habe Angst. Das Ganze gefällt mir überhaupt nicht.«

»Schon gut, schon gut. Ich bin selbst beunruhigt. Aber ich versuche, nicht die Nerven zu verlieren. Tu du das bitte auch. Milton hat es auch gehört, und ich höre ihn nicht toben.« Er warf mir einen Blick zu. »Sie haben es gehört, nicht wahr, Milton? Aus der Ferne, nehme ich an?«

»Ja, es war zuerst flußaufwärts zu hören und dann flußabwärts.«

»Aber wie ist das möglich, Papa? Wenn es dieselbe Flöte war, die

gespielt hat, wie konnte Milton sie dann aus weiter Ferne hören und wir hier im Haus?«
Mrs. Nevinson, die in sprachloser Verblüffung von einem zum anderen geblickt hatte, rief aus: »Also wirklich, ich verstehe überhaupt nichts mehr! Wovon redet ihr eigentlich? Was ist das für eine Flötenmusik? Jessie, willst du ernsthaft behaupten, du hättest vor ein paar Minuten jemanden hier im Haus Flöte spielen gehört? Hier in diesem Wohnzimmer?«
»Selbstverständlich, Mutter. So deutlich, wie ich dich sprechen höre. Es ist dieselbe Flöte, die ich zu Hause schon seit Tagen gehört habe. Und ich habe dir doch erzählt, daß ich sie heute auf dem Schiff gehört habe, weiß du noch?«
Ihr Vater hob die Hand. »Also gut. Ich sehe schon, es hat keinen Sinn. Wir müssen die Sache auf der Stelle klären. Stell die Lampe dort auf den Tisch, Jessie, und dann nehmt ihr beide, du und deine Mutter, Platz.«
»Ralph, du scheinst die Angelegenheit sehr auf die leichte Schulter zu nehmen. Wenn an dem, was du sagst, etwas Wahres ist, dann muß es hier im Haus spuken – oder ihr drei seid zumindest von einem Zauber besessen.« Sie konnte ein belustigtes Glucksen nicht unterdrücken.
Ihr Mann lächelte. »Immerhin können wir dankbar sein für deinen Sinn für Humor, Nell. Kommt schon. Setzt euch. Milton, nimm diesen Stuhl.«
Es war eine der merkwürdigsten Szenen, die ich je erlebt hatte. Die Lampe, die Jessie auf den grünbeschichteten Tisch mit den Chrombeinen gestellt hatte, warf ihre unsteten, mattgelben Strahlen auf unsere Gesichter, und wir saßen vornübergebeugt auf unseren Stühlen im Kreis wie Menschen um ein Lagerfeuer oder einen Séance-Tisch. Ein Stapel alter Zeitschriften – *The Strand, Pearson's* und *The Connoisseur* – lag auf dem Tisch neben der Lampe, und ihre vereinigten Schatten bildeten einen ausgefransten Rhombus auf Mr. Nevinsons Pyjamajacke.
Während Mr. Nevinson seiner Frau und Jessie seine Theorie über die Handschrift und ihre Verbindung zu der Geisterflöte erklärte,

blickte ich mich immer wieder über die Schulter um, beeindruckt von unseren riesigen, unförmigen Schatten an den Wänden. Dann und wann schauderte ich, aber nicht aus Angst vor Geistern. Vielmehr mußte ich ständig an Spinnen denken. Ein paarmal hätte ich schwören können, daß ich braune Beine blitzschnell von einem verzerrten Schatten zum anderen krabbeln gesehen hatte.

Einmal zuckte Jessie zusammen und stieß einen unterdrückten Schrei aus, und ich sah, daß sie angestrengt auf die Tür starrte, die zur westlichen Veranda hinausführte. Wir drehten alle die Köpfe und folgten ihrem Blick, doch sie kicherte und erklärte, daß es nur eine Feuerfliege gewesen sei. »Sie hat so plötzlich aufgeleuchtet, daß ich erschrocken bin.« Sie zog den Morgenmantel fester um sich, und in diesem Augenblick ertönte draußen im Dschungel das scharfe, grollende Bellen der Paviane, und der Geruch von dunklem Wasser und Vegetation strömte in den Raum, als hätte ein unsichtbares Wesen durch das offene Fenster hereingeatmet.

Irgendwie war es plötzlich sehr still, und wir begannen uns umzusehen und auf das schmatzende Murmeln des Flusses zu lauschen. Selbst die Lampe auf dem Tisch machte einen erwartungsvollen Eindruck.

Mr. Nevinson sagte mit einem leisen Lachen: »Jetzt lassen wir uns alle nervös machen.« Und dann faßte er noch einmal zusammen, was er seiner Frau und seiner Tochter erzählt hatte.

Mrs. Nevinson war, wie ich erwartet hatte, skeptisch und geneigt, mit unverhohlenem Spott darauf zu reagieren. Sie erklärte die ganze Sache für völlig absurd. »Es ist nicht einleuchtend, Ralph! Wer soll dir denn so eine Geschichte glauben? Wie kann ein einfaches, albernes Stück Papier dazu führen, daß du eine Geisterflöte hörst? Das ist kindisch. Und wo ist diese Handschrift? Warum erlaubst du nicht, daß ich sie anfasse und sehe, ob ich es dann auch hören kann?«

Ihr Mann schüttelte den Kopf. »Es tut mir leid. Es wird kein weiterer Sterblicher die Hand daran legen, wenn ich es verhindern kann.«

Seine Frau lachte, warf den Kopf in den Nacken und stampfte mit

dem Fuß auf wie ein kleines Mädchen. »Aber Ralph, mein Lieber. Deine Stimme klingt so ernst. Was ist in dich gefahren? Seit wann bist du so abergläubisch? Und Sie ebenfalls, Milton? Ein gebildeter Philosoph wie Sie glaubt an einen solchen Unsinn! Ich schäme mich für euch!«
»Aber Mrs. Nevvy, Sie scheinen die Beweise zu vergessen.«
»Ach, zum Teufel mit den Beweisen! Ich bin sicher, daß es irgendeine natürliche Erklärung geben muß, Junge. Jemand versucht, euch einen Streich zu spielen, merkt ihr das nicht?«
Mr. Nevinson versuchte nicht, ihr zu widersprechen. Er erhob sich. »Also schön, meine Liebe. Es steht dir gewiß frei, darüber zu denken, wie immer du willst. Ich mache dir wahrhaftig keinen Vorwurf –« Er brach seine Rede ab. Es klopfte an der Küchentür. Jessie zuckte zusammen.
»Wer, zum Teufel, kann das nun sein?«
»Es muß Rayburn sein. Mutters lautes Gelächter muß ihn aufgeschreckt haben. Außerdem hat sie auf den Boden gestampft.«
Ich eilte in die Spülküche hinaus, dicht gefolgt von Mr. Nevinson. Obwohl es dort stockdunkel war, gelang es mir, mich zur Tür durchzutasten. Jessies Vermutung erwies sich als zutreffend. Es war Rayburn. Er wollte wissen, ob wir irgend etwas benötigten. Er habe Stimmen und ein Stampfen auf den Fußboden gehört. »Ich denken das muß eine Tarantel oder ein Skolopender sein, Sir.«
Mr. Nevinson entgegnete mit einem Lächeln: »Nein, Rayburn, glücklicherweise kann ich dich beruhigen, es ist nicht so schlimm. Wir haben uns lediglich über eine unbedeutende häusliche Angelegenheit unterhalten. Verzeihung, daß wir dich gestört haben.«
»Oh, nein, nein, Sir. Das ist in Ordnung, Sir. Wann immer Sie mich brauchen, klopfen auf Boden und rufen mich hoch – auch wenn mitten in der Nacht. Ich habe letzte Woche ein paar Taranteln hier im Haus getötet, Sir. Darum bin ich gekommen zu fragen.«
»Ein paar!« rief ich aus. »Du lieber Himmel! Wollen Sie damit etwa sagen, daß sie hier jede Woche in Mengen auftauchen?«

»Na ja, Sir, Sie müssen auf sie achten. Wir hier im Busch, wissen Sie. Man kann diese Insekten nicht daran hindern, im Haus herumzukrabbeln.«

»Gottlob schlafen wir wenigstens unter Netzen.«

Mrs. Nevinson kam herbeigerauscht und rief: »Rayburn, hast du diese Flöte auch gehört?«

»Flöte, Ma'am? Welche Flöte, Ma'am?«

Plötzlich fiel ein Lichtschein auf sein Gesicht, denn Jessie war ebenfalls herausgekommen und hatte die Lampe mitgebracht.

Mr. Nevinson schnalzte mit der Zunge und sagte: »Nell, ist es wirklich notwendig, Rayburn um seinen Schlaf zu bringen? Es muß fast ein Uhr sein.«

Nicht gewillt, den Wink zu verstehen und taktvoll zu schweigen, fuhr seine Frau jedoch unbeirrt fort: »Rayburn, ich habe dir eine Frage gestellt. Hast du, nachdem du heute abend zu Bett gegangen bist, eine Flöte gehört?«

»Was für eine Flöte, Ma'am?« erkundigte sich Rayburn verwirrt und mit einem unbehaglichen Lächeln.

»Dann gehörst du also zu denjenigen, die sie nicht gehört haben?«

»Nein, Ma'am. Ich habe keine Flöte nicht gehört.«

»Weißt du, ob einer der Männer eine Flöte besitzt, Rayburn?«

»Nein, Ma'am. Charlie Barnes hat eine Gitarre, und Willy James manchmal spielen Maultrommel. Aber soviel ich wissen, niemand haben eine Flöte, Ma'am.«

»Sehr gut, Rayburn. Danke. Wir hatten lediglich eine kleine Auseinandersetzung. Mr. Woodsley hier glaubte, er hätte draußen eine Flöte gehört. Er ist ein sehr phantasiebegabter junger Mann, darum sind wir nicht allzu verwundert. Ein Künstler, weißt du.«

Ich spürte, wie sie mir heftig auf den Fuß trat. »Also, gute Nacht, Rayburn. Und vergiß nicht, mir morgen früh die *Cassareep* zu besorgen.«

»Oh, nein, Ma'am! Das ich werden nicht vergessen, Ma'am. Gute Nacht! Gute Nacht, meine Herren! Gute Nacht, Miss Jessie!«

Als wir in das Wohnzimmer zurückgekehrt waren, erklärte Mrs.

Nevinson: »Ich weiß wirklich nicht, was ich davon halten soll. Ich gebe zu, daß es nicht gerecht scheint, euch alle drei als Lügner zu bezeichnen, aber ich kann für mein Leben nicht glauben, daß ihr, nur indem ihr ein vermodertes altes Dokument anfaßt, einen gespenstischen Flötenspieler zum Vorschein bringen könnt. Das gefällt mir nicht, es klingt mir zu sehr nach *Tausendundeine Nacht.*« Sie warf ihrem Mann einen Blick zu. »Und du meinst es ernst, Ralph, daß du mir nicht erlaubst, das Experiment ebenfalls zu machen?«
»Ganz ernst.«
»Ich kann dich vermutlich nicht zwingen. Jessie, komm, laß uns wieder zu Bett gehen. Komm. Und ich hoffe, Mijnheer Voorman hat die Güte, vor morgen früh keine weiteren Konzerte mehr zu veranstalten.« Sie brach in prustendes Gelächter aus, und Jessie blickte sie stirnrunzelnd an.
»Mutter, du faßt es immer noch wie einen Scherz auf. Du scheinst dir nicht im klaren darüber zu sein, daß es ernst ist.«
»Du klingst fast so feierlich – und schwülstig – wie dein Vater und Milton.«
Jessie fuhr plötzlich auf und sah zu ihrem Vater hinüber. »Moment mal! Papa, da ist noch etwas, was du uns nicht gesagt hast. Warum hast du so zur Tür gestarrt, nachdem das Flötenspiel aufgehört hatte? Hast du irgend etwas gesehen?«
Ihr Vater, der damit beschäftigt war, seine Pfeife zu füllen, runzelte die Stirn. Ich sah, daß ihn die Frage unvorbereitet getroffen hatte. Nach kurzem Zögern antwortete er: »Ich hielt es nicht für nötig, das zu erklären. Ich habe natürlich darauf gewartet, ob das Ding wieder anfangen würde zu spielen – die Flöte, meine ich.«
Mrs. Nevinson sagte lachend: »Du solltest eigentlich wissen, daß dein Vater ein begeisterter Musikfreund ist. Wahrscheinlich hat er ungeduldig auf den zweiten Satz gewartet. Ich schlage vor, Ralph, daß du das nächste Mal, wenn du es hörst, die Partitur mitschreibst. Sir Thomas Beecham wäre sicher sehr daran interessiert.« Mr. Nevinson und ich, wir lachten beide über ihre Worte. Selbst Jessie kicherte.

Einige Minuten später begleitete mich Mr. Nevinson in mein Zimmer zurück. Er bat mich, die Lampe auf dem Tisch neben meinem Bett zu entzünden, und ich tat es, ohne zu zögern. In seiner Haltung lag eine verhaltene Spannung, und ich spürte, daß er mir etwas Ernsthaftes mitzuteilen hatte. Ich drang jedoch nicht in ihn, sondern versuchte, so ungezwungen wie möglich zu sein, denn ich legte größten Wert darauf, daß er seine Meinung von mir als Menschen, der in schwierigen Situationen die Nerven nicht verlor, beibehielt. Nichts hätte mich mehr betrübt, als sein Vertrauen zu verlieren.

Ich sagte obenhin: »Ich hatte übrigens nicht erwartet, Sir, heute nacht etwas zu hören. Es traf mich völlig überraschend. Sagten Sie nicht, daß es nur einmal am Tag zu vernehmen ist?«

»In etwa, aber es gibt da keine feste Regel, mein Junge. Einmal habe ich es wie heute gehört – erst gegen Mittag und dann wieder spät in der Nacht.«

»Ich verstehe. Und – äh – war es heute nacht wieder ganz in Ihrer Nähe?«

Er neigte den Kopf und zündete seine Pfeife an.

Ich trat zum Fenster, trommelte leicht mit den Fingerspitzen auf die Brüstung und blickte stirnrunzelnd zu den Feuerfliegen hinaus. Aus dem Nordzimmer drang Gemurmel zu uns herüber – und ein kurzes, schrilles Lachen. Beim Gedanken an Mrs. Nevinsons unbeschwerte Skepsis lächelte ich liebevoll; es sah ihr so ähnlich.

Ein Rauchkräusel aus Mr. Nevinsons Pfeife strich an meiner Wange vorbei und trieb in die Nacht hinaus. Mein Gastgeber gesellte sich zu mir ans Fenster, und nachdem wir ein Weilchen schweigend in die Dunkelheit hinausgestarrt hatten, sagte er ruhig: »Mit der heutigen Nacht sind meine bisherigen Werte endgültig zunichte, Milton. Ich habe stets tief am Übernatürlichen gezweifelt – aber nach dem heutigen Abend müßte ich mich selbst belügen, wollte ich meine spöttische Haltung weiter aufrechterhalten.«

Ich sagte nichts darauf, und er fuhr fort: »Jessie hat mich gefragt, warum ich auf die Tür gestarrt habe, nachdem das Flötenspiel aufgehört hatte. Sie ist ein leicht erregbares Mädchen, darum mußte ich die Wahrheit verschweigen. Aber Sie haben mein Wort, Milton, daß ich ihn wahrhaftig sah.«

»Sie sahen ihn? Wen sahen Sie?«

»Ich habe keine Ahnung, ›wer‹ es war, aber ich habe nicht den allerleisesten Zweifel, daß ich eine schattenhafte menschliche Gestalt sah, die neben der Verandatür – der Vordertür schwebte. Gerade im Innern des Raumes. Ich versuchte, sie direkt anzusehen, aber jedesmal, wenn ich das tat, bewegte sie sich zum Rand meines Blickfeldes. Es haftete ihr etwas unvorstellbar Böses an.«

Er fuhr mit einem Brummen fort: »Ich bin kein Schwarzmaler, Milton, aber ich habe ein sehr starkes Gefühl, daß wir es mit einem entsetzlichen Gegner zu tun haben. Ich glaube, ich kann mir jetzt sogar vorstellen, wie diese Inderfrau Matilda zu Tode gekommen ist.«

»Wie meinen Sie das, Sir?«

Er nahm die Pfeife aus dem Mund und sagte: »Als ich Sie am Arm packte, geschah das, weil ich den unbändigen Wunsch verspürte, der Geistergestalt hinaus in die Dunkelheit zu folgen. Ich *mußte* mich an Ihnen festhalten. Nach einer Weile begann sich die Gestalt zu bewegen. Ich sah, wie sie langsam nach draußen schwebte, und wollte ihr folgen. In diesen wenigen Sekunden wurde der Wunsch zur Besessenheit. Es bedurfte meiner ganzen Willenskraft, mich dem zu widersetzen. Und wenn ich das sage, klingt es vielleicht theatralisch, aber ich weiß ganz genau, daß sie mich in den Tod rief.«

VII

Letzten Endes wird einmal entdeckt werden, daß ich ein Mensch mit einer angeborenen morbiden Veranlagung bin, und ich habe keinen Zweifel, daß es daran liegt, in Verbindung mit dem Umstand, daß ich mich im Alter von neunzehn erfolgreich vom Gedanken an alle meine früheren religiösen Ängste im Zusammenhang mit den Gefahren des Jenseits löste, wenn mich die Aussicht auf meinen eigenen Tod nicht erschreckt oder ängstigt.
Meine Großmutter hat auch etwas mit meiner Sicht des Todes zu tun. Als sie noch lebte, hing ich in meiner eigenen, zurückhaltenden Art sehr an ihr. Sie war eine großherzige Dame mit einer lebhaften Phantasie, doch diese Phantasie war unglücklicherweise fehlgeleitet; sie hatte einen Hang zum religiösen Fanatismus angenommen, mit der Folge, daß sie die Fähigkeit entwickelte, mit ihren lebhaften und überzeugenden Wortbildern dessen, was der Menschheit am Tage des Jüngsten Gerichts widerfahren würde, in kleinen Jungen wie mir Angst und Schrecken hervorzurufen. Dieser Tag, so pflegte sie mir zu versichern, konnte buchstäblich jeden Moment eintreten – ja, sogar noch in derselben Nacht im Schlaf. Wenn wir dann alle in den Betten liegen würden, so sagte sie, eingehüllt in tiefen Schlummer und ohne das geringste ungewöhnliche Ereignis zu erwarten, würde mit einemmal die Trompete vom Himmel droben ertönen, und beim Erwachen würde die Strahlende Herrlichkeit Gottes vom Himmel auf uns niederscheinen. Die Nacht würde zum Tage werden, und Engel würden in Scharen auf die Erde herabsteigen. Und dann – an dieser Stelle hatte sie die blau-grauen Augen immer in heller Aufregung aufgerissen – würde mit einemmal eine Mutter, ein Bruder oder eine Schwester aus unserer Mitte verschwinden, und im selben Augenblick wüßten wir, daß der Herr sie als Seine Auserwählten in den Himmel geholt hätte, weil sie in diesem Leben seinen Gesetzen gehorcht hätten. Diejenigen unter uns, die zurückblieben, würden sich voller Angst und Verwunderung umblicken. ›Warum‹, wür-

den wir uns fragen, ›sind wir nicht mit den anderen gegangen?‹ Und dann würde die Stimme eines Engels erschallen und verkünden: ›Ihr, die ihr übrig seid, seid die Sünder, die nun aufgerufen werden, Rechenschaft abzulegen für eure Sünden, bevor ihr zum Satan und seinen Schwarzen Engeln in die Ewigen Flammen geworfen werdet!‹

Für einen kleinen Jungen war das eine furchteinflößende Aussicht, aber irgendwie konnte sie mir nicht den beabsichtigten Schrecken einflößen, und das lag daran – da bin ich ziemlich sicher –, daß die Inbrunst der religiösen Ausbrüche meiner Großmutter widersprüchlicherweise einen außerordentlich selbstgefälligen Jungen aus mir gemacht hatte, der ohne den geringsten Anflug eines Zweifels davon überzeugt war, daß er beim Eintreffen dieses Tages, und wenn auch nur durch die heilige Anleitung seiner Großmutter, sich unter denjenigen Rechtschaffenen befinden würde, die vom irdischen Schauplatz verschwinden und behaglich versammelt würden an jenem Ort, wo Milch und Honig fließen.

Der psychologische Effekt dieser Kindheitseinflüsse auf mich hat sicherlich in gewissem Maße zu meiner Haltung in bezug auf die Vernichtung im allgemeinen beigetragen und gemeinsam mit wesentlich ausgeprägteren ererbten Zügen dazu geführt, daß ich den Tod in einem durchaus günstigen Licht betrachte. Ich habe einen starken Hang zum Zynismus in mir, der sich schon von früher Kindheit an entwickelte, und je länger ich lebe und die Verderbtheit der Menschen mitansehe, sowie ihre tölpelhafte Unfähigkeit, die jedes menschliche Bemühen vereitelt, desto mehr komme ich dazu, den Tod als Abenteuer zu betrachten, das eine angenehme Lösung für meine irdischen Irrungen bietet.

Mit dem Tod anderer Menschen ist es jedoch eine andere Sache. Wie zum Ausgleich für diese selbstmörderischen Neigungen, erfüllt mich der Tod anderer mit Ungläubigkeit, Entsetzen und einem irrationalen Mitleid. In den Tiefen meines Bewußtseins kann ich mir einfach nicht vorstellen, daß ein Mensch, den ich als tätiges, sich äußerndes Wesen empfinde, auf einen Zustand des Schweigens und der klammen Starre reduziert wird. Über eine

solche Begebenheit auch nur eine Minute lang nachzudenken, führt bei mir nicht nur dazu, daß ich vor Entsetzen schaudere und fassungslos den Kopf schüttele, sondern es deprimiert mich zutiefst und treibt mir Tränen des Mitleids in die Augen.
Gegen eine solche Stimmung mußte ich ankämpfen, als ich am nächsten Morgen um halb neun gemeinsam mit Mr. Nevinson und Jessie nach Horstenland aufbrach. Nach dem, was in der vergangenen Nacht passiert war und was Rayburn uns bezüglich des Schicksals der Inderfrau Matilda berichtet hatte, mußte ich mir sagen, daß ich die Möglichkeit eines bevorstehenden Todes nicht ausschließen konnte. Aber anstatt zuzulassen, daß sich diese Stimmung nach außen richtete, zwang ich meine Gedanken, sich auf den Tod ausschließlich in Verbindung mit meiner eigenen Person zu konzentrieren. Demgemäß verspürte ich nun im Boot keineswegs Furcht und Spannung. Im Gegenteil erhöhte die Unfaßbarkeit der Bedrohung selbst mein Gefühl angenehmer Erwartung. Denn ich hatte mich nie in der Lage gesehen, mir meinen Tod anders als in konventioneller Weise vorzustellen – im Bett möglicherweise infolge einer langweiligen Krankheit als Begleiterscheinung von Altersschwäche, oder durch einen Autounfall. In heldenhaften Augenblicken, das ist wahr, habe ich mich allerdings in der Schlacht fallen gesehen, die Brust von einer Kugel durchbohrt, doch der Glanz eines solchen Todes verblaßte unweigerlich, wenn ich darüber nachdachte, daß Millionen Menschen auf diese Weise gestorben sind, worin also lag das Besondere, wenn ich ihrer Zahl hinzugefügt wurde? Worin die einzigartige Poesie des Ereignisses?
Jessie hatte darum gebeten, uns begleiten zu dürfen, und ihr Vater hatte widerspruchslos eingewilligt. Es entging mir nicht, daß sie unsere Gesellschaft suchte, und später gestand sie uns, als sich die Gelegenheit bot, daß sie nicht das geringste Bedürfnis hatte, allein zu sein, wenn sich die Flöte wieder vernehmbar machte. »Mutter macht sich nur lustig darüber – bloß, weil sie sie selbst nicht hören kann. Wenn irgend etwas Ernstes passieren würde, wäre sie überhaupt keine Hilfe für mich.« (Jessie wußte, nebenbei bemerkt,

noch nichts von Matildas Schicksal und der Möglichkeit, daß unser Unterfangen einen tödlichen Ausgang nahm.)

Während ich sie so betrachtete, wie sie jetzt neben mir in dem kleinen Boot saß, dessen Motor scharf tuckerte und eine Schaumspur in das schwarze Wasser hinter unserem Heck zog, empfand ich eine ausgesprochene Zärtlichkeit für sie. Sie wirkte, trotz der unbekümmerten Gleichgültigkeit, die sie an den Tag zu legen versuchte, so bedrückt und verängstigt. Irgendwie konnte ich ihr die nachteiligen Charakterzüge, die sie offenbarte, nicht vorwerfen. Und im übrigen finde ich eine eher hilflose Frau, vorausgesetzt, sie ist keine komplette Idiotin, durchaus anziehend; etwas Grundlegendes in meinem Wesen sieht es lieber, wenn eine Frau in schwierigen Situationen Anzeichen von Unselbständigkeit und Abhängigkeit vom Mann zeigt. Nichts kann mich so sehr ärgern und abstoßen wie eine allzu tatkräftige und selbstsichere Frau.

Der Morgen war so angenehm, wie es nur ein Februarmorgen im Inland von Britisch-Guayana sein kann. Der Morgendunst, der in strudelnden Schwaden und Schleiern über dem Fluß gelegen hatte, hatte sich aufgelöst, und nun war die Luft frisch und erfüllt vom Aroma der Dschungelblüten und der unbestimmten, moderigen Feuchtigkeit von Flußwasser und verrottetem Laub. Samen der Rotangpalme trieben im Wasser und wippten, zu drei Vierteln untergetaucht, glänzend und tiefdunkelrot im Sonnenschein auf und nieder wie Schmuckstücke, die geschaffen waren, um den Hals einer Frau getragen zu werden. Dicht am Ufer entlang, unter den geheimnisvollen Schatten, die der überhängende Dschungel warf, trieben herabgefallene Morablüten wie gelber Staub auf der Strömung, scheinbar reglos und doch bewegt.

Horstenland, wie Goed de Vries das Gelände einer längst verlassenen holländischen Plantage, besteht aus Urwald, der hier und da mit Heimstätten durchsetzt ist – kleine, palmwedelgedeckte Häuschen oder *Benaps*, die, jedes für sich, auf einer mit Paradiesfeigen und Bananen, Maniok und anderen Gemüsepflanzen bebauten Lichtung standen.

Wie Jessie war auch Rayburn, der mitgekommen war, um den

Motor zu bedienen, über den eigentlichen Zweck unseres Ausfluges im unklaren, denn Mr. Nevinson wollte immer noch nicht, daß sich die Kunde von unseren Erlebnissen herumsprach, und hatte Jessie und mich ermahnt, nicht in Hörweite eines anderen Menschen über die Angelegenheit zu sprechen.
Patoirs Hütte unterschied sich nicht wesentlich von den anderen, mit denen das Ufer in Horstenland in gewissen Abständen gesprenkelt war. Als Rayburn den Bootsbug darauf richtete, erblickten wir ein graues, ungestrichenes Holzgebäude mit dem üblichen Palmwedeldach. Es stand auf einer Lichtung, die größer wirkte als die der anderen Heimstätten, und neben den Getreidebeeten gab es noch ein paar Kokospalmen und einen Mangobaum. Ein indischer *Corial* (Kri-all ausgesprochen) lag am Ufer, und eine Frau scheuchte in der Nähe des Hauses Hühner davon. Sie war klein und gedrungen und trug ein Kleidungsstück, das aussah wie ein verblichenes blaues Baumwollkleid. Ihre kaffeebraune Haut, die hohen Wangenknochen und das lange schwarze Haar ließen keinen Zweifel an ihrer Abstammung.
»Das ist die andere Inderin, von der ich haben erzählt, Sir«, erklärte Rayburn. »Sie ist Matildas Schwester. Sie heißen Adina, und ich hören sie bringen ihre zwei Kinder hier und leben in Hütte. Ihr Mann weiter flußauf gegangen, um ein Floß Kleinholz herunterzubringen.«
»So so, ist er das? Dann ist er also auch im Holzgeschäft?«
»O ja, Sir! Er uns erst letzte Woche verkaufen zwei Bündel Mora, aber er nicht sammeln regelmäßig. Er bissen faul – und ich hören trinken gern. Immer an der Flasche.«
Die Frau tauchte, das Gesicht zu einem einfältigen Lächeln verzogen, neugierig am Uferrand auf, als wir längsseits beidrehten. Wir hörten die Stimmen der beiden Kinder, konnten aber nichts von ihnen sehen. Sie schienen auf der Rückseite der Hütte zu spielen.
Ich hatte meinen Skizzenblock und Stifte mitgebracht, denn wir hatten Rayburn als Grund für unser Kommen gesagt, ich wollte ein paar Skizzen anfertigen, bevor ich die Bilder für die Firma

malte. Mr. Nevinson hatte als zweiten Vorwand außerdem hinzugefügt, er ›wolle einen Blick auf die Hütte des alten Patoir werfen und der Schwester der toten Frau sein Beileid aussprechen‹.
Kaum waren wir ans Ufer gesprungen, als Mr. Nevinson sich auch schon bemühte, Jessie und Rayburn loszuwerden.
Die Frau begrüßte uns schüchtern und zeigte dabei Zähne, die im fortgeschrittenen Stadium verfault waren, und nachdem Mr. Nevinson sich selbst und uns andere vorgestellt hatte, fragte er sie, ob Rayburn ein paar junge Kokosnüsse pflücken dürfte. »Die Missis zu Hause hat mich gebeten, ihr ein paar mitzubringen, Adina.«
Sie stimmte natürlich bereitwillig zu, und Mr. Nevinson sagte mit einem Lächeln: »Danke, Adina. Rayburn, kannst du sie für mich besorgen, während wir anderen hier in der Hütte herumstöbern?«
Jessie ersparte ihrem Vater alle weiteren Bemühungen um Ausflüchte, indem sie ausrief: »Ich gehe mit und sehe zu, wie Rayburn sie pflückt, Papa. Ich hätte nichts gegen eine Kokosnuß.«
Sie entfernte sich mit Rayburn, und Mr. Nevinson wandte sich an Adina: »Ich habe gehört, du bist die Schwester von Matilda, die mit Patoir hier gelebt hat, stimmt das, Adina?«
»Ja, Sir.«
»Matilda ist vor ein paar Tagen gestorben, nicht wahr?«
»Sie tot – ja, Sir.«
»Was ist passiert? Wie ist sie gestorben?«
»Sie ertrunken, Sir.«
Auf weitere Fragen hin erfuhren wir von ihr, daß Matilda vom Tage nach Patoirs Tod an die Flöte gehört hatte, und daß ihr an dem Tag, bevor sie selbst gestorben war, zum ersten Mal ein weißer Mann erschienen war, der sie zu sich gewunken hatte. Sie war eines Tages einfach ins Wasser gelaufen und ertrunken, erzählte Adina mit ihrer leisen, kaum hörbaren Stimme. Und ja, beantwortete sie die nächste Frage, Matilda hatte den Behälter nach Patoirs Tod geöffnet und das Papier darin herausgenommen, es jedoch wieder hineingesteckt, als sie gesehen hatte, daß es kein Geld war,

und den Behälter Rayburn übergeben, der ihn, wie es der tote Mann angeordnet hatte, Mr. Nevinson aushändigen sollte.
An dieser Stelle ergriff ich das Wort. »Du selbst hast das Papier nicht angefaßt, oder?«
»Ich, Sir? Nein, Sir. Ich nicht haben angerührt.«
»Du weißt nicht, von wem Patoir den Behälter bekommen hat?« erkundigte sich Mr. Nevinson, und Adina entgegnete mit einem Kopfschütteln: »Nein, Sir. Ich nichts wissen davon. Erste Mal ich sehen Behälter, wenn Matilda ihn holen unter Bett von toten Patoir.«
»Und hör mal, erzähl uns ein bißchen mehr darüber, wie Matilda ertrunken ist. Du sagst, du hast nicht direkt gesehen, wie sie ins Wasser gegangen ist?«
»Nein, Sir, aber ich wissen sie gehen hinein, weil an Nachmittag davor sie sagen der Geist von weiße Mann sie rufen vom Wasser. Er rufen sie sollen kommen in Wasser und ertrinken und sie sagen sie müssen ihr Gesicht wegdrehen und ganz fest an Türpfosten halten, sonst sie müssen gehen.«
»Woher wußtest du, daß sie sich ertränkt hatte, Adina?« erkundigte sich Mr. Nevinson mit gerunzelter Stirn. »Ich meine, hast du sie schreien gehört?«
»Ja, Sir, ich haben gepflanzt im Maniokfeld wenn ich sie hören rufen: ›Adina! Adina! Der Geist mich rufen in Fluß! Ich gehen!‹ Und dann ich hören ein Klatschen und wenn ich rennen zu das Ufer um nachsehen, ich sie sehen nirgends. Aber Kreise, Kreise in Wasser die ganze Zeit wie wenn jemand gerade ertrinken.«
»Ich verstehe. Und die Leiche ist bis zur Stunde nicht gefunden worden, nicht wahr?«
»Noch nicht, Sir. Mein Cousin und sein Bruder gestern und heute früh draußen gewesen mit *Corial* und suchen, aber sie noch nicht finden.«
»Es ist jetzt drei Tage her, daß sie verschwunden ist, stimmt's?«
»Ja, Sir. Heute Donnerstag. Es passieren an Montag.«
Wir hörten Jessie rufen und drehten uns zu ihr um.

»Papa! Milton!« Sie tauchte auf und winkte uns zu. »Rayburn möchte euch etwas zeigen.«
»Was zum Teufel könnte Rayburn uns zeigen wollen?« murmelte Mr. Nevinson. »Wir wollen lieber hingehen, Milton. Adina, entschuldige uns einen Augenblick, ja?«
Wir gingen zu der Stelle hinüber, an der die Kokospalmen standen. Ein Haufen Kokosnüsse türmte sich auf dem Boden, und Jessie hatte sich offensichtlich bereits zwei einverleibt, denn ihre Schalen klafften weit geöffnet am Fuße eines der Bäume.
Rayburn hatte sich entfernt, und wir sahen ihn fünfzig Meter weiter westlich in der Nähe eines Maniokfeldes stehen. Er beschattete die Augen mit beiden Händen und hielt nach etwas am Himmel Ausschau.
»Rayburn, was ist los?« erkundigte ich mich.
Er kam mit einem Ausdruck der Verwunderung auf uns zu. »Sir, ich sehen ein paar Aaskrähen gleich dort drüben kreisen. Schauen Sie nur, dann Sie sehen selbst. Ich mich fragen, ob nicht ein tot Ding in Busch bei kleine Bach, was fließt nicht weit von hier.«
»Und was soll damit sein? Wahrscheinlich der Kadaver irgendeines Tieres.«
»Ja, Sir, aber besser einmal nachsehen. Es könnte Matildas Leiche sein, was die Strömung in den Bach getrieben.«
»Meinst du?« gab Mr. Nevinson zurück. »Vielleicht sollten wir es besser untersuchen.«
»Wie weit ist der Bach von hier?« wollte ich wissen.
»Ungefähr eine halbe Meile, Sir. Den Weg da drüben wir können nehmen.«
»Ausgezeichnet. Laßt uns gehen. Jessie, ich glaube, es ist besser, du bleibst bei Adina, bis wir zurückkommen.«
Sie schien unsicher, nickte dann aber. »In Ordnung. Ich warte hier. Ich sehe nicht gern Leichen. Ich wußte nicht, daß hier eine Frau ertrunken ist. Wann ist das passiert?«
»Am Montag. Adinas Schwester Matilda.«
Wir ließen sie zurück und folgten einem holprigen Pfad, der sich

südlich der Lichtung durch den Busch wand. Er verlief offensichtlich parallel zum Fluß, denn von Zeit zu Zeit erspähte ich durch eine Lücke im dichten Blattwerk und zwischen Palmenstämmen schwarzschimmerndes Wasser.
Wir mußten wohl die Hälfte der Strecke zurückgelegt haben, als wir vor uns Stimmen vernahmen. Dann traten die mageren Gestalten zweier Inder in Hemden und Shorts in Erscheinung. Zwischen sich trugen sie etwas Unförmiges.
Einige Sekunden später starrten wir auf Matildas Leichnam hinunter.
Mr. Nevinson rief nach einer flüchtigen Untersuchung aus: »Aber diese Frau ist nicht ertrunken! Sehen Sie! Sie ist kein bißchen aufgedunsen.«
»Ja, Sir. John und ich sagen dasselbe«, pflichtete einer der beiden Inder bei, die, wie wir erfahren hatten, die Cousins der Toten waren.
Mit einem leisen, entsetzten Stöhnen stellte ich fest, daß sie recht hatten. Der Leichnam wies keinerlei Anzeichen dafür auf, daß er sich überhaupt unter Wasser befunden hatte, wenn auch das rötliche, verknitterte Baumwollkleid den Eindruck machte, als wäre es erst eingeweicht und dann wieder getrocknet worden.
»Wir sie gefunden an Ufer von Bach, Sir«, berichtete der Inder namens John. Er war ein schlauer, aufmerksamer Bursche und nicht wie die breite Masse der Inder. »Sie liegen auf dem Bauch. Ihr Gesicht war in die Blätter vergraben. Die Krähen fangen gerade an sie zu belästigen, aber gelingen ihnen nur sie an ihr Fuß und Hand zu picken. Sie nicht kommen an ihr Gesicht. Wir kommen gerade rechtzeitig.«
John erklärte, daß sie in den vergangenen Tagen das Flußufer abgesucht hatten, weil sie geglaubt hatten, sie wäre ertrunken. Erst heute morgen waren sie auf den Gedanken gekommen, den Busch im Umkreis des Baches zu durchstöbern. Und die kreisenden Aaskrähen (die hiesige Bezeichnung für Geier übrigens) hatten ihren Argwohn geweckt.
Plötzlich zog etwas an der Leiche meine Aufmerksamkeit an. »Was

ist das für ein Mal an ihrem Bein?« fragte ich, indem ich darauf deutet.
John schob den Rock ein wenig beiseite und entblößte ein wenig mehr von dem Schenkel, als bereits freigelegen hatte. Wir beugten uns über das schauerliche Ding und sahen so etwas wie einen Striemen auf der Haut, unmittelbar oberhalb des Knies.
Schweigend betrachteten wir das Mal. Es war ungefähr fünfundzwanzig bis dreißig Zentimeter lang und drei Zentimeter breit und wies in regelmäßigen Abständen, in der graublauen Färbung des Striemens selbst, dunkle runde Flecken auf.
Rayburn rief aus: »He-he! Aber, Sir, das ist ein komisches Mal! Es sehen aus als ob jemand ihr machen Brandzeichen mit einer Flöte!«

VIII

Als später an diesem Tag der staatliche Apotheker aus einem Ort namens Ida Sabina eintraf – in dieser Gegend ist kein Amtsarzt stationiert –, erfuhren wir, daß der Tod durch einen Schlangenbiß verursacht worden war. Der Apotheker entdeckte zwei Punkturen am linken Fußgelenk, um die sich eine leichte Schwellung gebildet hatte, und erklärte, daß es für ihn aussah wie der Biß einer *Labaria*. Soweit er es beurteilen konnte, war kein Wasser in die Lunge gedrungen, und der Körper wies keine Spuren von Gewalttätigkeit auf. Der eigenartige Striemen am Schenkel erstaunte ihn ebensosehr wie uns andere. Wir befragten Adina, aber sie behauptete, sicher zu sein, daß er am Tage des Verschwindens ihrer Schwester nicht dagewesen sei, da sie sie an jenem Tage bei der Morgentoilette nackt gesehen hatte und es ihr aufgefallen wäre.
Der Apotheker, ein mittelgroßer schwarzer Herr, der sich in der Medizin recht gut auskannte, obwohl er kein ausgebildeter Arzt war, erklärte, an Mr. Nevinson und mich gewandt: »Dieser Striemen kann nicht durch einen Schlag verursacht worden sein. Er sieht eher aus wie eine Tätowierung – eine ganz frische Tätowierung übrigens. Ich könnte ihn nicht als gewaltsam beigebrachte Wunde bezeichnen.«
Wir waren derselben Meinung, und er schien froh darüber zu sein, denn später bei der Feststellung der Todesursache würde er, wie wir wußten, seinen Bericht ablegen müssen, und es war wichtig, daß wir in diesem besonderen Punkt übereinstimmten.
Mr. Nevinson widerstrebte es immer noch, etwas über die Handschrift und die Geisterflöte verlauten zu lassen. Im Laufe eines Gesprächs unter vier Augen mit mir kam er natürlich darauf zu sprechen. »Was ich nicht verstehe«, sagte er, »ist, wie es kommt, daß sie neben dem Bach auf dem Trockenen lag. Wenn sie hier in den Fluß gesprungen ist, weil sie einen Schrecken bekommen hat, warum sollte sie dann in den Bach geschwommen und an Land geklettert sein?«

»Könnte sie nicht irgendwo hier in der Nähe ans Ufer gestiegen und dann durch den Busch zum Bach gelaufen sein?«
»Das ist möglich – sogar wahrscheinlich. Aber warum sollte sie zum Bach gegangen sein, anstatt hierher zum Haus zurückzukehren? Ich bin sicher, daß sie sich nicht verirrt haben kann. Adina und ihre beiden Cousins haben gesagt, sie habe sich hier in der Gegend sehr gut ausgekannt.«
»Aber«, hielt ich ihm entgegen, »wenn wir bedenken, was Sie mir in der vergangenen Nacht erzählten, wäre es dann Ihrer Meinung nach nicht möglich, daß sie von der Gestalt, die Sie ebenfalls sahen, durch den Busch gelockt wurde? Sie sagten, daß Sie nur unter Aufbietung aller Willenskraft verhindern konnten, ihm in die Nacht hinaus zu folgen.«
Er nickte nachdenklich. »Ja, mein Junge, der Gedanke ist mir natürlich auch gekommen. Es ist einfach so, daß ich es mir nicht gern eingestehen möchte. Im Hinterkopf habe ich immer noch die Hoffnung, daß sich eine natürliche Erklärung finden läßt.«
Eine Zeitlang standen wir schweigend da und starrten auf das dunkle, träge dahinfließende Wasser hinaus. Am anderen Ufer funkelte der Dschungel im Sonnenschein, eine Symphonie von Grün in allen Schattierungen, und in der glatten Wasseroberfläche spiegelte sich jedes Blatt naturgetreu in allen Einzelheiten. Dann und wann entstanden durch den Fall einer Beere Wellen, die das Muster störten, aber die Störung geschah sanft und fließend.
Gelegentlich wurde ein leises, dünnes Geräusch wie von Wellen, die in der Ferne auf den Strand klatschen, hörbar, schwoll allmählich in der Luft an und erstarb wieder. Es war nur eine Brise, die raschelnd durch den Dschungel strich, aber sie war so weit entfernt, daß sie uns hier nie erreichte. Sie hatte etwas merkwürdig Geisterhaftes an sich.
Ich fertigte ein paar grobe Skizzen an, bevor wir uns verabschiedeten. Wir warteten das Begräbnis des Leichnams nicht ab, das nicht aufgeschoben werden konnte, da die Verwesung bereits recht fortgeschritten war.
Jessie weigerte sich, von den Broten und Bananen, die wir als Im-

biß mitgebracht hatten, etwas zu essen. Sie murmelte, an mich gewandt: »Milton, glaubst du, daß dieses Ding, das wir auf ihr Bein tätowiert gesehen haben, etwas mit der Flöte zu tun haben könnte, die wir die ganze Zeit hören?«

Sie saß dicht bei mir im Boot und sah so bleich und verängstigt aus, daß ich am liebsten den Arm um sie gelegt hätte, um sie zu trösten. Ich legte eine Lässigkeit an den Tag, die ich bei weitem nicht empfand, und schüttelte den Kopf. »Mein liebes Mädchen, wie um alles in der Welt kommst du denn zu einer solchen Vermutung?« sagte ich und bemühte mich, meine Stimme so überzeugend klingen zu lassen wie möglich, denn ich hielt es für meine Aufgabe, alles in meiner Macht Stehende zu tun, um sie bei gutem Mut zu halten.

Sie warf mir einen scharfen Blick zu und entgegnete: »Du mußt glauben, du und Papa, ihr könntet mir Sand in die Augen streuen, nicht wahr? Ich weiß, daß etwas im Gange ist, wovon ihr mir nichts erzählt habt. Als wir heute morgen an Land gingen, hat Papa Rayburn absichtlich fortgeschickt, Kokosnüsse zu pflücken, weil er ungestört mit dieser Inderin sprechen wollte. Das habe ich sofort gemerkt, und ich wußte auch, daß ich es nicht hören sollte, darum bin ich mit Rayburn gegangen.«

»Das ist also deine Theorie in dieser Angelegenheit, ja?«

»Hör zu, Milton, wodurch ist das seltsame Mal auf dem Bein dieser toten Frau entstanden? Es hatte genau die Form einer Flöte. Man konnte sogar die Grifflöcher erkennen. Es sah aus, als hätte es ihr jemand absichtlich mit einer Art bläulicher Tinte aufs Bein gemalt.«

»Ich bin ebenso verwundert darüber wie du«, erwiderte ich vorsichtig.

Sie warf mir einen eindringlichen Blick zu und umklammerte mein Knie. »Milton, hat sie es gehört?«

»Was gehört?«

»Oh, stell dich doch nicht so dumm. Das Flötenspiel. Hat sie es gehört, bevor sie starb?«

»Ich nehme an, du kannst es ebensogut wissen. Ja, wir haben erfahren, daß sie es gehört hat. Adina sagte, daß Matilda in den letzten zwei oder drei Wochen vor ihrem Tod die Flöte gehört hat. Aber das muß nicht unbedingt etwas zu bedeuten haben, mach dir also keine Sorgen.«

Als wir in Goed de Vries ankamen, war die Arbeit in der Sägemühle in vollem Gange. Das Tschag-a-tschag, tschag-a-tschag der Maschinen dröhnte durch die Stille des späten Nachmittags und schien fast greifbar, so als könnte man, wenn man die Hand vors Gesicht hielt, die Wellen des Geräuschs in der Handfläche pulsieren fühlen.

Mrs. Nevinson lag auf der Nordveranda in einer Hängematte und schlief, das *Pearson's Magazine*, in dem sie gelesen hatte, wie ein spitzgiebeliges Dach auf dem Bauch. Wir störten sie nicht, und Mr. Nevinson verkündete, er wolle ihrem Beispiel folgen, da ihn die Unternehmungen der vergangenen Stunden ziemlich ermüdet hatten. Jessie erklärte, sie sei nicht schläfrig, entschloß sich aber, ins Bett zu gehen und zu lesen. Was mich betraf, ich bat meinen Gastgeber, mir Mijnheer Voormans Dokument für eine Weile zu überlassen, da ich eine Abschrift seines Inhalts in mein Tagebuch aufnehmen wollte.

Die nächsten zwei Stunden war ich also damit beschäftigt, die Ereignisse der vergangenen zwei Tage aufzuzeichnen. Ich hatte im Alter von siebzehn begonnen, Tagebuch zu führen, und bis 1937, als ich in dieser Hinsicht etwas nachlässig zu werden anfing, nie einen Tag ausgelassen, gleichgültig, wie ereignislos er auch gewesen sein mochte. In jenen Tagen Anfang der dreißiger war ich besonders versessen auf mein Tagebuch, und selbst wenn es nur den Zustand des Wetters und ein paar langweilige Gedanken mitzuteilen gab, versäumte ich es nie, auf dem Platz, der für jeden Tag zur Verfügung stand, etwas niederzuschreiben.

Beim Schreiben dieser Erzählung war es mein Tagebuch, worauf ich mich in der Hauptsache gestützt habe, und da ich nun schon einmal dabei bin, halte ich dies für einen geeigneten Augenblick, den zweiten Teil der Handschrift zu zitieren – den Teil, der die Anweisungen enthält, die sich auf das Auffinden der Gebeine und der Flöte von Mijnheer Voorman beziehen.

Nach Mr. Nevinsons Übersetzung lautet er folgendermaßen, und ich zitiere gewissenhaft Wort für Wort:
›Vom Flußufer aus folgen Sie dem Pfad, der zur Ruine der alten Zuckermühle führt. Er verläuft Richtung Osten entlang dem Entwässerungskanal, doch wenn der Tag über die vierte Stunde nach Mittag vorgerückt ist, achten Sie sorgfältig darauf, die linke Seite des Weges zu vermeiden, denn um diese Tageszeit beginnen die ersten unliebsamen Geister dort ihr Unwesen zu treiben. Gehen Sie an der Zuckerfabrik vorbei und überqueren Sie den Damm *(paal)*, der die Felder 17 und 18 von der Hauptpflanzung des östlichen Abschnitts, wo Kaffee angepflanzt ist, trennt. Durchqueren Sie Feld 4 und suchen Sie die Brücke, die in südwestlicher Richtung über den Kanal führt. Überqueren Sie die Brücke und gehen Sie zu der großen Scheune (hier verbarg sich meine Frau mit den Kindern, als der Aufstand ausbrach, aber, o weh, sie wurden bald aufgespürt und ermordet). Umrunden Sie die große Scheune, bis Sie an der kleinen Scheune am Kanal anlangen (hier hielt ich mich versteckt, und es gelang mir, den schwarzen Schurken zu entgehen). Hinter der Scheune verläuft ein weiteres Wegstück parallel zum Kanal. Dem folgen Sie bis zur Schleuse *(koker)*, wo Sie auf einen großen runden Granitstein stoßen werden (der oft als Züchtigungsmittel für diejenigen Sklaven diente, die gestohlen oder ein ernstes Verbrechen begangen hatten). Rollen Sie diesen Stein beiseite und graben Sie ein Stück tief, bis Sie auf einen Krug stoßen, der meine Flöte enthält sowie ein paar Dokumente, die sich auf mein Lebenswerk beziehen. Vor ihnen brauchen Sie sich nicht zu fürchten, da ich sie nicht mit dem Fluch des Bösen belegen werde wie das Pergament, auf das ich jetzt schreibe. Genau nördlich von diesem Stein befindet sich ein mit Ziegelsteinen befestigtes, niedriges Wasserloch, das in einem ziemlich verfallenen Zustand ist. Dort hinein werde ich mit meiner Muskete steigen und meinem Leben ein Ende setzen, und hierin werden meine Gebeine gefunden werden.
Ich werde den Kanister mit diesem Schriftstück in einem Spalt im Mauerwerk am Rande des Wasserlochs hinterlegen, und Gott steh

demjenigen bei, der es findet und das Pergament berührt. Er wird mich entweder in meiner mühevollen Wanderung durch die Schatten hier auf Erden, wo ich mich befinde, begleiten, und im Tode ebenfalls ein Gefangener unsäglicher Wesen sein, oder aber sich und mich befreien, indem er meine Gebeine und meine Flöte ausfindig macht und ihnen ein christliches Begräbnis zukommen läßt.‹

Noch lange, nachdem ich es in mein Tagebuch übertragen hatte, saß ich da und grübelte über das merkwürdige Schriftstück von Mijnheer Voorman nach. Es schien kaum ein Zweifel möglich, daß er entweder verrückt war oder aber ein Mann, der Zauberei und Dämonenlehre betrieb. Wie sonst hätte er Sätze wie ›ein Gefangener unsäglicher Wesen‹ und ›unliebsame Geister, die dort ihr Unwesen treiben‹ formulieren können? War es möglich, daß er versuchte, böse Geister auf sich zu lenken? Wie auch immer es sich verhielt, er mußte jedenfalls ein abergläubischer Bursche gewesen sein, da seine Anweisung unmißverständlich lautete, derjenige, der seine Gebeine und seine Flöte suchte, müsse darauf achten, daß er nach vier Uhr nachmittags ›nicht auf der linken Seite des Weges‹ lief. Für einen Plantagenbesitzer mußte er ungewöhnlich gewesen sein. Und welche Rolle konnte die Flöte in seinem Treiben gespielt haben? Mir schien es sicher, daß er ihr großen Wert beigemessen hatte, denn warum sonst sollte er verlangen, daß sie zusammen mit seinen Gebeinen begraben wurde? War er vielleicht ein Musikliebhaber gewesen? Hatte er sich auf das Flötenspiel spezialisiert? Aber selbst wenn, warum ging er so weit, jeden mit einem Fluch zu belegen, der das Pergament berührte? Hatte er vielleicht im letzten Moment bereut, sich mit dem Teufelswerk eingelassen zu haben, hatte aber im Angesicht des Todes erkannt, daß es zu spät war, sich von dem Einfluß des Bösen zu befreien, das ihn gefangenhielt? (Denn es steht ohne Frage fest, daß er nicht hoffen konnte, ein christliches Begräbnis zu erhalten, wenn ihn die Negersklaven entdeckt und ermordet hätten; die Sklaven waren Heiden). War das der Grund, warum er die Bedingung aufgestellt hatte, daß der Finder des Schriftstücks keine Ruhe finden sollte,

bevor er die Gebeine und die Flöte nicht ausgegraben und entsprechend den Gebräuchen der Kirche wieder beerdigt hatte?
Ich spielte noch mit dieser Interpretation, als ich hinter mir leise Schritte vernahm – ich saß auf der östlichen Veranda – und Jessie zu mir trat und mich fragte, was ich täte.
»Ich schreibe in mein Tagebuch«, erklärte ich, indem ich das Dokument rasch zwischen die Seiten des Buches schob, das zufällig eines dieser überformatigen Hefte war und sich vorzüglich zum Verbergen von Papierbögen eignete. »Und wie steht es mit dir? Was hast du gelesen?«
»Ach, nichts Besonderes«, entgegnete sie, während sie sich auf das Geländer der Veranda hochzog. Halb darauf sitzend, halb stehend, blickte sie zu der Sägemühle hinüber und bemerkte: »In der Mühle haben sie für heute mit der Arbeit Schluß gemacht. Es ist nach vier, nicht wahr?«
»Ja, um die Wahrheit zu sagen, ich habe kaum gehört, daß die Arbeit im Sägewerk aufgehört hat.«
Wir hörten langsame Schritte auf der Veranda und sahen ihren Vater auftauchen. Er rauchte seine Pfeife und wirkte nachdenklich. Er warf uns einen Blick zu, dann starrte er gedankenverloren zum Sägewerk hinüber.
Jessie klopfte leise mit dem Fuß gegen die Balustrade.
Der Gedanke an die Eigenartigkeit des menschlichen Verhaltens entlockte mir unwillkürlich ein Lächeln. Ohne ein Wort miteinander zu wechseln, wußten wir ganz genau, was die Gedanken des jeweils anderen belastete; wir waren uns der erwartungsvollen Spannung bewußt, die sich hinter unserem äußeren Schein der Ruhe verbarg. Aber wie aufgrund einer stillschweigenden Vereinbarung unterließen wir es, den Gedanken zu äußern, der so bebend in unserem Bewußtsein lauerte. Die Hemmungen, die unser zivilisiertes Dasein uns auferlegte, waren dergestalt, daß wir einfach schweigen und einen Gleichmut zur Schau stellen mußten, den wir mitnichten empfanden.
Ja, der Tag war vorangeschritten. Die Sonne stand tief im Westen. In ungefähr einer Stunde würde sie rötlich am zackigen oberen

Rand des Dschungels am anderen Ufer stehen und dann innerhalb weniger Minuten verschwunden sein, um für eine Weile ein Bündel hellroter und malvenfarbener Lichtfächer zurückzulassen, die sanft mit dem klaren Blau des Himmels verschmolzen, während die blättrig-kalten Fäden der Nacht ihr Begräbnismuster über allem zu weben begannen.
So lebhaft sah ich die Szene vor mir, als würde es sich bereits ereignen. Ich kam irgendwie auf die Idee, ich hätte mich durch die Zeit projiziert und säße nun auf den Eingangsstufen, um den Fluß und den Sonnenuntergang zu betrachten. Durch die Stille wurde ein von einem Arbeiter gesungener Liedfetzen herübergetragen, und für mich wurde der Ton eins mit meiner Überlegung zu der Phantasie, meiner Zeit ein paar Stunden vorausgeeilt zu sein. Ich hatte das Gefühl, diese Stimme um sechs Uhr zu hören, nicht um halb fünf, mir war, als wäre es mir gelungen, die Lücke zwischen jetzt und dann zu überspringen . . . Hatte sich innerhalb der Lücke etwas Ungewöhnliches ereignet? Irgend etwas Beunruhigendes?
Ich mußte die Phantasie mit Gewalt abschütteln, und Jessie blickte kichernd zu mir herüber. »Was ist los mit dir?« erkundigte sie sich. »Warum zitterst du so?«
»Zittern? Ich habe überhaupt nicht gezittert«, gähnte ich übertrieben, lehnte mich verlegen zurück und begann zu pfeifen.
Jessie lachte. »Und wozu das plötzliche Pfeifen?«
»Darf ich nicht einmal pfeifen? Irgendwelche Einwände?«
Sie gab ein Brummen von sich, das halb wie ein Seufzer klang, und streckte sich in einer Art und Weise, die verriet, daß sie ebenfalls ein wenig verlegen war, dann sagte sie obenhin: »Ich gehe mich duschen und für den Abend umziehen. Nicht, daß es einen Grund gäbe, sich für den Busch besonders fein zu machen«, fügte sie hinzu und entfernte sich, leise vor sich hinsummend.
Ungeachtet unserer gespannten Erwartung wurde es sechs Uhr, und die Stille blieb ungebrochen.
Etwa um sieben Uhr, kurz vor dem Abendessen, geschah es.

IX

Jessie hörte es in ihrer unmittelbaren Nähe. Sie befand sich im Eßzimmer und half Timmykins, den Tisch zu decken.
Ihr Vater hielt sich im Wohnzimmer auf und war mit der Lektüre einer Nummer von *Life and Letters* beschäftigt, die ich ihm eine halbe Stunde zuvor geliehen hatte.
Ich saß rauchend auf der westlichen Veranda, als Jessies Schrei ertönte. Ich richtete mich augenblicklich auf und legte den Kopf schräg – und ich hörte es, wie in der Nacht zuvor, in der Ferne am Fluß.
Mrs. Nevinson, die in der Küche damit beschäftigt gewesen war, eine Mayonnaisesauce zu bereiten, kam in das Eßzimmer geeilt, um zu sehen, was mit Jessie los war, doch Jessie war inzwischen zu ihrem Vater ins Wohnzimmer gerannt. Als ich dort ankam, hielt sie seinen Arm umklammert und blickte sich verwirrt im Raum um.
Mr. Nevinsons Blick wanderte, wie ich bemerkte, nicht ziellos im Raum umher, sondern war fest auf die Stelle an der Westtür gerichtet, an der ich stand und die, was ich schon früher hätte verdeutlichen können, auf die vordere Veranda hinausführte. Um die Eingangsstufen hinunterzusteigen, mußte man durch diese Tür gehen.
Dann erschien Mrs. Nevinson, gefolgt von Timmykins, in der Tür zum Eßzimmer: »Was ist passiert, Jessie? Hört ihr wieder die Flöte?«
Jessie nickte. »Ja, Mutter, sie ist hier drinnen.«
»Milton, hören Sie es auch?«
Ich antwortete ihr mit einem gemurmelten Ja.
Ich sah, wie Mr. Nevinson Jessies Hand abrupt abschüttelte und sich erhob. Seine Handlungsweise schien eher überlegt als ungeduldig, und mir drängte sich der Eindruck auf, daß in seinem Verhalten etwas Trancehaftes, Automatisches lag.
Jessie stieß einen wimmernden Laut aus und murmelte: »Jetzt ist

es dort drüben. Beim Radio.« Sie wich ängstlich zu ihrer Mutter zurück.
Ihr Vater kam geradewegs auf mich zu, aber ich konnte erkennen, daß er nicht mich, sondern durch mich hindurch auf die Tür sah.
»Wohin gehen Sie, Sir?«
»Aus dem Weg, Milton.«
Ich packte ihn am Arm. »Sie können jetzt nicht hinausgehen, Sir, Das Abendessen ist fast fertig.«
Er versuchte, meine Hand abzuschütteln, sein Atem ging rasselnd, und er murmelte ein paar heftige Worte – aber ich ließ nicht locker. Und plötzlich legte sich sein Widerstand; er hielt sich an meinem Arm fest und starrte über meine Schulter in die tiefe Dunkelheit hinaus. Ich sah, daß sich winzige Schweißperlen auf seiner Stirn bildeten.
Die Flötenmusik war verstummt. Jessie stieß atemlos hervor: »Es hat aufgehört! Es ist vorbei!« Sie trat zu mir, und ich spürte ihre kalten Finger, die sich um mein Handgelenk schlossen.
»Was starrt Papa da draußen an, Milton?« fragte sie.
Ich antwortete ihr nicht, und in diesem Augenblick entspannte sich die Haltung ihres Vaters. Ich spürte, wie ein tiefer Seufzer der Erleichterung durch ihn ging.
Einen Augenblick lang herrschte Schweigen zwischen uns.
Mr. Nevinson begann in seiner Tasche nach der Pfeife zu kramen, und Jessie starrte ihn mit totenblassem Gesicht an.
Mrs. Nevinson stand in der Nähe des Sessels, in dem ihr Mann eben noch gesessen hatte. Während ich das niederschreibe, sehe ich ihre Gestalt mit der umgebundenen Schürze und der Gabel in der Hand noch vor mir – eine Speisegabel, an der noch die sahnigen Reste von Mayonnaise klebten. In ihrer Miene lag diesmal nichts Spöttisches. Ihr Gesicht war verwundert und erschrocken – und weiblich, womit ich diesen hilflosen, abhängigen Ausdruck meine, den Frauen, wie ich schon an früherer Stelle bemerkt habe, meiner Meinung nach haben sollten. Es war offensichtlich, daß die Situation ihr Begriffsvermögen überstieg, und wie ihre Tochter machte sie nicht den Versuch, so zu tun, als könnte sie sie bewältigen.

Timmykins stand in der Eßzimmertür und starrte uns mit seinen arglosen Inderaugen verwundert und voll verständnisloser Neugier an. Er hielt drei Teller und eine Serviette in den Händen. Ich erinnere mich, daß mich eine Sekunde lang die Befürchtung durchfuhr, er könnte die Teller fallen lassen.
Später, beim Abendessen, wurde kaum gesprochen. Keiner von uns aß viel, und Jessie war sehr unruhig. Sie blickte immer wieder aus dem Fenster zu den Feuerfliegen hinaus. Mehr als einmal hörten wir das drohende Bellen der Paviane.
Kurz bevor wir uns vom Tisch erhoben, zog ich die Blicke der anderen auf mich, als ich hörbar nach Luft schnappte. Ich hatte zufällig aufgesehen und aus dem Fenster zu meiner Rechten geblickt. Über dem schwarzzerfetzten Rand des Dschungels war die dichte Wolkenwand aufgerissen und hatte die rötliche Mondsichel zum Teil freigegeben. Der Anblick erschreckte mich. Ich hatte ihn nicht erwartet, und der Mond hatte noch nie so finster und so schön auf mich gewirkt.
Jessie verrenkte den Hals, um an meiner Schulter vorbeizusehen, und dabei berührten ihre Fingerknöchel meinen bloßen Arm. Sie waren eiskalt. Mit leiser Stimme sagte sie, ja, er sei wunderschön, aber schrecklich. Und unmittelbar, bevor wir uns erhoben, erkundigte sie sich bei ihrem Vater nach dem Licht und ob er Rayburn anweisen würde, den Generator um zehn Uhr wie am Abend zuvor auszuschalten. Ihr Vater erklärte, daß er Rayburn gebeten habe, den Generator die ganze Nacht über anzulassen. Leise fügte er hinzu, er hielt es für eine gute Idee, wenn wir an diesem Abend bis zur Bettzeit im Wohnzimmer zusammenbleiben würden. Er wolle ein paar Kleinigkeiten mit uns besprechen.
Also begaben wir uns, als die Mahlzeit beendet war, gemeinsam ins Wohnzimmer hinüber.
Mr. Nevinson nahm den Lehnstuhl neben dem Tisch mit den Zeitschriften, Jessie und ihre Mutter setzten sich auf das Sofa in der Nähe. Ich war im Begriff, mir einen Sessel heranzuziehen, als Mrs. Nevinson sagte: »Kommen Sie, Milton, setzen Sie sich zu

uns. Es ist genug Platz.« Also setzte ich mich zwischen die beiden Frauen auf das Sofa.

Zu jedem anderen Zeitpunkt wäre uns unser feierliches Gebaren lächerlich erschienen, aber an diesem Abend lag zuviel Spannung in der Luft, waren unsere Köpfe zu sehr beschäftigt mit drängenden, schweren Gedanken.

Nur wir, die wir es am eigenen Leibe erfahren haben, kennen die einzigartige Merkwürdigkeit dieser Tage und Abende – das leicht verrückte, flüchtige Gefühl, mitten in okkulte Vorgänge hineingeraten zu sein, sich dabei aber der alltäglichen Lebensroutine bewußt zu sein; die Möbel und die Wände um uns herum im Haus zu sehen und die Bäume draußen, den Fluß, das Sägewerk und die Arbeiter, alles normale, gewöhnliche, faßbare Symbole der materiellen Welt, und doch im Innersten zu wissen, daß etwas, das sich unserer Kontrolle entzog, in die bekannten Muster unseres menschlichen Handelns eingedrungen war.

Den ganzen Abend über war Mr. Nevinson unsicher und nervös. Ich merkte, daß ihm derartige Gespräche vollkommen fremd waren, besonders, wenn seine Familie davon betroffen war. Er ist, wie ich, ein zurückhaltender Mensch, der Situationen fürchtet, in denen es dazu kommen kann, daß Gefühle offen gezeigt werden.

Er spielte fast die ganze Zeit über mit seiner Pfeife herum und starrte auf die Magazine, die neben ihm auf dem Tisch lagen. Dann und wann nahm er eine Zeitung zur Hand und blätterte ziellos und verlegen darin.

Er leitete seine Rede mit der Bemerkung ein, wir hätten selbst gesehen, womit wir es zu tun hatten, und wenn es auch vielleicht albern schiene, wenn intelligente Menschen gezwungen waren, es einzugestehen, nun, so war es nun einmal: Tatsache war, daß wir einer Reihe von geisterhaften Vorgängen ausgesetzt gewesen waren. Es war nicht angenehm, zu wissen, daß diese merkwürdige Erscheinung zu jeder Tages- und Nachtstunde hervortreten konnte.

Was er zu sagen habe, fuhr er fort, sei folgendes: Jessie und ihm selbst drohte Gefahr – unmittelbare Gefahr. Und in zwei bis drei Wochen würde auch ich, Milton, in Gefahr sein.

Nachdem er seine Pfeife angezündet hatte, fuhr er fort. Irgendeine unheimliche Macht, erklärte er, habe begonnen, ihn unwiderstehlich aus dem Haus zu ziehen, wann immer die Flöte zu hören war. Er stieß mit gesenktem Blick ein unsicheres, verlegenes Lachen aus. »Es klingt unsinnig, so etwas zu sagen, ich weiß, aber ich kann euch versichern, daß es die reine Wahrheit ist. Und da ist noch etwas. Die beiden letzten Male habe ich deutlich eine geisterhafte Gestalt gesehen.«

»Eine geisterhafte Gestalt?« warf Mrs. Nevinson ein.

Ihr Mann nickte. »Ja, Nell, eine Gestalt. Einen Geist, platt ausgedrückt, wenn dir das lieber ist. Er hat mir gewunken, ihm zu folgen. Ihr könnt darüber lachen, aber das war genau der Eindruck, den die Erscheinung auf mich machte.«

Keiner von uns sagte etwas dazu, und niemand lächelte. Wir warteten, daß er fortfuhr, und nach einer Pause sagte er, daß nach seiner Berechnung Jessie, wenn wir das nächste Mal die Flöte hörten, die Geistergestalt ebenfalls sehen würde und den Zwang spüren würde, ihr hinaus zu folgen. Es erfordere eine gewaltige Willensanstrengung, dem Wunsch zu widerstehen. Er spreche aus Erfahrung. In der Tat sei der Drang so überwältigend, daß er ihm ohne Zweifel nachgegeben hätte, wenn ich, Milton, ihn nicht an der Tür aufgehalten hätte. Bis die Gefahr, der wir ausgesetzt waren, vorüber sei, müßten wir strenge Vorkehrungen treffen, um zu verhindern, daß er selbst oder Jessie diesem Drang folgten. Er habe keinerlei Zweifel mehr daran, daß die Frau in Horstenland, Matilda, den Tod gefunden hatte, weil sie dem Impuls nachgegeben habe und der Erscheinung gefolgt sei, als sie ihr gewunken habe. Es sei richtig, daß sie von einer Schlange gebissen worden war, aber die Tatsache bleibe bestehen, daß sie von diesem finsteren Geist in ihr Schicksal gelockt worden sei (hinterher sagte ich ihm, daß er wie ein Staatsanwalt vor den Geschworenen geredet hätte).

Sein Vorschlag sei, so fuhr er fort, daß jemand über Jessie und ihn selbst Wache hielte, denn nach allem, was er wußte, sei möglicherweise körperliche Gewalt nötig, um die beiden zurückzuhalten,

wenn der Geist in Erscheinung trat. Wir würden Rayburn ins Vertrauen ziehen und zum Wächter über einen von beiden – vorzugsweise sich selbst – ernennen müssen. Es würde ziemlich unangenehm sein, aber er sähe keine andere Möglichkeit. Als Wächter für Jessie würde er mich, Milton, vorschlagen, und vielleicht könne Nell sich bereithalten, für den Fall, daß ich, Milton, Hilfe brauchen würde. Was wir zu seinem Vorschlag zu sagen hätten?
Augenblicklich meldete sich Mrs. Nevinson zu Wort. »Es gefällt mir überhaupt nicht, Ralph. Die Lage ist doch sicher nicht so verzweifelt, daß sich dieser Schwarze den ganzen Tag hier mit uns im Haus herumtreiben muß.«
»Du brauchst nicht einen solchen Ton anzuschlagen, Nell«, entgegnete ihr Mann mit einem Stirnrunzeln. »Es war nur ein Vorschlag. Wenn dir etwas Besseres einfällt, laß es uns hören.«
»Warum kann Milton nicht auf dich aufpassen? Ich könnte mich um Jessie kümmern, wenn es sich als notwendig erweist. Ich kann einfach nicht verstehen, warum Rayburns ständige Anwesenheit erforderlich sein sollte.«
»Mutter ist nicht klar, wie ernst die Sache ist!« stieß Jessie mit schriller, hysterischer Stimme hervor. »Nur, weil es sie nicht betrifft, kann sie so reden –«
»Schon gut, Jessie! Schon gut! Beruhige dich, bitte!« mahnte ihr Vater.
Etwa eine halbe Stunde lang diskutierte Mr. Nevinson mit seiner Frau, aber sie weigerte sich eigensinnig, darauf einzugehen, daß Rayburn oben bei uns schlief. So etwas hatte die Welt noch nicht erlebt, und sie konnte keinen Grund dafür erkennen. Sie bestand darauf, daß sie Jessie ausreichend beschützen könne, wenn etwas passierte, und daß ich mich um ihren Mann kümmern könne. Sie habe noch nie im Leben mit Niggern auf vertrautem Fuße gestanden und sehe keinen Grund dafür, es jetzt zu tun – und im übrigen sei sie überzeugt, daß Ralph ein unnötiges Aufheben um die Sache machte. Wie könne ein alberner Geist die Macht haben, ihn und Jessie hinaus in den Tod zu locken. Die Vorstellung sei vollkommen abwegig und aus der Luft gegriffen.

Jessie unterbrach sie einige Male – nervös und überreizt. Schließlich beugte sich Mr. Nevinson, der während der ganzen Tirade eine bemerkenswerte Geduld gezeigt hatte, vor und stieß einen Laut der Entrüstung aus. »Du sollst deinen Willen haben, Nell«, sagte er schroff. »Wir lassen die Dinge, wie sie sind. Du paßt auf Jessie auf, und Milton paßt auf mich auf – und ich hoffe sehr, daß du es nicht zu bereuen haben wirst.«
Seine Frau lachte. »Wirklich, Ralph, du überraschst mich. Du redest wie ein Schundromanschreiber.«
»Mutter, du bist dumm – das ist es, was dir fehlt!« brauste Jessie auf. »Du kannst nicht über deine Nasenspitze hinaussehen –«
»Hör zu, Kind, ich halte es für das beste, wenn du jetzt zu Bett gehst. Deine Nerven sind überspannt. Nimm zehn Tropfen Baldrian –«
»Ich will nichts mehr von dir hören. Du bist unmöglich. Ich gehe nicht ins Bett. Ich bleibe hier bei Papa und Milton.«
»Aber gewiß doch – wie es dir beliebt! Ihr könnt alle tun, was euch gefällt«, erklärte ihre Mutter, indem sie sich erhob und mit entschieden frostiger Miene in ihr Zimmer ging.
»Ihr ist es vollkommen egal«, stieß Jessie erregt hervor. »Nur weil sie selbst es nicht durchmachen muß. Sie ist egoistisch. Sie ist ein egoistischer Dickschädel. Ich wußte es schon immer.«
»Das reicht, Jessie. Sei jetzt still.«
Ich tätschelte ihr lächelnd den Arm und bat sie mit unsicherer, verlegener Stimme, sich nicht aufzuregen. »Ich glaube nicht, daß wir vor morgen noch einmal behelligt werden. Es wird nicht heute nacht passieren – jedenfalls stehen die Chancen gut, daß es so ist. Die Abstände zwischen den Erscheinungen sind offenbar länger.«
Ihr Vater sagte: »Wir wollen uns bis zum Schlafengehen auf die Veranda setzen, Milton. Es ist ein bißchen stickig hier drinnen. Jessie, komm mit uns.«
Jessie und ich suchten die beiden Liegestühle heraus, die wir bei unserer Ankunft am Abend zuvor ausgewählt und feierlich für unseren ausschließlichen Gebrauch in Besitz genommen hatten.

Wir stellten sie nebeneinander auf der Südveranda auf, während Mr. Nevinson es sich in der Hängematte, die nahebei befestigt war, gemütlich machte.
Wir blieben weit über eine Stunde draußen, mein Gastgeber schweigend und unaufhörlich an seiner Pfeife ziehend, während ich gelegentlich eine Bemerkung mit Jessie austauschte. Sie wurde immer ruhiger, je weiter der Abend voranschritt, und ihre Stimme verlor den schrillen Klang. Selbst die Paviane beunruhigten sie nach einiger Zeit nicht mehr, nur einmal, als ein ziemlich lautes, gurgelndes Klatschen vom Fluß herüberdrang, streckte sie die Hand aus und berührte mit einem unterdrückten Ausruf mein Handgelenk, fügte aber sogleich hinzu: »Das muß ein Fisch gewesen sein. Ein *Perai* oder etwas Ähnliches.«
Die Feuerfliegen vollführten, lautlose Bögen und schimmerndes Geflitter, ihren komplizierten Tanz in der Dunkelheit.
Das Stampfen des Generators flußabwärts war zu einem kaum noch vernommenen indigoblauen Klangteppich geworden – ein Hintergrund, vor dem sich das gelegentliche Quaken eines Frosches abhob wie ein rosiges, feuchtes Blütenblatt.
Mehr als einmal nahm ich eine Bewegung im Innern des Hauses wahr – die Schritte meiner Gastgeberin. Die Fenster der beiden Zimmer, die von mir und Mr. Nevinson belegt waren, gingen auf den Teil der Veranda hinaus, auf dem wir saßen, und ich hielt es für Einbildung, als ich aus Mr. Nevinsons Zimmer ein leises Geräusch hörte.
Ich warf Jessie im Liegestuhl neben mir einen Blick zu, um zu sehen, ob sie es ebenfalls bemerkt hatte. Im matten Sternenlicht kam sie mir ungewöhnlich still vor, und mir kam der Gedanke, daß sie eingenickt war, daher störte ich sie nicht.
Ich hörte die Hängematte knirschen. Als ich zur Seite blickte, konnte ich undeutlich den Umriß von Mr. Nevinsons Kopf erkennen. Er war verdreht, als würde er zu einem der Schlafzimmerfenster starren, und in diesem Augenblick wurde mir klar, daß ich mir das Geräusch in seinem Raum vielleicht nicht nur eingebildet hatte.

»Haben Sie etwas gehört, Sir?«
»Ich bin ziemlich sicher, ja.« Seine Stimme klang verwundert. »Sie auch?«
»Nun, ich dachte, ich hätte so etwas wie Schritte oder etwas Ähnliches gehört. Es schien aus Ihrem Zimmer zu kommen.«
Jessie bewegte sich und richtete sich auf; unsere Stimmen hatten sie offenbar geweckt. »Was ist los, Milton?«
»Nichts, nichts«, beeilte ich mich zu sagen, denn ich wollte sie nicht beunruhigen. »Ich habe deinen Vater nur etwas gefragt. Ich hatte den Eindruck, du wärest eingenickt.«
Mr. Nevinson erhob sich aus der Hängematte, und ich erkannte, daß er die Absicht hatte, in sein Zimmer zu gehen und nachzusehen. Jessie fragte ihn eben, ob er zu Bett gehen wolle, als wir einen dumpfen Schlag und einen halb erstickten Schrei aus der Richtung des Eßzimmers hörten.
Es war Mrs. Nevinson. Wir hörten sie mit schriller Stimme rufen: »Oh, mein Gott! Oh, mein Gott! Ralph! Milton! Kommt schnell!«

X

Am nächsten Tag schrieb ich die Ereignisse dieses Abends in mein Tagebuch nieder. Wenn ich heute durchlese, was ich damals schrieb, bin ich versucht, mit einem Hauch von Nachsichtigkeit zu lächeln – diese liebevolle Nachsicht, die man manchmal empfindet, wenn man über die Voreiligkeit und die unreife Haltung der eigenen frühen Jugendtage nachdenkt. Ich war damals mehr als zwei Jahrzehnte jünger, und ich fürchte, ich legte beim Schreiben nicht nur eine Schwäche für dramatische Formulierungen, sondern auch eine Besessenheit für das Detail an den Tag, die mir heute ein wenig unreif, wenn nicht gar gewöhnlich erscheint.

In bezug auf die Ereignisse des betreffenden Abends schrieb ich: ›Dann kam der Abend – Wahn! Entsetzlicher, unvorstellbarer, absurder Wahn!‹

Der Platz, der im Tagebuch für die Eintragungen des Tages vorgesehen war, reichte nicht aus für das, was ich zu berichten hatte, und es ist ein liniertes Blatt Papier eingeklebt, auf dem ich meine Notizen fortgeführt habe. Beide Seiten dieses Blattes sind mit meiner Schrift bedeckt, und eine Passage insbesondere, die etwa in der Mitte der unlinierten Seite auftaucht, rührt mich aus irgendeinem Grund außerordentlich an. Sie lautet: ›Mrs. N.s Gesicht kalkweiß, aber an ihrer Kehle schimmerte das Blut hellrot durch. Erschreckende, ungewöhnliche Erscheinung. Erhöht das Gefühl der Unwirklichkeit.‹

Aber wenn ich daran zurückdenke, dann wird mir klar, daß dieser Eindruck zu den stärksten gehört, die ich in Erinnerung behalten habe. Selbst ohne mein Tagebuch zu Rate zu ziehen, hätte ich mich daran erinnert, welches Bild Mrs. Nevinson in dem Augenblick bot, als wir in das Eßzimmer stürzten. Ihr Gesicht war kalkweiß, aber durch irgendeine Merkwürdigkeit des Kreislaufs stockte das Blut noch in einem hellroten Fleck an ihrer Kehle.

Wir fanden sie am Büffet stehend. Sie hielt eine Schachtel Streichhölzer in der Hand und starrte mit angstvollem Blick auf etwas am

Boden. Ich folgte ihrem Blick und erkannte Mijnheer Voormans Dokument.
Die Erinnerung an diesen Augenblick kehrt mit unheimlicher Klarheit zurück. Ich erinnere mich sogar daran, daß sich meine Hand am Schenkel verkrampfte, und daß eine winzige weiße Mücke unentschlossen zwischen Mr. Nevinson und mir schwebte und dann auf die Lampe zuflog, die über dem Eßtisch schaukelte.
Jessie ergriff als erste das Wort. Sie fragte ihre Mutter, warum sie geschrien habe, und Mrs. Nevinson deutete auf das Dokument und antwortete mit erregter, hastiger Stimme: »Es muß das Ding gewesen sein – ich weiß es nicht. Etwas hat mich erschreckt.« Ich konnte kaum verstehen, was sie sagte. Sie sah sich benommen im Zimmer um.
»Warst du vor kurzem in meinem Zimmer, Nell?« erkundigte sich ihr Mann.
»Ja, ich bin hineingegangen. Ich wollte nicht, daß du es merkst. Ich habe versucht, kein Geräusch zu machen.« Sie sprach wie ein Schulmädchen, das bei einer Missetat ertappt wird. Ich hatte sie nie zuvor so außerordentlich kleinlaut und verängstigt gesehen.
»Ich habe die Handschrift in dem Tagebuch auf der Frisierkommode gefunden«, murmelte sie, als merkte sie kaum, was sie sagte.
Irgendein Insekt machte vor einem der Fenster ein leise tickendes Geräusch, und der Geruch des Flusses drang warm und dumpf herein.
Verwunderung und Neugier vermischten sich mit der Verärgerung in Mr. Nevinsons Miene. Er starrte sie mit tief gerunzelter Stirn an, als fiele es ihm ebenfalls schwer, sich auszudrücken.
Jessie sagte: »Aber, Mutter, warum hast du das getan? Du wußtest doch, daß du es nicht hättest tun sollen. Wir haben dir die Sache mit dem Dokument erzählt. Es – es – du hättest es nie anfassen dürfen.«
Ich hob das Schriftstück auf und betrachtete es prüfend. Dann warf ich Mrs. Nevinson einen Blick zu und fagte: »Was hatten Sie damit vor, Mrs. Nevinson? Es verbrennen?«

»Ja, ich habe ein Streichholz angezündet und darangehalten. Ich wollte sehen, ob das mysteriöse Flötenspiel nicht aufhört, wenn ich die Papiere verbrenne.«

»Aber woher wußten Sie, daß es sich in dem Tagebuch befand?« wollte ich wissen.

»Ich habe gehört, wie Sie es an dem Nachmittag, an dem Sie es hineinsteckten, nachdem Sie Ihre Tagebucheintragungen beendet hatten, Ralph gegenüber erwähnten.«

»Aber was geschah dann?» warf ihr Mann ungeduldig ein.

»Du hast uns immer noch nicht gesagt, warum du geschrien hast. Was hat dich erschreckt? Warum erklärst du es uns nicht?«

Sie zögerte, blickte sich noch einmal im Raum um und murmelte dann: »Ich weiß nicht. Ich verstehe es nicht, Ralph. Es scheint nicht – es ist ziemlich absurd – und doch ist es passiert. Ich weiß es. Ich habe es deutlich gesehen.«

»Was ist geschehen? Was ist passiert, Nell? Was ist *passiert*?

»Sobald ich das Streichholz angezündet hatte und es an das Papier hielt, sah ich eine Art Hand.«

»Eine was?«

»Ich weiß. Es – es klingt lächerlich, aber es ist wahr. Ich habe es mit eigenen Augen gesehen, Ralph. Eine Art Hand. Sie tauchte von meinem Rücken her auf – als hätte irgendein Wesen hinter mir gestanden und gewartet – und mich beobachtet.«

Wir standen nur da und sahen sie an, gespannt darauf, wie es weiterging.

»Sie schlug mir das Pergament aus der Hand – und das Streichholz. Das brennende Streichholz. Und ich hörte einen Schrei, einen pfeifenden Schrei – aber es klang nicht wie von einer Stimme erzeugt, sondern – sondern wie von einem Instrument. Eine Polizeipfeife – oder vielleicht eine Flöte. Ja, es war eher wie eine Flöte. Und ich habe es direkt im Ohr gehört – ein wütendes Geräusch. Es war entsetzlich. Noch nie im Leben ist mir etwas so Entsetzliches passiert.«

»Aber was meinst du mit einer Hand?« erkundigte sich Mr. Nevinson. »Das verstehe ich nicht. Hör mal, du zitterst ja.« Seine

Stimme klang zerstreut. »Was ist überhaupt in dich gefahren, daß du das Dokument in meinem Zimmer gesucht hast?«
Jessie mischte sich im Tonfall überreizter Ungeduld ein. »Oh, hör auf, so auf ihr herumzuhacken, Papa! Sie hat es doch gesagt! Sie wollte das Ding verbrennen – darum ist sie hineingegangen und hat es geholt.«
»Ich wünsche nicht, daß du mir vorschreibst, wie ich mich zu verhalten habe, Jessie!« wies ihr Vater sie zurecht.
»Sir, ich glaube, diesmal hat Jessie recht«, wandte ich ein. »Wir regen uns alle zu sehr auf. Wir sollten uns ein wenig beruhigen und Mrs. Nevinson berichten lassen, was genau geschehen ist.« Ich wandte mich an Mrs. Nevinson und fragte: »Können Sie die Hand beschreiben, die Sie gesehen haben, Mrs. Nevvy?«
Sie bedachte mich mit einem dankbaren Blick und erwiderte: »Ich weiß nicht recht, wie ich beginnen soll, Milton –« Sie verstummte, zögerte und fuhr dann fort: »Es war nichts Menschliches. Ich habe in meinem ganzen Leben noch nie etwas Ähnliches gesehen. Es war irgendwie grau und fellbedeckt – ach, es hat keinen Sinn. Ich kann es nicht beschreiben – aber es war nicht menschlich. Das weiß ich. Es sah teuflisch aus. Und dieser Pfeifton, der meinen Kopf durchfuhr. Er klang fast wie ein wütender Aufschrei.«
Jessie umklammerte meinen Ellbogen, und ich spürte, wie starr sie war, während sie ihre Mutter gebannt anblickte. Mr. Nevinson war zum Fenster geschritten und sah nun stirnrunzelnd zu den Feuerfliegen im Dunkeln hinaus.
Ich gab mir alle Mühe, ruhigzubleiben, und sagte: »Denken Sie nach, Mrs. Nevinson. Erinnern Sie sich, Sie sagten zuerst, Sie hörten ein wütendes Geräusch. Jetzt sagen Sie, es war wie ein wütender Aufschrei. Als was genau würden Sie es bezeichnen? Als Schrei oder Pfeifen oder als zornigen Ausruf?«
»Was macht das für einen Unterschied?« entgegnete sie gereizt. »Ich befinde mich nicht im Zeugenstand. Du und Ralph, ihr behandelt die Leute immer, als hieltet ihr euch für Rechtsanwälte vor Gericht oder so. Es war ein entsetzliches Geräusch, das ist alles, was ich mit Sicherheit darüber sagen kann. Und es war schrill, als

wäre es von irgendeinem Instrument, wie zum Beispiel einer Flöte oder einer Pfeife, erzeugt worden. Mehr kann ich nicht darüber sagen.«

»Ich verstehe Ihren Standpunkt«, erklärte ich geduldig (und obwohl ich es damals nicht wahrhaben wollte, kann ich mir heute gut vorstellen, daß ich wirklich wie ein Anwalt geklungen haben muß). »Aber ich habe einen Grund, Ihnen diese Fragen zu stellen, Mrs. Nevvy. Es ist vielleicht wichtig. Was ich meine, ist folgendes: bis jetzt hat keiner von uns so etwas wie das Geräusch gehört, das Sie beschreiben. Es war stets dieses spielerische, melodielose Flötenspiel. Warum also haben *Sie* ein schrilles Pfeifen – ein wütendes Geräusch gehört? Nach allem, was wir wissen, ist es Ihnen vielleicht gelungen, Mijnheer Voorman einen Schrecken einzujagen und ihn zu vertreiben.« Ich lachte. »Wenn es wirklich ein Wutschrei war, den Sie hörten, dann könnte es der letzte verzweifelte Ausdruck von Angst und Kapitulation dieses alten Knaben gewesen sein. Nein, ich versuche nicht, witzig zu sein. Ich bin sicher, daß sich derartige Dinge bei okkulten Erscheinungen schon ereignet haben. Vielleicht haben Sie einen Bann gebrochen, als Sie das Streichholz an das Pergament hielten, und das könnte ohne weiteres das Ende der ganzen Angelegenheit bedeuten. Ich möchte nun gern wissen, ob Sie glauben, daß es eher ein herausforderndes *Pfeifen* oder ein verzweifeltes Klagen war.«

Sie schüttelte verwirrt den Kopf. »Ich kann es wirklich nicht mit Sicherheit sagen, mein Junge. Wenn überhaupt, würde ich meinen, daß es herausfordernd und zornig klang. Ich weiß nur, daß es entsetzlich war. Ich hätte mir nicht träumen lassen, daß so etwas in Wirklichkeit passieren kann. Und diese Hand! Aber es ist unvorstellbar. Ich kann kaum glauben, daß ich nicht schlafe und das Ganze träume.« Sie begann wieder, sich nervös im Raum umzusehen.

Flußaufwärts knurrten die Paviane unheimlich, und Jessies Hand schloß sich fester um meinen Ellbogen. Ich warf Mr. Nevinson einen Blick zu und sagte: »Sir, hätten Sie etwas dagegen, daß ich versuche, Mrs. Nevinsons Experiment fortzuführen – nur um zu sehen, was geschieht?«

Mr. Nevinson, der sich an den Eßtisch gesetzt hatte, drehte sich mit einem Ruck um. »Nein, Milton. Nichts dergleichen. Wir machen keine Experimente mehr in diesem Haus. Dürfte ich im übrigen bitte das Manuskript haben?«

Als ich den Raum durchquerte, um ihm das Dokument auszuhändigen, bemerkte ich den gequälten Ausdruck in seinen Augen und empfand Mitleid mit ihm.

Jessie war dagegen ohne Mitgefühl. Sie sagte: »Papa, ich verstehe nicht, warum du so sprichst. Ich finde, Milton hat recht. Vielleicht nützt es etwas, wenn wir versuchen, die Handschrift zu verbrennen. Vielleicht bricht es den Bann. Warum sollen wir es nicht versuchen?«

Ihr Vater antwortete nur mit einer ablehnenden Bewegung mit dem Stiel seiner Pfeife, und Mrs. Nevinson warf ein: »Dein Vater hat recht, Jessie. Vielleicht ist der Versuch gefährlich. Das Ding hat wirklich etwas Unheimliches an sich.« Sie sprach mit unterdrückter Stimme, in der eine für sie ganz und gar ungewöhnliche Bescheidenheit schwang. Ich bekam hier eine Facette ihres Wesens zu sehen, die mir vollkommen unbekannt war.

Jessie gab nicht so leicht klein bei. »Aber wir müssen *irgend etwas* tun, Mutter«, erklärte sie beharrlich. »Wir können uns diesem Schrecken doch nicht einfach ausliefern.«

Ich klopfte ihr in onkelhafter Manier auf die Schulter und murmelte: »Mein liebes Mädchen, reg dich nicht auf. Wir wollen die Ruhe bewahren.« (Ich muß immer wieder lächeln, wenn ich an mein damaliges Benehmen denke.)

Sie wandte sich erregt zu mir und sagte: »Aber Milton, wie sollen wir so weitermachen? Ich bin mit den Nerven am Ende. Findest du nicht, daß wir versuchen sollten, das Dokument zu verbrennen? Vielleicht werden wir dann diese – diese Erscheinungen, oder wie du es nennst, los. Meinst du nicht?« Sie stellte die Frage keineswegs rhetorisch, sondern mit einer fast kindlich naiven Ernsthaftigkeit. Dabei sah sie mich beharrlich an, als erwartete sie meine

Antwort mit Ungeduld. Daß sie ein solches Vertrauen in mich setzen konnte, schmeichelte mir natürlich gewaltig. Ich bedachte sie mit meinem großspurigen Gelehrtenlächeln und erwiderte: »Vielleicht, vielleicht auch nicht – man weiß es nie. Ich kann nicht dafür garantieren, daß es Erfolg hätte. Versteh mich nicht falsch.«

Ich zündete mir eine Zigarette an, trat ans Fenster und starrte in die Dunkelheit hinaus. Mit Hilfe meines Tagebuches kann ich mir die Gedanken, die mir durch den Kopf gingen, als ich an jenem Abend dort am Fenster stand, recht genau in Erinnerung rufen. Ich dachte an vieles, ohne Zweifel, aber das beherrschende Thema war mein Versuch, das Verhältnis zwischen Wirklichkeit und Schein in der Natur zu erforschen.«

Es klingt vielleicht banal, aber damals war es für mich von großer Bedeutung. Es war keine hohle philosophische Spinnerei. In jenen Wochen dort im Gutshaus war das allerwichtigste für uns vier, daß wir sicher sein konnten, bei Verstand und fähig zu sein, die Vorgänge um uns herum mit wacher Vernunft wahrzunehmen. Ich bin sicher, daß wir uns oftmals am Rande des Wahnsinns bewegten, und nur, indem wir alles in unserer Macht Stehende taten, um uns eine gesunde Wahrnehmung zu bewahren, konnten wir verhindern, daß wir völlig verrückt wurden.

Jessies Stimme unterbrach meine Überlegungen. Ich hörte sie sagen: »Jedenfalls wirst du uns jetzt zustimmen, Mutter, daß es besser ist, wenn Rayburn bei uns hier oben schläft. Wir haben keine Ahnung, was passiert, wenn wir die Flöte wieder hören – und du sitzt jetzt mit in der Tinte. Du wirst uns im Notfall nicht helfen können.«

Das belebte den Streit vom frühen Abend wieder und ließ ihn mit neuer Feindseligkeit und Hysterie zwischen Jessie und ihrer Mutter aufflammen.

Trotz des Schrecks, den sie infolge ihrer Manipulationen mit dem Dokument bekommen hatte, hielt Mrs. Nevinson jedoch an ihrer früheren Entscheidung fest. Sie weigere sich, erklärte sie, Rayburns Anwesenheit im Haus zu dulden. Die Lage, so fuhr sie

fort, sei nicht so verzweifelt, daß wir unsere Würde in dem Maße aufs Spiel setzen müßten, mit einem Schwarzen zu verkehren, als wäre er unseresgleichen.
Ihre Worte machten mich wütend, aber es gelang mir, mein Temperament zu zügeln. Ich sagte nichts.
Und auch ihr Mann hatte nicht viel zu sagen. Er saß mit nachdenklicher, ziemlich verärgerter Miene am Eßtisch und paffte seine Pfeife. Ich entdeckte in den Blicken, die er seiner Frau zuwarf, ein gewisses Maß an Verächtlichkeit, und ich konnte ihm keinen Vorwurf daraus machen, denn genau dieses Gefühl löste Mrs. Nevinson auch in mir aus. Wäre ich nicht Gast in diesem Haus gewesen, hätte ich vielleicht auf meine Selbstbeherrschung gepfiffen und sie in keineswegs höflicher Weise angefahren. (Erst vor einer Woche habe ich sie auf ihr damaliges Verhalten angesprochen, aber sie lachte nur; ihre Ansichten haben sich nicht geändert, und sie empfindet überhaupt keine Reue.)
Jessie wanderte nervös auf und ab und brachte ihre Argumente unter hitzigem Gestikulieren vor, ihre Mutter dagegen rührte sich während des Streites nicht vom Fleck. Sie stand an einer Ecke des Eßtischs und hatte eine Hand auf die glänzend polierte Tischplatte gelegt, während sie die andere gebrauchte, um ihren Worten Nachdruck zu verleihen.
Menschen mit einer schmutzigen Phantasie werden vielleicht eine andere Erklärung dafür finden, aber soweit ich weiß, geschah es rein zufällig, daß mein Blick auf Mrs. Nevinsons bloßen Beinen hängenblieb.
Der Eßtisch warf seinen Schatten auf ihre untere Körperhälfte, aber das Licht war hell, so daß ihre Beine selbst im gegenwärtigen Zustand der Verdunkelung deutlich und in allen Einzelheiten zu erkennen waren. Sie hat eine helle, olivenfarbene Haut, und dadurch war es um so leichter, ihre Beine im Zwielicht des Tischschattens zu betrachten. Sie trug eines dieser kürzeren Kleider, so daß ihre Beine knapp unterhalb der Knie zu sehen waren, und während ich darauf blickte, fiel mir auf, daß sie beständig in Bewegung waren – ein leichtes, kaum merkliches Schaukeln; zweifellos

ein Reflex, der durch ihren aufgewühlten Gemütszustand im Streit mit Jessie hervorgerufen wurde.
Unvermittelt verlor meine Betrachtung ihren beiläufigen Charakter.
Ich beugte den Kopf vor und heftete den Blick auf ihren linken Knöchel. Ich war sicher, daß ich eine kleine Wunde erkennen konnte, die mir früher am Tag nicht aufgefallen war.
Mr. Nevinson bemerkte, daß sich meine Haltung geändert hatte, und erkundigte sich, was los sei.
Jessie unterbrach sich mitten im Satz und sah mich ebenfalls an.
»Was ist los, Milton?«
Mrs. Nevinson drehte sich zu mir um.
»Woher haben Sie das Mal an Ihrem Knöchel, Mrs. Nevvy?«
Sie warf mir einen kühlen Blick zu und fragte gereizt: »Welches Mal?«
Ich deutete darauf. »Dort. An Ihrem linken Knöchel.«
Ihr Mann erhob sich und ging um den Tisch herum zu ihr, und Jessie trat neugierig näher.
Der modrig-feuchte Geruch des Flusses und des Dschungels umfing uns wie ein grauer, von draußen hereingeschobener Tentakel. Das einsame Quaken eines Frosches drang aus dem Unterholz am Flußufer, und im Hintergrund war das eintönige Stampfen des Generators in der nächtlichen Stille zu vernehmen.
»Warum macht ihr ein solches Aufhebens darum?« fragte Mrs. Nevinson ungeduldig, nicht in der Stimmung, mit einem von uns gemeinsame Sache zu machen. »Wahrscheinlich habe ich mir den Knöchel irgendwo aufgekratzt.« Sie schickte sich an, hinauszugehen, doch ich sprang rasch auf und faßte sie am Arm.
»Nur einen Augenblick, Mrs. Nevvy. Laufen Sie nicht so davon. Wir müssen das Ding untersuchen, wenn es Ihnen nichts ausmacht.« Ich versuchte, meiner Stimme einen so schmeichelnden Klang zu geben wie nur möglich, und da Mrs. Nevinson für derartige Dinge immer empfänglich war, zögerte sie, brummelte dann etwas und sagte: »Also gut. Tun Sie, was Sie nicht lassen können. Bringen Sie Jod und ein paar Salben, und machen Sie Ihre Sache

gründlich. Ich glaube, es ist nichts als ein Vorwand, um meinen Knöchel anzufassen. Ich habe Kate Ihretwegen gewarnt.«
»Genau«, lächelte ich. »Und es ist wirklich kein übler Knöchel zum Anschauen. Und nun lassen Sie mal sehen.«
Sie stand jetzt im vollen Lampenlicht, und als wir uns bückten, um ihren Knöchel zu untersuchen, gaben wir fast gleichzeitig ein erschrockenes Geräusch von uns.
»Aber –« Jessie verstummte.
»Was ist denn jetzt los?« fragte Mrs. Nevinson.
»Aber es ist dasselbe Mal, das wir am Bein der toten Frau in Horstenland gesehen haben«, beendete Jessie ihren Satz. »Die tote Inderin. Matilda.«
Ja, es war dasselbe Mal – nur daß es in diesem Fall unvollendet war. Es war ungefähr zehn Zentimeter lang, und an einem Ende war es verwischt und ging allmählich in die hellere Farbe der Haut über. Mrs. Nevinson murmelte, daß es merkwürdig aussehe, nicht wahr? Sie sähe es eben zum ersten Mal, fuhr sie fort. Sie sei sicher, daß es bis zum Essen noch nicht dagewesen sei, da sie kurz vor dem Essen die Schuhe gewechselt habe und es bei dieser Gelegenheit ganz sicher bemerkt hätte.
Sie sah mich an.
Draußen hörten wir einen Frosch quaken.

XI

Wollte ich versuchen, einen detaillierten und lückenlosen Bericht über alles, was uns passierte, und alle Wahrnehmungen, die wir in jenen zwei Wochen in Goed de Vries hatten, abzugeben, so würde diese Aufzeichnung vermutlich einen ähnlichen Umfang annehmen wie *Der Goldene Zweig*. Ich werde mich daher darauf beschränken müssen, nur diejenigen Ereignisse zu beschreiben, die nach meinem Dafürhalten von außerordentlicher Bedeutung und Wichtigkeit sind. Das heißt jedoch nicht, daß ich meiner Pflicht als Chronist nicht nachkommen und die Erwähnung wesentlicher Einzelheiten versäumen würde.

Beispielsweise kann ich auf Anhieb sagen, daß in der Nacht, die auf den vorangegangenen Seiten beschrieben wurde, nach der Entdekkung des Males an Mrs. Nevinsons Knöchel nichts Ungewöhnliches oder Beängstigendes mehr geschah. Wir gingen bald danach zu Bett und schliefen so gut, wie man es unter den gegebenen Umständen nur erwarten konnte, und erst am folgenden Morgen beklagte sich Mrs. Nevinson darüber, einen seltsamen Alptraum gehabt zu haben. Einen Alptraum, der, wie sie erklärte, ›anders als sonst‹ gewesen war.

»Ich befand mich in einem kleinen *Corial* und paddelte entweder stromauf- oder stromabwärts – aber ich glaube, es war stromaufwärts. Und dann entschloß ich mich aus irgendeinem Grund, an Land zu gehen, und lenkte darum das Boot zum linken Ufer – ich bin sicher, daß es das linke Ufer war –, und dann stieg ich an einer Stelle aus dem Boot, an der sich eine Art Bresche im Busch befand. Als ich ans Ufer trat, stellte ich fest, daß ich auf einem schmalen Pfad stand – und dann sagte mir irgend etwas, daß ich nicht allein war. Uff! Ich wurde von einem Schaudern ergriffen. Ich wußte irgendwie genau, daß ich aus einem bestimmten Grund an diesen Ort gebracht worden war. Ich begann, mich umzusehen – und dann sah ich ein Wesen – eine graue, pelzige Kreatur mit Klauen. Es huschte an mir vorüber, und ich hatte furchtbare Angst. Ich hätte am liebsten laut aufgeschrien. Ich lief den Pfad entlang in den Dschungel hinein, ohne zu wissen, wohin er führte, und während ich rannte, hörte ich ein knurrendes, scharrendes Geräusch hinter mir und war sicher, daß ich von etwas Entsetzlichem verfolgt wurde. Und was glaubt ihr wohl, was dann geschah? Ich hörte Flötenspiel vor mir und spürte einen unwiderstehlichen Zwang, der Musik zu folgen. Ich hatte das Gefühl, ich *müßte* einfach herausfinden, wer die Flöte spielte. Ich rannte schneller den Weg hinunter. Und dann passierte das Schrecklichste von allem. Eine knochige Hand packte meinen Arm von hinten, und eine Stimme flüsterte in mein Ohr. Ich kann mich noch an jedes einzelne Wort erinnern. ›Heute nicht weiter.‹ Mir war, als müßte ich in Ohnmacht fallen – und dann wachte ich auf.«

Niemand von uns versuchte, diesen Traum zu deuten, obwohl er Jessie tief zu beunruhigen schien. Als ich am Vormittag für kurze Zeit mit ihr allein auf der nördlichen Veranda war, fragte sie mich in kindlicher Art, ob der Traum meiner Meinung nach irgendeine Bedeutung hätte, und irgendwie brachte ich es in diesem Augenblick nicht über mich, den wichtigtuerischen Gelehrten zu spielen. Ihr Gesichtsausdruck entfachte in mir jenen starken Drang, den ich in letzter Zeit häufig spürte, sie in den Arm zu nehmen und zu streicheln. Diesmal packte es mich so heftig, daß ich mich fragen mußte, ob ich im Begriff war, mich zu verlieben.

Ich drückte ihren Arm und erklärte ihr, ich persönlich wäre nicht der Meinung, daß man sich über den Traum Gedanken machen müßte. »Ist es ein Wunder nach ihren gestrigen Erlebnissen im Eßzimmer, daß sie einen Alptraum hatte?«

Das Mal am Knöchel ihrer Mutter war über Nacht merklich verblaßt. Als wir es beim Frühstück untersuchten, war es nichts weiter als ein bläulich-rötlicher Fleck, und gegen Mittag war es ganz verschwunden.

Natürlich gab uns sein Verschwinden beträchtliche Rätsel auf, aber wir sprachen nicht ausführlich über die Angelegenheit. Wir waren bereits an einem Punkt angelangt, an dem Rätsel allmählich zu bloßen Bestandteilen des Tagesablaufes zu werden begannen.

Das Mittagessen verlief ohne Zwischenfälle, und nachdem wir uns vom Tisch erhoben hatten, gingen wir auf die nördliche Veranda hinaus, um bis zur Teezeit zu faulenzen. Wir waren vier außerordentlich verkrampfte Menschen, die sich bemühten, ihren Spannungszustand durch unzusammenhängende Ausbrüche sorglosen Geplauders zu überspielen.
Draußen schien der Tag ungemein friedlich und offenherzig in seinem Grün. Der Fluß reflektierte wie ein Spiegel der Schwarzen Magie den Dschungel am gegenüberliegenden Ufer in so gewissenhafter Genauigkeit, daß es fast schien, als verfügte er über eine eigene stumme, lächelnde Einsicht, die ihn veranlaßte, die Gegenstände in seiner Umgebung zu reproduzieren, unter der Androhung einer unbekannten Strafe, wenn er seine Sache nicht gut machte. Das Sägewerk tuckerte in unveränderlicher Eintönigkeit. Dann und wann hörte man Bretter klappern oder, wenn die Stämme vom Ufer heraufgezogen wurden, Kettenklirren. Und gelegentlich zerriß schrilles Gelächter oder ein Freudenausbruch die heiße Luft.
Es war kurz nach drei, als uns die nächste Erscheinung heimsuchte. Ich hatte die Eintragungen in mein Tagebuch abgeschlossen und arbeitete an meiner Staffelei, als Jessie von ihrem Liegestuhl aufsprang und ihr Vater in dem Lehnsessel, in dem er saß, erstarrte. Das Buch, in dem zu lesen er vorgegeben hatte, fiel mit einem raschelnden Geräusch zu Boden.
Ich erhob mich sofort und legte Pinsel und Palette auf den Hokker.
Ich hörte es vom Fluß her.
Jessie hatte die Arme vor der Brust verschränkt. Sie stand mit dem Rücken am Geländer der Veranda, biß sich auf die Unterlippe und starrte mit totenbleichem Gesicht vor sich hin.
Mrs. Nevinson setzte sich in der Hängematte auf und blickte um sich. »Was ist los? Hört ihr es schon wieder?«
Ich warf ihr einen raschen Blick zu. »Was wollen Sie damit sagen? Können Sie es denn nicht hören?«
Sie legte den Kopf schief und runzelte die Stirn. »Nein, wirklich

nicht. Ich kann nicht sagen, daß ich so etwas wie eine Flöte höre.«

»Von weitem. Hören Sie noch einmal hin! Hören Sie!«

Sie neigte wieder den Kopf, wiederholte aber: »Nein. Nicht einmal von weitem. Die Sägewerksmaschinen sind das einzige, was ich höre.«

Ich mußte meine Aufmerksamkeit von ihr abwenden, denn ich bemerkte, daß ihr Mann Anstalten machte, aufzustehen. Er hielt die Armlehnen des Sessels fest umklammert, und auf seiner Stirn standen Schweißperlen. Er hatte wieder diesen tranceartigen Ausdruck, und sein Blick war unverwandt auf die Tür zum Eßzimmer gerichtet.

Es war eine Wiederholung der Ereignisse vom Abend zuvor. Er versuchte aus dem Haus zu gelangen, aber ich schaffte es, ihn daran zu hindern. Er und Jessie schienen nach der Anstrengung erschöpft. Sie sanken in ihre Stühle nieder und atmeten schwer und mit angespannten Zügen.

Entgegen den Erwartungen ihres Vaters hatte Jessie die Erscheinung nicht gesehen, aber Mr. Nevinson erklärte: »Es ist jetzt klar. Es hat sich aus meinem Augenwinkel herausbewegt und ist voll in mein Gesichtsfeld getreten.«

Nach kurzem Schweigen erkundigte sich Mrs. Nevinson: »Wie sieht es aus? Kannst du es nicht beschreiben?«

Es schien ihm zu widerstreben, etwas zu sagen, aber nach einer Weile schüttelte er den Kopf und murmelte: »Es hat nichts Menschliches an sich, Nell. Das Wesen war mißgestaltet – eher Tier als Mensch. Es stand aufrecht und hatte eine gewisse Ähnlichkeit mit einem Menschen – aber ich konnte keine Gesichtszüge erkennen. Es schien seinen Kopf – wenn man es überhaupt einen Kopf nennen kann – leicht abgewendet zu halten.« Ein Schauder überlief ihn, und er fügte hinzu: »Und seine Glieder waren von einem merkwürdig grauen Fell verhüllt – obwohl ich einen Augenblick lang geneigt war, es eher für schmutzige Lumpen zu halten, als für ein Fell. Jedenfalls war es eindeutig nicht von dieser Erde. Daran habe ich nicht den geringsten Zweifel.«

Während ich ihm zuhörte, konnte ich mich des Gedankens nicht erwehren, wie überaus absurd seine Worte unter anderen Umständen geklungen hätten – welche mitleidige Skepsis sich in mir geregt hätte. Hätte ich nicht die Ereignisse der vergangenen Tage als Beweis dafür gehabt, daß wir tatsächlich Beteiligte in einer Reihe von unheimlichen Geschehnissen waren, so hätte ich sicherlich den Wunsch gehabt, ihm ins Gesicht zu lachen und zu sagen, daß er zu viele der Gespenstergeschichten von M. R. James gelesen hatte. Die Erscheinung, die er beschrieben hatte, wäre ohne weiteres als eines der Dämonenwesen des verstorbenen Professor James denkbar gewesen . . . ›Mißgestaltet – eher Tier als Mensch . . . von einem merkwürdig grauen Fell verhüllt . . .‹ Selbst die Art seiner Beschreibung erinnerte an James. Warum ›verhüllt‹? Warum nicht ›bedeckt mit‹? (Erst später am Nachmittag, als ich mich unter vier Augen mit ihm unterhielt, erfuhr ich, daß seine Ausdrucksweise tatsächlich unbewußt von M. R. James beeinflußt gewesen war. Das Buch, das er zum Zeitpunkt der Erscheinung gelesen hatte, waren die *Gespenstergeschichten eines Altertumsforschers*! Er hatte, wie er eingestand, einige Bücher, Romane und anderes, mitgebracht, die sich mit übernatürlichen Erscheinungen beschäftigten.) »Angesichts dessen, was passiert ist, bevor ich den Dampfer bestieg, ist es doch nur natürlich, daß ich mich für alles interessiere, was mit dem Thema zu tun hat, finden Sie nicht?« Er lächelte mir zu, aber nicht ohne einen Anflug von Unbehagen.
Jessie erklärte, daß sie die Flöte gleich neben sich – fast an ihrer Schulter – gehört hatte.
»Wenn wir sie das nächste Mal hören, werde ich das Dämonenwesen, das Papa gesehen hat, ganz bestimmt auch sehen. Himmel! Können wir denn gar nichts dagegen tun?«
»Was denn zum Beispiel?« gab ihr Vater zurück.
»Das Dokument verbrennen – oder zumindest versuchen, es zu verbrennen. Das könnte diesen alten Holländer vertreiben und ihn davon abbringen, uns weiter zu behelligen. Ich halte das nicht mehr lange aus. Ich habe das Gefühl, ich verliere allmählich den Verstand. Irgend etwas Schreckliches wird mir passieren, wenn ich

das Ding sehe, das du beschrieben hast. Ich will es nicht sehen!« Sie begann zu schluchzen, und ihre Mutter und ich hatten unsere liebe Mühe, sie zu beruhigen. Sie zitterte am ganzen Leib.

Trotz der Aufregung über Mr. Nevinsons Beschreibung der Erscheinung und Jessies Ausbruch hatte ich keineswegs die neue Entwicklung der Dinge vergessen, die meine Aufmerksamkeit beim Zutagetreten der Erscheinung gefesselt hatte. Sobald Jessie sich beruhigt hatte, wandte ich mich Mrs. Nevinson zu, nach besten Kräften bemüht, nicht wie ein Polizeiinspektor zu wirken, obwohl ich fürchte, daß ich genau so geklungen haben muß.

»Hören Sie, Mrs. Nevvy«, sagte ich, »da ist eine kleine Angelegenheit, die wir klären müssen. Es geht um das Flötenspiel. Sind Sie ganz sicher, daß Sie die Flöte nicht hören konnten, als wir sie vor kurzem vernahmen?«

Sie schüttelte nachdrücklich den Kopf. »Ich habe keinen einzigen Ton gehört. Ich habe genau hingehört, aber da war nichts. Die einzigen Geräusche, die ich hören konnte, waren die Stimmen der Männer im Sägewerk und die Maschinen der Sägemühle selbst.«

Ihr Mann beugte sich im Sessel vor und warf ihr einen verwirrten Blick zu. »Du hast es nicht gehört, sagst du, Nell? Aber wie ist das möglich? Du hast doch das Dokument gestern abend angefaßt, nicht wahr?«

»Selbstverständlich habe ich das. Frag mich nicht nach einer Erklärung. Ich kann nur sagen, daß ich heute kein Flötenspiel gehört habe. Seit diesem gräßlichen Kreischen in meinem Ohr gestern abend habe ich überhaupt nichts gehört. In dem Traum, von dem ich euch erzählte, habe ich eine Flöte gehört – aber ich habe den ganzen Tag über, seitdem ich aufgewacht bin, nichts vernommen, was einer Flöte auch nur entfernt geähnelt hätte.«

»Das ist höchst erstaunlich«, erklärte Mr. Nevinson, obwohl ich eine gewisse Erleichterung in seiner Haltung entdecken konnte. »Ich hatte zumindest geglaubt, es gäbe einen gewissen Einklang in der Folge der Ereignisse.« Das fügte er mit einer so naiven Entrüstung hinzu, daß ich lächeln mußte. Mrs. Nevinson brach in Ge-

lächter aus und sagte: »Das klingt, als wolltest du Mijnheer Voorman ausschelten, Ralph.«
Jessie konnte an der Sache nichts Lustiges finden. Sie sagte: »Ich weiß, was los ist. Es liegt daran, daß Mutter versucht hat, das Dokument zu verbrennen. Sie hat das Richtige getroffen, um den Dämon oder was immer es ist, das uns quält, zu vertreiben. Und dennoch willst du es nicht versuchen, Papa! Ich verstehe nicht, warum du so stur sein mußt. Was kann ein Versuch schon schaden?«
Ihr Vater rutschte nervös im Sessel hin und her und erklärte: »Du scheinst das unangenehme Erlebnis zu vergessen, das deine Mutter hatte, nachdem sie diesen Versuch machte. Möchtest du es darauf ankommen lassen, daß es dir genauso geht?«
»Warum denn nicht? Es wäre ein einziges schreckliches Mal – und dann wäre die ganze Sache vorbei.«
Mrs. Nevinson entgegnete mit einem Schaudern: »Also, um ehrlich zu sein, Jessie, ich glaube nicht, daß es dir gefallen würde – auch nicht ein einziges Mal. Uff! Diese entsetzliche pelzige Hand!«
Mr. Nevinson lächelte. Er hatte seine gewohnte Haltung wiedergewonnen, und obwohl sein Gesicht noch von einigen Sorgenlinien gezeichnet war, glaubte ich das Einsetzen einer Widerstandsfähigkeit (um einen medizinischen Ausdruck zu benutzen) gegen die gegenwärtige Situation erkennen zu können. Es war, als hätte die Erschütterung der letzten Erscheinung eine eher günstige als ungünstige Reaktion ausgelöst, so daß sein Nervensystem sich nun bemühte, sich dem allgemeinen Druck der Ereignisse anzupassen.
»Bist du so sicher«, wandte er sich an Jessie, »daß du die ganze Sache durch dieses Experiment zu Ende bringen würdest?«
»Aber Mutter ist heute nichts passiert, nicht wahr?« gab sie zurück. »Sie sagt, sie konnte die Flöte nicht hören. Beweist das nicht, daß es ihr gelungen ist, das, was uns belästigt, abzuschrecken – oder eine Art Schutz oder Immunität dagegen zu erlangen?«
»Es beweist nichts, mein liebes Kind. Wir dürfen keine so unbesonnenen Schlüsse ziehen. Wir müssen abwarten und sehen, was

passiert. Nach allem, was wir wissen, ist es möglich, daß deine Mutter infolge ihrer überstürzten Tat in ebenso großer Gefahr ist wie wir selbst – vielleicht sogar in größerer.«

Mrs. Nevinson erbleichte kaum merklich. »Was willst du damit sagen, Ralph?«

»Deinem Bericht zufolge war der Traum, den du in der vergangenen Nacht hattest, ziemlich lebendig, nicht wahr? Und es war nichts sonderlich Angenehmes, was du darin erlebt hast.«

»Aber es war nur ein Alptraum.«

»Ich weiß, daß es nur ein Alptraum war, Nell – aber du mußtest selber zugeben, daß es ›anders als sonst‹ war. Du sagtest, du hättest schwören können, daß sich die Ereignisse deines Traumes tatsächlich zugetragen hätten. Woher sollen wir wissen, ob das, was du geträumt hast, nicht irgendeine unheimliche Bedeutung hat?«

Das brachte uns natürlich auf eine neue Spur von Vermutungen.

Ich für mein Teil neigte dazu, die Sache leichtzunehmen. Träume, so begründete ich meine Haltung, waren eben nur Träume. Es stimmte zwar, daß Freud den Träumen eine tiefe Bedeutung beigemessen hatte – aber Freud hatte sie nur als Symbolträger der Tätigkeit des Unterbewußtseins erklärt; er hatte sich nie zu der Behauptung verstiegen, ein Traum könnte mit einem übernatürlichen Ereignis in Verbindung stehen.

Mr. Nevinson dagegen wies darauf hin, daß das, was wir erlebten, nicht wissenschaftlich zu erklären sei, warum sollte also die Annahme nicht gerechtfertigt sein, daß der Traum seiner Frau in irgendeiner Weise mit den tatsächlichen Geschehnissen in Zusammenhang stand? Besonders, führte er weiter aus, da der Traum in wesentlichen Punkten den Zwischenfällen, mit denen wir mittlerweile so vertraut waren, so verblüffend ähnelte. Sie hatte in ihrem Traum eine Flöte gehört, und sie hatte sich gedrängt gefühlt, ihr zu folgen. Und dann war da noch das graue, pelzige Wesen, das sie im Vorüberhuschen gesehen hatte. Es paßte so gut zueinander, oder nicht?

Aber wie nicht anders zu erwarten, verlief die Diskussion bald im Sande, und wir waren so klug wie zuvor. Übereinstimmend kamen wir zu dem Schluß, daß es sinnlos war, sie weiterzuführen, da wir nichts beweisen konnten; wir konnten nichts mit Sicherheit behaupten. Es gab kein Beispiel, das wir als Grundlage unserer Schlußfolgerungen hätten anführen können.
In dieser Nacht ereignete sich allerdings etwas, das uns einige Rätsel aufgab. Gegen halb zwölf erwachte Mrs. Nevinson mit einem lauten Schrei, und als ihr Mann und ich zu ihr eilten, um nachzusehen, was los war, erzählte sie uns, daß sich der Traum der vergangenen Nacht wiederholt hatte.
In dem Raum war es dunkel, als ich mit Mr. Nevinson eintrat, und ich war es, der das Licht anknipste, indem ich mich der mitgebrachten Taschenlampe bediente, um den Schalter zu suchen, der sich in der Nähe der Frisierkommode befand.
Als die Sechzig-Watt-Birne aufflammte, redete ich mir ein, daß es meine Einbildung gewesen sein mußte – aber ich hätte schwören können, daß in dem Augenblick, als das Licht im Zimmer anging, ein formloses Etwas über den Fenstersims verschwand. Instinktiv rannte ich zum Fenster und leuchtete mit der Taschenlampe auf die Veranda hinaus – aber es war nichts zu sehen, und ich kam zu dem Schluß, daß es sich um eine optische Täuschung gehandelt haben mußte, die durch den plötzlichen Wechsel von Dunkelheit zu strahlender Helligkeit entstanden war.
Jessie hatte sich inzwischen in ihrem Bett aufgerichtet, blickte mit erschrockenen, verschlafenen Augen um sich und fragte, was los sei, während ihre Mutter in dem anderen Bett, das dicht neben dem ihrer Tochter stand, auf dem Bauch lag und das Gesicht ins Kissen gedrückt hatte wie ein verängstigtes Kind. Keine der beiden Frauen benutzte ein Moskitonetz, da sie keine Angst vor Spinnen hatten – und Moskitos gibt es zu dieser Jahreszeit nicht.
Als wir Mrs. Nevinson endlich klargemacht hatten, daß es nichts zu befürchten gab, setzte sie sich auf und erzählte uns von dem Traum. Sie war schweißgebadet, und ihr Gesicht war bleich. Ihr Atem ging ein wenig schwer wie von einer nicht lange zurück-

liegenden Anstrengung, und ihr Haar machte einen struppigen, unordentlichen Eindruck.
»Es war genau wie in der letzten Nacht«, erklärte sie, »nur daß ich diesmal ein Stückchen weiter auf dem Weg voranzukommen schien. Es war wirklich unheimlich. Ich hatte viel größere Angst als gestern. Mir war, als würde ich näher an einen entsetzlichen Ort herankommen. Und dann packte mich plötzlich wieder diese knochige Hand, und etwas flüsterte in mein Ohr: ›Nicht weiter heute.‹ Und dann wachte ich auf.«
Ihr Mann hörte ihr mit ernster Miene zu – mit so ernster Miene, daß Jessie, die sehr empfindlich war für seine Stimmungen, ihn ängstlich beobachtete, als würde sie ungeduldig darauf warten, wie sein Schuldspruch lautete.
Nach einem kurzen Schweigen ergriff Mr. Nevinson wieder das Wort. »Wie es scheint, gab es in deinem heutigen Traum nur einen neuen Punkt. Die Tatsache, daß du auf dem Pfad weiter vorankamst.« Er warf mir einen Blick zu. »Milton, was halten Sie davon?«
Ich schüttelte den Kopf.
Jessie meldete sich aufgeregt zu Wort. »Ich glaube, daß es eine Art Warnung ist.«
»Eine Warnung?« Ihr Vater runzelte die Stirn.
»Ich glaube, daß es das ist«, nickte Jessie. »Mutter wird an irgendeinen schrecklichen Ort geführt, und dann – und dann kann alles passieren.«
»Was meinst du mit alles?« erkundigte ich mich.
»Sie könnte getötet werden.«
»Im Traum?«
»Woher wollen wir wissen, daß sie nicht im Traum getötet werden kann? Vielleicht wacht sie einfach nicht mehr auf oder irgend etwas dergleichen. Ich glaube, es ist dieses Dokument – weil sie versucht hat, es zu verbrennen. Sie hat irgendeine schreckliche Macht gegen sich aufgebracht.«

XII

Jessie mochte in der Nacht, in der ihre Mutter den zweiten Alptraum hatte, vielleicht in ihrer Angst übereilt gesprochen haben, aber ihre Worte erwiesen sich als geradezu prophetisch. Der Traum kehrte unfehlbar wieder, und Mrs. Nevinsons Angst steigerte sich von Nacht zu Nacht. Mit jedem Traum, berichtete sie, drang sie ein Stückchen weiter auf dem Dschungelpfad vor; mit jedem Traum wurde der Klang der Flöte lauter, und das Entsetzliche, das auf sie lauerte, kam näher. Und in jeder Nacht flüsterte ihr das Ding, das sie am Arm packte, unmittelbar bevor sie erwachte, ins Ohr: »Heute nicht weiter.«

Sie war sich jetzt ganz sicher. Es war das Dokument. Indem sie versucht hatte, es zu verbrennen, hatte sie ein unvorstellbar böses Wesen auf sich gezogen, und sie war dem Untergang geweiht – zumindest sah es ganz so aus, nicht wahr? Sie wurde weiter und weiter auf dem Pfad vorangezogen. Schließlich würde sie sein Ende erreichen und sich einem unaussprechlichen Entsetzen gegenübersehen – und das würde ihr Ende bedeuten.

Sie versuchte uns all das mit ruhiger Stimme mitzuteilen, konnte aber die Hysterie, die sich hinter der äußeren Gelassenheit verbarg, nicht ganz unterdrücken.

Mit dem Herannahen der Dunkelheit wurde sie unruhig und nervös und blickte sich beständig nach allen Seiten um, und wenn sie zu Bett ging, geschah das fast mit Widerwillen. Sie begann sich die Gewohnheit zu eigen zu machen, bis zu später Stunde im Bett zu lesen – »etwas, was ich noch nie im Leben getan habe«, erklärte sie.

Unterdessen entwickelte sich die Lage für Mr. Nevinson immer dramatischer. Als die Erscheinung zum ersten Mal für Jessie sichtbar wurde, schrie sie auf und rannte zu einem der Eßzimmerfenster. Wir saßen gerade beim Frühstück, als die Erscheinung auftrat, und es war der Morgen nach Mrs. Nevinsons zweitem Alptraum. Bevor jemand sie daran hindern konnte, war Jessie aus

dem Fenster geklettert. Sie rannte über die Veranda und war im Begriff, über das Geländer zu steigen, als ich sie einholte.
Sie setzte sich heftig zur Wehr und flehte mich an, sie gehen zu lassen, indem sie in den Morgen hinaus auf etwas deutete, das ich nicht sehen konnte. Sie erklärte, daß sie hinausgehen müsse. Es rief sie. Sie schien weniger erschrocken als aufgeregt und begierig, hinauszueilen zu dem, was für sie sichtbar war. Während wir miteinander rangen, reckte sie den Hals beständig hin und her, offensichtlich entschlossen, die Erscheinung nicht eine Sekunde aus den Augen zu lassen.
Schließlich gelang es mir, sie ins Eßzimmer zurückzubringen, obwohl ich das sich sträubende Mädchen dazu von den Füßen heben und tragen mußte. Aber selbst dann noch warf sie den Kopf hin und her und unternahm jede Anstrengung, um über meine Schulter hinauszublicken.
So besorgt war ich um Jessies Sicherheit, daß ich ihren Vater ganz vergessen hatte. Als ich das Eßzimmer betrat, kämpfte Mrs. Nevinson verzweifelt mit ihrem Mann, um ihn daran zu hindern, zur Küchentür hinauszugehen. Es war ihr gelungen, ihn irgendwie zwischen Anrichte und Wand einzukeilen, aber er erwies sich als viel zu kräftig für sie, und es war nur noch eine Frage von Sekunden, bis er die Oberhand haben und sich an ihr vorbeidrängen würde.
Wie es das Glück wollte, verstummte in eben diesem Augenblick das Flötenspiel, und Jessie erschlaffte in meinen Armen. Ich ließ sie in den einen Liegestuhl gleiten, der sich im Eßzimmer befand, und eilte Mrs. Nevinson zu Hilfe, denn nicht einmal das Verstummen der Flöte machte der unbändigen Besessenheit, der Erscheinung nach draußen zu folgen, von der Mr. Nevinson jedes Mal ergriffen wurde, unverzüglich ein Ende.
Nach dem, was am ersten Abend unseres Aufenthalts im Gutshaus passiert war, hätte es mir eigentlich klar sein müssen, und ich hätte es besser wissen sollen, als Jessie allein in dem Liegestuhl zurückzulassen, auch wenn sie noch so entspannt gewirkt hatte. Ich war Mrs. Nevinson kaum zu Hilfe gekommen und hatte es geschafft,

ihren Mann zurückzuhalten (der sich im übrigen einen Augenblick später entspannte und erklärte, daß alles in Ordnung sei), als ich ein dumpfes Poltern vernahm, mich umdrehte und Jessie sah, die zum Wohnzimmer hinüberlief.

Ich rannte ihr nach und holte sie ein, als sie eben die Eingangstür erreicht hatte. Diesmal setzte sie sich nicht zur Wehr, sondern blieb wie erstarrt stehen und reckte den Kopf nach vorn zur offenen Tür hin. Ihr Gesichtsausdruck wirkte wie hypnotisiert, und sie murmelte mit ausdrucksloser Stimme, die so fremd klang, daß mich fröstelte: »Laß mich. Ich gehe. Ich muß gehen. Ich will gehen. Es ruft mich. Laß mich in Ruhe. Laß mich gehen. Laß mich gehen«, wiederholte sie unaufhörlich. Weder ihre Haltung noch ihre Stimme strahlten Lebendigkeit aus. Sie sprach mit einem monotonen Leiern, als würden ihr die Worte von einem unsichtbaren Geist souffliert.

Plötzlich stieß sie einen Seufzer aus, und die Starre fiel von ihr ab. Sie zitterte und schien kurz vor einem Zusammenbruch. Doch gleich darauf hatte sie sich wieder in der Hand. Sie warf mir einen Blick zu und murmelte: »Es ist vorbei. Ich habe es aus den Augenwinkeln gesehen. Jedesmal, wenn ich den Kopf bewegte, hat es die Stellung geändert. Es ist abscheulich, Milton. Ein gräßliches Ding.«

Die Ereignisse dieses Morgens brachten eine Entscheidung in bezug auf Mrs. Nevinsons törichte Vorurteile. Sie pflichtete uns, als wir in sie drangen, bei, daß die Dinge einen Punkt erreicht hatten, an dem wir unseren ›Stolz vergessen und Rayburn zu Hilfe rufen‹ mußten.

Gleich nach dem Frühstück (ja, wir beendeten unser Frühstück. Meine Tagebucheintragung: ›Trotz der morgendlichen Aufregungen und Schrecken unverminderter Appetit – erstaunlich, aber wahr‹) begab ich mich daher mit Mr. Nevinson nach unten, und wir erklärten Rayburn die Lage.

Der Mann war äußerst skeptisch. Er sah uns immer wieder stirnrunzelnd an, und es war offensichtlich, daß er uns ausgelacht und vielleicht unseren Verstand ernsthaft angezweifelt hätte, wäre sein Respekt vor Mr. Nevinson nicht so groß gewesen.

Er hatte, wie er uns sagte, bereits den Verdacht geschöpft, daß bei uns oben etwas nicht stimmte. Einmal hatte er seine Herrin schreien gehört und anschließend unsere Stimmen vernommen. Er hatte eigentlich hochkommen und uns fragen wollen, was los war, aber nachdem er ›sich die Sache noch einmal hatte durch den Kopf gehen lassen‹, war er zu dem Entschluß gekommen, es nicht zu tun, weil es vielleicht so ausgesehen hätte, als wollte er sich in etwas einmischen, das ihn nichts anging, und das war ganz und gar nicht seine Art. Gestern hatte Timmykins ihm gesagt, daß etwas nicht stimmte im Haus, daß er aber nicht wüßte, was es sei. Na ja! Aber sich vorzustellen, daß solche Dinge passierten! Und noch dazu am hellen Tage! Wie dem auch sei, er würde nur zu gerne alles in seiner Macht Stehende tun, um uns zu helfen – oh ja, darauf könnten wir uns verlassen. Er würde abends sein Feldbett heraufbringen und im Wohnzimmer schlafen, wenn wir es wünschten. Und selbstverständlich würde er sich immer in der Küche bereithalten, um jederzeit in Rufweite zu sein.
Mr. Nevinson fragte ihn: »Du weißt nicht zufällig, wer uns vielleicht auf die Spur des indischen Burschen bringen könnte, der Patoir den Behälter mit dem Schriftstück gegeben hat, oder, Rayburn?«
»Nein, Sir, ich kann nicht sagen, ich jemanden wissen.« Er schwieg einen Augenblick und setzte eine nachdenkliche Miene auf, doch schließlich mußte er mit einem Kopfschütteln erwidern: »Nein, Sir. Ich wissen wirklich niemanden, aber können erkundigen.«
»Wir wollen natürlich nicht, daß zuviel über die Sache geredet wird, Rayburn. Es ist ziemlich abenteuerlich und wirft vielleicht kein gutes Licht auf uns, wenn es sich herumspricht. Die Leute würden wahrscheinlich denken, ich hätte den Verstand verloren – oder würde schwarze Magie oder sonst etwas betreiben.«
Rayburn versprach diskret vorzugehen. Er bemerkte, er wüßte recht gut, wie die Leute oben am Fluß seien. Sie sahen ständig irgendwelche Gnome oder hörten einen *Kanaima* im Dschungel pfeifen. (Ein *Kanaima* ist im indischen Volksglauben ein böser Geist, der sich manchmal im Körper eines Menschen einnistet und

diesen in eine mörderische Bestie verwandelt, deren einzige Beschäftigung darin besteht, den Dschungel nach Opfern zu durchstreifen. Er lockt nichtsahnende Menschen in seine Klauen, indem er ein eigenartiges Pfeifen ausstößt.) Rayburn erklärte, er wäre nicht so dumm, irgend etwas mit den abergläubischen Bewohnern der Gegend zu besprechen.

So, wie die Dinge sich entwickelten, wären wir ohne Rayburns Hilfe wirklich in einer schlimmen Lage gewesen. Er hielt sich am Tage in der Küche auf, war aber stets in wenigen Sekunden zur Stelle, wenn er gerufen wurde. Das Haus war unbestreitbar klein und hatte eine Vielzahl von Fenstern und Türen und eine Veranda, die unseren Bedürfnissen entgegenkam, aber wäre Rayburn von trägem, langweiligem Temperament gewesen, wäre er in vielen Fällen zu spät gekommen, um Mr. Nevinson am Verlassen des Hauses zu hindern.

In jenen Wochen lernte ich einiges über das menschliche Verhalten. Beispielsweise legte sich Mrs. Nevinsons Voreingenommenheit nicht nur, sondern sie konnte sich gar nicht genug Mühe geben, um es Rayburn im Haus angenehm zu machen, und abends sorgte sie sich mit großem Aufhebens darum, daß er es auch bequem hatte auf seinem Feldbett im Wohnzimmer. Sie und Jessie tranken Ovomaltine, bevor sie sich zur Ruhe begaben, und sie bestand darauf, daß Rayburn auch eine Tasse bekam.

Ein anderes Merkmal unseres Verhaltens, über das ich insgeheim staunen mußte, war die Selbstverständlichkeit, mit der wir uns den nervenaufreibenden Lebensumständen anzupassen begannen; die Umsicht, mit der wir unsere ›Verteidigung‹ planten. Rayburn war ausschließlich Mr. Nevinson zugeteilt, und ich hatte mich um Jessie zu kümmern. Der Ruf in Gefahr lautete: ›Komm, Rayburn!‹, der einfache Ruf ohne Not: ›Rayburn!‹ Diese Unterscheidung war selbstverständlich notwendig, da es immer wieder vorkam, daß Rayburns Anwesenheit im Laufe der alltäglichen Routine erforderlich war. Sei es, daß Mr. Nevinson irgendwelche Erkundigungen über die Arbeit im Sägewerk einziehen oder Rayburn Anweisungen für den Vorarbeiter geben wollte, jeden-

falls mußten wir natürlich alles tun, um falschen Alarm zu vermeiden.
Auch unsere Mahlzeiten und die Körperpflege richteten wir schon bald nach den Erfordernissen der Lage ein. Wenn beispielsweise eine Erscheinung am Vormittag stattfand, wußten wir, daß wir das Mittagessen und den Tee ungestört einnehmen konnten, daß aber beim Abendessen ›Gefahr drohte‹, weshalb wir für diese Mahlzeit Brote vorbereiteten, die wir im Wohnzimmer oder auf der Veranda essen und augenblicklich im Stich lassen konnten, wenn sich die Notwendigkeit ergab.
Ebenso vermieden wir es, uns länger im Badezimmer oder in der Toilette einzuschließen, wenn wir wußten, daß eine Erscheinung bevorstehen konnte. Und wir blieben, abgesehen von den Nächten, ständig beisammen und legten unsere Ruhepausen auf der östlichen oder nördlichen Veranda ein. Am späten Nachmittag – zwischen fünf und sechs – gingen wir in Rayburns Begleitung in der näheren Umgebung spazieren ›wie Gefangene, die sich unter der Aufsicht des Wärters Bewegung verschaffen‹, wie es in meinem Tagebuch heißt. Und am Morgen, wenn die Lage der Erscheinungen es gestattete (das war Mrs. Nevinsons Stichelei), unternahmen wir Bootsausflüge auf dem Fluß.
Nach einem besonders aufregenden Zwischenfall kurz nach einem Mittagsimbiß am Mittwoch – unserem sechsten Tag in Goed de Vries – verkündete Mrs. Nevinson, daß sie dieses Leben nicht länger ertragen könne und am nächsten Morgen mit dem Dampfer nach New Amsterdam zurückzukehren gedenke. Sie meinte es überaus ernst, und Mr. Nevinson und ich brauchten nahezu eine Stunde, um sie davon zu überzeugen, daß wir alle unbedingt hier oben bleiben mußten.
»Nach New Amsterdam zurückzukehren würde überhaupt nichts nützen, Nell«, erklärte ihr Mann. »Ich glaube, es würde nicht einmal einen Unterschied machen, wenn wir nach Japan gingen. Diese Träume würden dich in der Nacht ganz genauso verfolgen – und wenn es so bestimmt ist, daß dir etwas Schreckliches zustößt, dann bist du in New Amsterdam keinen Deut sicherer als hier. Du

weißt, daß es nichts materiell oder rational Faßbares ist, womit wir es zu tun haben. Ich habe die Flöte in meinem Büro in New Amsterdam gehört, während draußen dichter Verkehr herrschte und Schreibmaschinen wenige Meter von dem Platz, an dem ich saß, klapperten. Die Entfernung würde nichts nützen. Das Klügste, was wir tun können, ist hierzubleiben, die sterblichen Überreste dieses alten Holländers zu suchen und sie zu begraben, wie es in dem Dokument gefordert wird.«

»Aber das ist es ja, Ralph«, erwiderte sie. »Welche Chance haben wir, seine sterblichen Überreste zu finden – und seine Flöte? Du sagst, daß Rayburn Erkundigungen in der Gegend eingezogen hat, und niemand konnte ihm irgendwelche Informationen über diesen Inder geben, der den Behälter mit dem Schriftstück Patoir überlassen haben soll. Was hat es also für einen Sinn, hier in der Wildnis zu bleiben und uns von diesen unheimlichen Geschichten quälen zu lassen, wenn wir nicht den geringsten Hinweis auf den Verbleib von Mijnheer Voormans Gebeinen und seiner Flöte haben? Soweit ich es sehe, können wir die Hoffnung, diese Überreste jemals zu finden, ebensogut aufgeben. Wir kennen nicht einmal den Standort der alten Plantage, auf der Mijnheer Voorman starb. Wir können keine Hunderte von Quadratmeilen Dschungel absuchen, warum also kehren wir nicht in den Schutz und die Bequemlichkeit unserer zivilisierten Stadt zurück? Wenigstens sind wir in New Amsterdam weit fort von diesem scheußlichen Dschungel und dem Fluß. Wir würden dort mehr Vertrauen in unsere Fähigkeit, dem Entsetzen Widerstand zu bieten, haben.«

Ihre Argumente waren einleuchtend, aber mein Gastgeber und ich wollten das nicht zugeben, denn wir waren fest entschlossen, erst nach New Amsterdam zurückzukehren, wenn wir eine Lösung unserer Probleme gefunden hatten. Es hätte unsere Niederlage bedeutet, Goed de Vries unverrichteter Dinge zu verlassen und nach Hause zurückzukehren, und zusätzlich zu dieser Schande würde dieser unheimliche Fluch nach wie vor auf uns lasten.

Ich ergriff das Wort und wandte mich an Mrs. Nevinson: »Ich verstehe, worauf Sie hinauswollen, Mrs. Nevvy, aber glauben Sie wirklich, Sie wären glücklich, wenn Sie allein nach New Amsterdam zurückkehren? Dort im Haus könnte Ihnen alles mögliche zustoßen. Hier oben befinden Sie sich in unserer Gesellschaft, und wir können Sie schützen, wenn Ihnen irgendeine Gefahr für Leib und Leben droht.«

»Und was ist mit den Gefahren, die meinem Verstand drohen? Können Sie mich davor auch schützen? Soweit ich es beurteilen kann, sind die einzigen Gefahren, die uns drohen, psychischer Art.«

»Eine andere Sache«, beeilte ich mich einzuwenden, ohne ihre sarkastische Bemerkung zu beachten, »ist die, daß Ihre Anwesenheit hier uns vielleicht helfen kann, uns von diesem Ärgernis zu befreien.«

»Und wie, wenn ich fragen darf?«

»Nun, beispielsweise unterscheiden sich Ihre Erfahrungen ein wenig von den unseren, nicht wahr? Sie stellen eine ungewöhnliche Seite der Geistererscheinung dar, und man kann nie wissen, was wir daraus lernen können, wenn wir Ihre Erfahrungen einer genauen Betrachtung unterziehen.«

»Herrje! Milton, Sie reden wie einer von diesen dicken ledergebundenen Wälzern. Sie hätten Politiker werden sollen, Junge. Nicht Künstler!«

An ihrem Tonfall und dem Augenzwinkern erkannte ich, daß ihr Mann und ich die Auseinandersetzung für uns entschieden hatten, und erhob mich, da ich der Meinung war, daß dies der geeignete Augenblick war, mich vom Schauplatz des Gefechts zurückzuziehen. Länger zu verweilen wäre taktisch gefährlich gewesen. Ein unbedachtes Wort, eine unvorsichtige Geste, und ihr Widerstand würde vielleicht wieder aufleben.

Ich zündete mir nachlässig eine Zigarette an und sagte: »Ich glaube, ich gehe besser und sehe nach, was Jessie macht. Sie ist schon eine ganze Weile draußen auf der Veranda.«

»Versuchen Sie, sie zu überreden, daß sie ein wenig Rinderbrühe ißt. Sie hat zum Mittagessen nur ein Brot gegessen.«

»Ich werde mein Bestes tun«, versicherte ich und machte mich auf den Weg zur nördlichen Veranda, wo Jessie in einer Hängematte lag, die dort ihren ständigen Platz hatte. (Es wäre vielleicht auch gut, zu erwähnen, daß wir in den vier oder fünf Stunden, die auf eine Geistererscheinung folgten, unsere Vorsichtsmaßnahmen, was das Zusammenbleiben betraf, ein wenig lockerten und uns etwas mehr Handlungsspielraum gewährten. Wir hatten entdeckt, daß jeweils mindestens eine Zeitspanne von sechs Stunden zwischen den Erscheinungen lag.)

Während ich auf Zehenspitzen zur Hängematte schlich, war in mir nicht die Spur einer Ahnung der neuen Entwicklung unserer seltsamen Erfahrungen, die sich mir gleich offenbaren würde. Ich ging auf Zehenspitzen, weil ich Jessie nicht stören wollte, falls sich herausstellen sollte, daß sie eingeschlafen war. Ich hätte mir die Mühe jedoch nicht zu machen brauchen, denn ich sah, daß sich ihre herausragenden Beine leicht bewegten, als ich näher trat. Sie war wach, gähnte aber, und ihre Augen waren rot, als wäre sie erst vor kurzer Zeit erwacht.

Auf meine Frage hin bestätigte sie diese Annahme und fügte gähnend hinzu: »Ich habe sogar ein bißchen geträumt.«

»Ah! Träume. Keine Alpträume wie deine Mutter, will ich hoffen?«

»Nein, ich könnte es nicht direkt als Alptraum bezeichnen«, erwiderte sie zögernd. »Aber komisch war es schon, als hätte es sich zu einem Alptraum entwickeln können, wenn ich länger geschlafen hätte. Wie spät ist es?«

»Ungefähr halb drei«, antwortete ich – worauf sie erleichtert zurücksank. »Nichts zu befürchten bis heute abend.«

»Um was wollen wir wetten, daß es heute nacht um elf passiert, wenn wir gerade alle versuchen, unseren Schönheitsschlaf zu machen?«

»So ist das Leben – im Geisterland.«

»Wo sind Mutter und Papa?«

»Im Wohnzimmer. Es hat deinen Vater und mich einige Anstrengung gekostet, sie davon abzubringen, morgen mit dem Frühschiff in die Stadt zurückzukehren.«

»Sie wollte in die Stadt zurückkehren?«

»Ich fürchte, ja. Wie dem auch sei, die Gefahr scheint gebannt. Ich glaube, es ist uns gelungen, sie zur Vernunft zu bringen.«

Sie lachte. »Milton, in mancher Hinsicht bist du ein gewaltiger Esel!«
»Was meinst du damit?«
Sie versuchte, ein weiteres Gähnen zu unterdrücken. »Nichts. Es ist nur die Art, wie du dich ausdrückst.«
»Oh. Nun denn. Aber erzähl mir von den Träumen, die du hattest. Hast du sie vergessen oder glaubst du, du kannst sie in allen Einzelheiten beschreiben?«
»Warum willst du, daß ich sie beschreibe? Glaubst du, sie haben etwas zu bedeuten?«
»Man kann es nie wissen, nicht wahr? Wir können es uns nicht leisten, die kleinste Kleinigkeit zu übersehen, die uns helfen könnte, Licht in das Geheimnis zu bringen.«
»Es war eigentlich nichts Beängstigendes«, erlärte sie. »Ich habe alle möglichen seltsamen Träume gehabt, seitdem wir diese merkwürdigen Dinge hier oben erleben.«
»Ich würde trotzdem gern erfahren, was es war«, bat ich.
»Es ist schon ein bißchen verschwommen, aber soweit ich mich erinnere, lag ich hier draußen auf der Veranda in dieser Hängematte, aber es war Nacht und herrlicher Mondschein draußen. Ich blickte zu den Bäumen und zum Sägewerk hinüber und sagte mir, was für eine wunderbare Nacht es doch sei – und dann fiel mir ein, daß es schon spät war und ich nicht allein draußen sein sollte. Ich blickte zu dem Fenster dort« – die Fenster des Zimmers, das sie und ihre Mutter bewohnten, gingen auf diesen Teil der Veranda hinaus – »und sah Mutter im Bett liegen. Sie schien sich im Schlaf unruhig hin und her zu werfen – nicht so, wie sie es gewöhnlich tut, sondern als ob – nun, als ob sie mit jemandem kämpfen würde, der bei ihr im Bett lag. Von dem, was dann kam, weiß ich nicht mehr viel.«
Ich strich mir übers Kinn und brummte: »Trotzdem sehr interessant. Besonders der letzte Teil.«
»Ach ja, warte«, sagte sie plötzlich und runzelte die Stirn, als versuchte sie, sich an etwas zu erinnern. »Mir fällt noch etwas ein.« Sie zögerte und nickte dann. »Ja, ich weiß es wieder! Kurz bevor ich aufwachte, schien der Mond hinter einer Wolke zu verschwin-

den, und um mich herum wurde es dunkler. Das letzte, was ich merkte, war, daß eine Art Schatten aus dem Fenster dort kam und sich auf meine Brust setzte – aber bevor es mir Angst machen konnte, muß ich aufgewacht sein.«

Ich stieß eine Rauchwolke aus und bemerkte: »Ich gebe zu, es hätte beängstigender sein können, aber immerhin klingt es doch ein ganz klein wenig außergewöhnlich, findest du nicht?«

»Du meinst die Sache mit dem Schatten, nehme ich an?«

»Genau – und die Tatsache, daß deine Mutter mit jemandem zu kämpfen schien, der in ihrem Bett lag. Aber reg dich jetzt nicht auf«, beeilte ich mich hinzuzufügen. »Vielleicht war es ein post-digestiver Semi-Alptraum. Das Brot, das du gegessen hast, könnte ihn ausgelöst haben.«

»Was ist denn post-digestiv?« lachte sie. »Du mit deinen großen Worten!« Ein neuerlicher Gähnanfall überkam sie, und sie veränderte ihre Lage ein klein wenig. Sie trug ein Kleid mit ungewöhnlich tiefem Ausschnitt, und als ich auf die Vertiefung zwischen ihren Brüsten blickte, ließ ich vor Schreck fast die Zigarette aus der Hand fallen.

Ich setzte zum Sprechen an, überlegte es mir dann aber anders.

Glücklicherweise verhinderten die Tränen, die ihr beim Gähnen in die Augen getreten waren, daß sie meine Reaktion bemerkte.

Um Selbstbeherrschung bemüht, sagte ich so beiläufig wie möglich: »Übrigens hat mich deine Mutter gebeten, ich soll versuchen, dich zu etwas Rinderbrühe zu überreden.«

»So etwas könnte ich jetzt nicht herunterbringen«, entgegnete sie. »Ich werde sicher noch vor dem Abend einen Eierflip nehmen. Ich habe keinen Hunger.«

»Sag einmal, Jessie, hast du nicht ein Bad genommen, bevor du dich hier heraus in die Hängematte gelegt hast?«

Wie zu erwarten war, warf sie mir einen verwunderten Blick zu. »Was für eine Frage! Natürlich. Ich hatte heute morgen Angst, eins zu nehmen, weil wir auf die Flöte warteten, aber sobald alles vorüber war – vor einer Weile –, habe ich ein Bad genommen. Warum fragst du? Sehe ich nicht so aus, als hätte ich gebadet?« Sie versuchte zu lächeln, aber die Anspannung in meinem Verhalten mußte ihr aufgefallen sein. »Was ist los, Milton?«

»Es gibt einen Spiegel im Badezimmer. Ich nehme an, daß du manchmal hineinschaust, wenn du dich abtrocknest, oder nicht?«

Eine zarte Röte stieg ihr in die Wangen. »Natürlich. Warum auch nicht?«

»Ist dir heute irgend etwas auf deiner Brust aufgefallen?«

Sie senkte den Kopf und blickte auf ihren Busen hinunter. »Oh, Himmel!« Sie zog den Ausschnitt ihres Kleides tiefer. »Aber das verstehe ich nicht. Wie ist das dorthin gekommen? Es war nicht da, bevor ich mich in die Hängematte gelegt habe. Das weiß ich genau. Oh, mein Gott!«

»Es ist viel schwächer als das Mal, das deine Mutter am Donnerstagabend am Fußknöchel hatte.«

Ihr Gesicht war jetzt aschgrau vor Angst. »Was kann das bedeuten, Milton? Warum ist es jetzt auch bei mir aufgetaucht? Ich habe nicht wie Mutter versucht, das Dokument zu verbrennen. Ich habe überhaupt nichts getan.«

An das Geländer gelehnt, blickte ich hinaus auf die stille grüne Mauer, die am Rande der Lichtung aufragte, und schüttelte den Kopf. Die Sägemühle stampfte in eintöniger, einschläfernder Kakophonie vor sich hin – ein abgehackter, aber hypnotischer Rhythmus in der Stille des Tages. Dann vernahm ich einen leisen, rauschenden Ton und legte lauschend den Kopf schief.

Er kam aus der Ferne und wurde über den Dschungel herübergetragen. Er schien näher zu kommen und immer lauter zu werden, als könnte es ein Regenschauer sein. Dann wurde er leiser und verstummte ganz.

Hinter mir hörte ich Jessie murmeln: »Der Schatten in meinem Traum, Milton, erinnerst du dich noch, was ich dir erzählt habe? Kurz bevor ich aufwachte, sah ich, wie etwas aus dem Fenster dort kam und sich auf meine Brust setzte.«

XIII

Wie Sie aller Wahrscheinlichkeit nach bereits festgestellt haben, wurde dieser Bericht weitgehend dadurch behindert, daß ich hoffnungslos unwissend auf dem Gebiet der Dämonenlehre und der okkulten Wissenschaften war. Es ist wahr, daß ich für meine dreiundzwanzig Jahre recht wohlinformiert und belesen war, aber eine Grundkenntnis des Yoga und die Tatsache, daß ich die Bhagawadgita gelesen und eingehend durchdacht hatte, machte aus mir noch lange keine Autorität in bezug auf die Geheimnisse der Schwarzen Kunst.

Zur Zeit dieser Ereignisse in Goed de Vries war ich, ungeachtet meines großspurigen Gebarens, als wäre ich ein Mann von unerschöpflichem Wissen, ein ebenso ahnungsloser Ignorant wie alle anderen im Haus.

Als Menschen, die wir waren, stellte ein jeder von uns in dem Versuch, die Geistererscheinungen zu erklären oder zu einem Schluß zu kommen, wie sich die Dinge auf die Dauer entwickeln würden, Theorien auf, da aber keiner von uns in der Lage war, die Vermutungen des anderen zu widerlegen oder zu bestätigen, nahmen wir einander nie ernst.

Aus eben diesem Grunde wirkte niemand sonderlich beeindruckt oder brachte auch nur höfliches Interesse auf, als ich am Montag der folgenden Woche meine Große Theorie, wie ich es in meinem Tagebuch hochgestochen formulierte, verkündete.

Bevor ich sie jedoch hier erläutere, muß ich berichten, was sich in der Nacht des Donnerstag, unserem siebten Tag in Goed de Vries, und am darauffolgenden Sonntagabend ereignete, denn es waren die Geschehnisse dieser Tage, die, wenn schon nicht die Grundlage, so doch zumindest die wichtigsten Stützpfeiler meiner Theorie bildeten.

Das flötenförmige Mal auf Jessies Brust war, ebenso wie es bei ihrer Mutter der Fall gewesen war, nicht von Dauer. Innerhalb von zwölf Stunden war es vollkommen verblaßt, und irgendwie verursachte sein Auftauchen, so verblüffend es auch sein mochte, nicht dieselbe Aufregung, die es ein paar Tage zuvor hervorgerufen hätte. Ich glaube, ich habe schon an früherer Stelle von der Dickfelligkeit gesprochen, die wir uns in bezug auf das Ungewöhnliche anzueignen begannen. Selbst Jessie fand sich schon bald mit dem Mal ab und hörte auf, immer wieder den Kopf zu senken, um es zu untersuchen.

In dieser Nacht gab es keine Erscheinung, was uns natürlich nicht überraschte, da wir bereits Ruhepausen von achtundzwanzig Stunden erlebt hatten. Dennoch hatten wir eine schlimme Nacht. An Schlaf war kaum zu denken. Wir warfen uns in den Betten herum, ständig darauf gefaßt, hellwach sein und handeln zu müssen. Kurz vor Mitternacht döste Mrs. Nevinson offensichtlich ein, denn wir hörten sie schreien – der Schrei, auf den wir allnächtlich warteten – und wußten, daß sie gerade aus ihrem gewohnten Alptraum erwacht war. Mr. Nevinson und ich eilten längst nicht mehr in ihr Zimmer, sondern erkundigten uns nur laut, ob alles in Ordnung sei, worauf sie antwortete: »Ja. Wieder dasselbe.«

Kurz vor der Morgendämmerung stieß nun Jessie einen Schrei aus, und als wir hinübergingen, erzählte sie uns, daß sie ebenfalls einen Alptraum gehabt hatte – einen Alptraum, der demjenigen, der ihre Mutter verfolgte, sehr ähnlich war.

Als sie ihn uns beschrieb, stellten wir fest, daß die Hauptunterscheidungsmerkmale darin lagen, daß er erstens nicht so lebhaft gewesen war wie der ihrer Mutter, und daß sie zweitens nicht in einem *Corial* vom Haus hier aufgebrochen war, sondern sich unvermittelt auf dem Dschungelpfad befunden hatte. Wie ihre Mutter hatte sie vor sich auf dem Weg Flötenspiel gehört, und sie hatte das Gefühl gehabt, daß etwas Schreckliches sie verfolgte und etwas noch Entsetzlicheres vor ihr lag. Aber auch hier gab es einen Unterschied: Das Abenteuer fand nicht, wie im Traum ihrer Mutter, bei Tageslicht statt, sondern zu nächtlicher Stunde im Mondschein. Sie sprach davon, Mondlicht auf dem Boden gesehen zu haben, als sie vorwärtseilte, und es war Mondschein, der durch das Blattwerk heruntergeschienen und den Pfad für sie erleuchtet hatte.

Auch die Endphasen des Traumes stimmten nicht genau mit dem ihrer Mutter überein. Sie war nicht durch eine Knochenhand an ihrem Arm zum Stehen gebracht worden. In dem Augenblick, als die Flöte verstummt war, hatte sie das Gefühl gehabt, daß sich eine Wolke an ihren Körper preßte und sie aufhielt. Keine Stimme hatte eine Warnung in ihr Ohr geflüstert, sondern sie hatte den Eindruck – in diesem Punkt war sie sich nicht sicher –, daß der Mond hinter einer Wolke verschwunden sein mußte, da alles um sie herum undurchdringlich schwarz geworden und ein gräßlicher moschusartiger Gestank ihr in die Nase gestiegen war. Sie hatte raschelnde, trippelnde Schritte in ihrer Nähe gehört – keine menschlichen Schritte, das wußte sie genau –, als wäre eine Ziege oder ein Wesen von ähnlicher Größe und Beschaffenheit der Füße vorübergeeilt. Sie meinte gehört zu haben, wie es ein hohles Grunzen von sich gegeben hatte – aber es hatte nicht wie ein Tierlaut geklungen; zumindest hatte sie den Eindruck gehabt, daß es teils menschlicher, teils tierischer Natur war. Sie war hilflos in der Dunkelheit umhergeirrt, und einmal hatte sie gespürt, wie das Ding an ihren bloßen Beinen vorbeigestrichen war. Sie hatte geschrien und war dann erwacht – und als sie sich aufgesetzt hatte, war sie überzeugt, den Moschusgestank noch riechen zu können.

Ich beschreibe den Traumzwischenfall von Mittwochnacht oder, genauer gesagt, Donnerstagmorgen – nur als Auftakt zu meinem Bericht der Geschehnisse im Laufe des hellichten Donnerstages.

An jenem Tag hatten wir ein leichtes Frühstück, das wir um den Tisch stehend einnahmen. Wir wollten das Risiko nicht eingehen, uns an den Tisch zu setzen, und gleichzeitig waren wir entschlossen, was auch an geisterhafter Erscheinung auftreten würde, uns nicht um unseren Kaffee und unsere gekochten Eier bringen zu lassen. Belegte Brote zum Frühstück wären, so fanden wir, unerträglich gewesen.

Als das Mahl beendet war, begaben wir uns auf die nördliche Veranda hinaus, um der Ereignisse zu harren.

Der Morgennebel hatte sich noch nicht vollständig aufgelöst. Die schattigen Lücken zwischen dem Laub der Bäume wirkten wie bläulicher Rauch, und Gras und Buschwerk glitzerten in dem milden, schräg einfallenden Sonnenschein. Die Sägewerksmotoren waren noch still – die Arbeit in der Mühle begann nicht vor acht Uhr –, aber wir konnten das gewohnte Durcheinander von Männerstimmen und Gelächter hören, das Klappern von Brettern oder einen leisen dumpfen Schlag von einem schweren Stamm. Die Luft war geschwängert mit dem diesig-feuchten Blättergeruch des Dschungels und der moschusartigen Dumpfheit des Flusses. Ein Vogel sandte von weit unten am Fluß scharfe Schreie durch die feuchte Luft – ein metallischer, rauher Ton, der in gutem Einklang stand mit der allgemeinen triefenden Nässe, die das Bild beherrschte.

Bald zeigte die Sonne jedoch ihre Wirkung. Sie schien von einem Himmel herunter, der mit fernem Zirrus und Zirrostratus gefleckt und überzogen war; mit fortschreitendem Morgen lösten sich diese Federschleier auf und wichen großen, aufgeplusterten Kumuluswolken. Der schwere Dunst verflog, und die Hitze begann in seidenen Schleiern von der grasbedeckten Lichtung um das Haus aufzusteigen.

Obwohl wir den Fluß von unserem Standort aus nicht sehen konnten, vernahmen wir sein geheimnisvolles rhythmisches Gurgeln und Rascheln im Gehölz, das am Uferrand wuchs, und dann und wann unterbrach das Klatschen eines vorübertreibenden *Corials* die Stille.

Kurze Zeit später begann die Sägemühle zu husten und zu brummen – und dann liefen die Maschinen. Das Tschak-a-tschak, tschak-a-tschak des Tages setzte ein, und der Rauch aus Mr. Nevinsons Pfeife kräuselte sich in abgehackten blauen Wölkchen in den Morgen auf – als hätte er ebenfalls einen kleinen Motor in sich, war mein alberner Gedanke. Er rückte sich bequemer im Liegestuhl zurecht. Er las in einer Anthologie der besten Gruselgeschichten der Welt.

Seine Frau häkelte in der Hängematte an einem Zierdeckchen, und Jessie blätterte in einer Nummer des *Strand Magazine*. Ich für mein Teil trug einen Bericht der Ereignisse des vorangegangenen Tages und der letzten Nacht in mein Tagebuch ein. Meine Staffelei stand mit einem halbfertigen Bild am anderen Ende der Veranda bereit. Trotz der Angespanntheit der Lage hatte ich bereits zwei Bilder fertiggestellt.

Ich war noch mit meinem Tagebuch beschäftigt, als die klaren, spielerischen Flötentöne an mein Ohr drangen. Aus Gewohnheit blickte ich auf meine Armbanduhr und stellte fest, daß es neun Uhr sechsundzwanzig war. Der gespenstische Flötenspieler war mir jetzt viel näher gekommen. Er schien heute morgen irgendwo im Umkreis des Sägewerkes zu sein.

Ich ließ Tagebuch und Federhalter augenblicklich fallen und rief: »Komm, Rayburn!« Dann eilte ich mit zwei schnellen Schritten zu Jessie, die mit ihrer Zeitschrift zurückgelehnt im Liegestuhl saß. Im Hintergrund meines Bewußtseins nahm ich die raschen, hämmernden Schritte Rayburns in der Küche wahr.

Aber ich sollte an diesem Morgen eine Überraschung erleben. Ich fand mich albern, mit halb ausgestreckten Händen, bereit, sie zu packen, vor ihrem Stuhl stehen.

Nur gab es keine Notwendigkeit, sie zu halten. Anstatt der erwarteten aufgeregten Geschäftigkeit ihrerseits geschah überhaupt nichts. Sie starrte mit verwunderter, fragender Miene zu mir auf und murmelte: »Was ist? Es ist doch noch nichts passiert. Ich habe nichts gesehen – und keine Flöte gehört.«

»Aber es ist in diesem Augenblick soweit. Es ist die Flöte.«

Sie richtete sich auf und blickte sich um. »Aber ich höre keinen Ton. Ich sehe das gräßliche Wesen nicht, Milton. Es – es müßte dort unten sein – auf der Lichtung.« Sie sah zu ihrem Vater hinüber, den Rayburn fest im Griff hatte. »Papa sieht es wie gewöhnlich, nicht wahr?«

»Natürlich sieht er es. Und ich höre auch die Flöte.«

Sie stieß ein verwundertes Brummen aus – und als ich sie betrachtete, fiel mir plötzlich etwas auf. Ihr Gesicht zuckte ein wenig, als wäre sie im Begriff, eine Grimasse zu ziehen. Ich konnte mich nicht erinnern, je gesehen zu haben, daß sich ihre Nervosität in dieser Weise ausdrückte. Ich blickte an ihr hinunter und machte eine weitere Beobachtung. Ihre Finger krümmten sich nach innen, als würde sie versuchen, die zu Fäusten zu ballen, die Bewegung aber aus irgendeinem Grunde nicht zu Ende führen.

Dann hörte das Flötenspiel auf, und sie seufzte und blickte sich in neuerlicher Verwunderung um – fast, als wäre sie gerade aus tiefer Nachdenklichkeit gerissen worden oder als hätte man ihre Aufmerksamkeit plötzlich von einem Buch abgelenkt, in das sie vertieft gewesen war.

»Ist es jetzt vorbei?« erkundigte sie sich.

»Ja, es ist vorbei – aber woher wußtest du es?«

Sie schüttelte den Kopf und murmelte verwirrt: »Ich weiß es nicht. Ich habe es irgendwie geraten. Aber warum habe ich es nicht auch gehört wie sonst, Milton? Was ist jetzt wieder los? Glaubst du, ich werde jetzt in Ruhe gelassen – oder passiert etwas Neues mit mir, von dem ich noch keine Ahnung habe?«

Was sollte ich darauf antworten? Mir war es ein ebensolches Rätsel wie ihr. Ich schüttelte den Kopf und erklärte, daß ich sprachlos sei. »Vollkommen platt, glaub mir.«

»Das gefällt mir nicht«, bemerkte sie mit einem Stirnrunzeln. »Ich habe ein – irgendwie ein ungutes Gefühl. Oh, ich hasse diese ganzen Schreckgeschichten!«

»Hör zu«, mahnte ich, indem ich ihren Arm drückte. »Es ist besser, du sagst den anderen nichts davon. Ich meine, daß du die Flöte nicht hörst. Sie werden sich sonst nur noch mehr Sorgen machen, als sie es ohnehin schon tun. Wir behalten es für uns, und ich behalte dich fest im Auge und beobachte die Entwicklung.«

Mit einem Nicken erklärte sie sich einverstanden. Sie würde nichts sagen.

Den ganzen restlichen Tag über gingen mir ihre Grimasse und die langsam sich krümmenden Finger nicht aus dem Kopf. Meine Theorie war zum Leben erwacht, und es war eine so entsetzliche Vermutung, daß mir der Atem stockte beim bloßen Gedanken daran, sie irgend jemandem gegenüber laut zu äußern. An diesem Tag konnte ich nicht an meiner Staffelei arbeiten.

Als die Flöte gegen sieben Uhr abends wieder ertönte, verhielt sich Jessie in derselben Weise wie am Morgen. Ich beobachtete ihr Gesicht mit sprachloser Faszination – und wieder sah ich sie: die Grimasse. Und ich blickte nach unten und sah, wie sich ihre Finger nach innen krümmten. Es war, als hätte sie für ein paar Minuten ihre alte Persönlichkeit abgestreift und ein anderes, unsagbar böses Wesen wäre in sie geschlüpft. Und sie kämpfte nicht dagegen an! Sie ließ sich von diesem häßlichen Etwas, was immer es war und woher es auch kommen mochte, widerstandslos in Besitz nehmen!

Einmal bemerkte ich den Blick, den sie ihrer Mutter zuwarf, die an der Küchentür stand und zusah, wie Rayburn Mr. Nevinson festhielt, und ich wußte, daß es keine Einbildung von mir war. In Jessies Augen lag ein bedrohliches, boshaftes Glitzern. Während sie ihre Mutter beobachtete, wurden die krampfhaften, krallenartigen Bewegungen ihrer Hände unruhiger. Ein Schauder der Angst und des Entsetzens durchlief mich.

Später erkundigte ich mich nach ihren Empfindungen, und sie zuckte zusammen, als wäre sie überrascht. Ihr Gesicht nahm einen aufrichtig ahnungslosen und unschuldigen Ausdruck an – ich war ganz sicher, daß sie mir nichts vorspielte. Sie war sich der Veränderung, die sich wenige Sekunden zuvor in ihr vollzogen hatte, nicht bewußt. Sie sagte: »Wie meinst du das – was waren meine Empfindungen? Ich sage dir, ich habe nichts gehört oder gesehen. Es hat vollkommen aufgehört – und ich hoffe, daß es nicht wieder anfängt.« Aus ihrer Stimme klang ehrliche Erleichterung.

Ich machte eine neckende Bemerkung und beließ die Angelegenheit dabei, denn mir war klar, daß es ihr mehr schaden als nutzen würde, wenn ich sie mit dem, was ich für den wahren Stand der Dinge hielt, vertraut machte. Ich erzählte auch ihren Eltern nichts von meinem Verdacht, denn ich fürchtete plötzlich, sie könnten einen Nervenzusammenbruch erleiden. Keiner von uns war von diesem Punkt allzu weit entfernt, und es war nicht vorauszusehen, welche Wirkung die Erschütterung meiner Mitteilung auf sie haben würde. (Wie die Ereignisse sich jedoch entwickelten, wurde es schon wenige Tage, nachdem ich diesen Entschluß getroffen hatte, unumgänglich für mich, sie über meinen Verdacht aufzuklären.)

In dieser Nacht erlebte Jessie wieder ihren Mondscheintraum, wie wir ihn zu nennen begannen, und wie in der Nacht zuvor hatte sie ihn einige Stunden nach dem Alptraum, der ihre Mutter heimsuchte.

Es wurde beschlossen, daß die beiden in Zukunft mit einem Licht schlafen sollten. Der Vorschlag stammte von mir. Ich erklärte ihnen, daß es ihnen mehr Sicherheit geben würde. Mrs. Nevinson wandte ein, daß sie bei Licht nie gut schlafen könne, doch ich beharrte darauf, daß es eine Zehn-Watt-Birne sein könne und man sie so abschirmen würde, daß ihr Schein nicht direkt auf die Betten fiel.

Damit erklärte sie sich einverstanden, und Rayburn, der einen Vorrat von Glühbirnen im Sägewerk drüben aufbewahrte, brachte die geforderte, die wir anstelle der gewöhnlich verwendeten Sechzig-Watt-Birne installierten.

Am Freitagnachmittag um zwölf Minuten nach drei (die genaue Uhrzeit, auf die Minute, einer jeden Erscheinung ist, mit Ausnahme von vielleicht zwei Gelegenheiten, in meinem Tagebuch festgehalten) erfolgte der nächste Alarm. Diesmal teilte ich meine Aufmerksamkeit jedoch zwischen der Beobachtung von Jessies Verhalten und dem Aufzeichnen der Flötentöne. Das war etwas, das ich schon seit Beginn der Geistererscheinungen hatte tun wollen, aber ich hatte noch keine Gelegenheit dazu gehabt. Schließlich hatte ich damit, auf Mr. Nevinson und dann auch noch auf Jessie aufzupassen, alle Hände voll zu tun gehabt.

Wie ich schon angedeutet habe, war Musik immer eine meiner großen Leidenschaften (bis zum Zeitpunkt dieser Ereignisse hatte ich mich sogar schon ans Komponieren gewagt), darum fiel es mir nicht schwer, diese einfache, strukturlose kleine Tonfolge hinzuwerfen, die mir inzwischen so vertraut geworden war. (Ich werde sie an späterer Stelle irgendwo zwischen den Absätzen einfügen.)

Im Laufe des Wochenendes wurde Jessies Verhalten immer besorgniserregender. Als die Flöte am Samstagnachmittag ertönte, verzerrte sich ihr Gesicht in höchst abstoßender Weise – und ich hörte sie einen Laut ausstoßen, der weder tierisch noch menschlich klang. Er war unbeschreiblich gräßlich.
Erst in der Nacht des Sonntags bestätigte sich jedoch für mich das Furchtbare, das ich bereits geahnt hatte. Die Seite in meinem Tagebuch, die dem Sonntag zugeordnet ist, überschrieb ich mit den Worten: *Tag der Schwarzen Nacht*.

XIV

Als wir uns am Sonntagabend zur Ruhe begaben, taten wir das in vergleichsweise ruhiger Verfassung (zumindest die anderen, ich weniger). Wir hatten seit der Abenddämmerung auf eine neuerliche Erscheinung gewartet, und als es neun wurde, und nichts geschah, wurden wir allmählich niedergeschlagen, weil wir befürchteten, mitten in der Nacht aus dem Schlaf gerissen zu werden. Aber um neun Uhr zweiundfünfzig wurde das Flötenspiel vernehmlich, und als die Gefahr vorüber war, gingen wir in der Überzeugung, uns auf eine mindestens sechsstündige Ruhephase verlassen zu können, zu Bett.

Jessie und ihre Mutter würden ohnehin durch ihre jeweiligen Alpträume gestört werden, aber irgendwie schien sie diese Form der Belästigung wesentlich weniger zu ängstigen als das geisterhafte Flötenspiel. In gewisser Weise war das vermutlich ganz normal. Ein Traum war letzten Endes eben doch nur ein Traum, und gleichgültig, wie realistisch er auch sein mochte, konnte er doch ein greifbares Erlebnis in vollem Wachzustand an Furcht und Schrekken nicht übertreffen.

Jessie ahnte, obwohl immer noch taub für die Flöte und außerstande, die Erscheinung zu sehen, das Auftreten der geisterhaften Geschehnisse doch immer mit furchtsamer Unruhe voraus – eine Tatsache, die meiner Aufmerksamkeit nicht entging. Die Nervosität ihrer Mutter resultierte aus ihrer Sorge um das Wohl ihres Mannes. Wann immer der Geist in Erscheinung trat, war es ihr Mann, auf den sich ihre ungeteilte Aufmerksamkeit richtete. Diese Besorgnis um ihren Mann war schuld daran, daß sie selbst bis zum Sonntagabend tatsächlich noch nicht gemerkt hatte, was mit Jessie vor sich ging. Ich war der einzige, der das merkwürdige Benehmen des Mädchens beobachtete. Infolgedessen war ich auch der einzige, der an diesem Sonntagabend um den Schrecken wußte, der das Mädchen bedrohte, und das war der Grund, warum ich alles andere als unbekümmert war, als ich in den Schlafanzug schlüpfte. Ich war, im Gegenteil, in besonders düsterer Stimmung.

Ich wußte, daß ich ohnehin keinen Schlaf finden würde, darum kletterte ich, anstatt zu Bett zu gehen, aus meinem Fenster und wanderte mit einer Zigarette als Gesellschaft auf der Veranda auf und ab, ohne den Schrecken zu ahnen, der mir in dieser Nacht noch bevorstand . . . Auf und ab schritt ich auf der Veranda.

Der Mond, den Jessie und ich zehn Nächte zuvor so erschreckend plötzlich beim Abendessen als Sichel gesehen hatten, war jetzt fast voll, und die grasbewachsene Lichtung um das Haus und die aufragenden Mauern des Dschungels schimmerten in einem weichen, lieblichen Schein, der für meine vergifteten Sinne in krassem Gegensatz zur Atmosphäre im Haus stand. Es schien mir nicht richtig. Die Nacht dort draußen, sagte ich mir, hatte kein Recht, so unschuldig und träumerisch schön auszusehen, solange die Wirklichkeit im Leben von uns vieren so häßlich und sorgenvoll war.

Ich hörte eine Bewegung in Mr. Nevinsons Zimmer, und mein Gastgeber trat ans Fenster. »Was ist los, junger Mann? Haben Sie heute wieder eine Ihrer schlaflosen Nächte?«

»Es sieht ganz danach aus«, entgegnete ich. »Ich fürchte, ich kann keinen Schlaf finden.«

»Versuchen Sie es mit einer der Hängematten. Es hat sich bei mir vor zwei Tagen als hilfreich erwiesen. Es ist heute nacht ein wenig wärmer als sonst.«

»Ja, das ist wahr. Ich werde einfach ein bißchen herumtrödeln und sehen, wie ich mich dann fühle.« Einen Augenblick lang war ich versucht, meinen Entschluß zu brechen und zu enthüllen, was ich über den Schrecken wußte, dessen Zeuge ich in den vergangenen Tagen geworden war. Aber ich hielt mich zurück. Abgesehen von meinem Wunsch, ihm nicht noch mehr Sorgen zu machen, als er ohnehin schon zu tragen hatte, spürte ich, daß es uns beide in eine peinliche Lage bringen würde. Stellen Sie sich vor, Sie müssen einem Menschen, einem alten und verehrten Freund, den sie schon seit Ihrer Kindheit kennen, erzählen, sie hätten gesehen, wie sich seine Tochter in einen abscheulichen Dämon verwandelte, und dieser Anblick hätte Sie nicht nur vor Entsetzen, sondern auch vor Ekel zittern gemacht. Außer der Angst, ihn zu verletzen, hatte ich auch noch die Befürchtung, ausgelacht zu werden. Geisterflöten und pelzige Teufel waren unglaublich genug, aber wenn ich nun auch noch behauptete, Jessie sei von einem bösen Dämon besessen! Das Ganze klang wie der Gipfel an mittelalterlichem Aberglauben!

Mr. Nevinson wandte sich vom Fenster ab, und einen Augenblick später hörte ich ihn zu Bett gehen. Es war keineswegs die erste Nacht, die ich, von Schlaflosigkeit getrieben, auf der Veranda umherwandernd verbrachte, er dachte sich daher vermutlich nichts dabei, daß ich hier draußen war. Er selbst hatte das auch schon getan. Ebenso Mrs. Nevinson und Jessie.

Eine Stunde mußte wohl vergangen sein, und es hatte sich vollkommenes Schweigen über das Haus gesenkt, als ich plötzlich den Wunsch verspürte, um das Haus herum zum nördlichen Teil der Veranda zu gehen.

Ich hörte den Fluß verschwörerisch gurgeln, als hätte etwas in seiner Tiefe meine Gedanken erraten.

Ich machte die Zigarette aus, die ich eben erst angezündet hatte, und ging zur Nordseite, wo schwache Lichtrhomben auf den Boden der Veranda fielen – Licht von der Zehn-Watt-Birne in dem Zimmer, das von Jessie und ihrer Mutter bewohnt wurde.

Mit leisen Schritten ging ich zu der Hängematte, wo ich stehenblieb und in das Zimmer hineinblickte.

Draußen hatte ein Frosch zu quaken begonnen.

Sie schliefen beide – Mrs. Nevinson auf dem Bauch, Jessie auf der Seite liegend, das Gesicht zum Fenster hin gewandt. Wie gewöhnlich hatten sie die Moskitonetze nicht heruntergelassen.

Ich konnte nichts Seltsames an ihnen entdecken – nichts Absurdes oder Unwirkliches. Es waren einfach zwei schlafende Frauen – eine von ihnen in mittleren Jahren mit einem jugendlich wirkenden Gesicht, die andere ein neunzehnjähriges Mädchen. Hätte ein Fremder hier an diesem Fenster gestanden und zu ihnen hineingeblickt, wie sie da lagen, er hätte keine Veranlassung gehabt, so etwas wie Dämonen und Geistererscheinungen, Stigmata und wiederkehrende Alpträume mit ihnen in Verbindung zu bringen.

Ich begann mich zu fragen, was um alles in der Welt mich getrieben hatte, auf diese Seite des Hauses zu gehen und einen Blick auf sie werfen zu wollen. Was hatte ich zu sehen geglaubt?

Ich ließ den Blick über das Zimmer schweifen, aber alles war genauso, wie es immer gewesen war. Sicher strahlte die weiß emaillierte Frisierkommode in dem matten, gedämpften Licht etwas Gespenstisches aus, thronte in der nordwestlichen Zimmerecke mit einem lauernden Bewußtsein, die Toilettenartikel darauf unbestimmt glitzernd wie verschlagene Augen, die nach unbekannten Wesen Ausschau halten. Aber ich wußte, was ich von diesem Eindruck zu halten hatte: Er resultierte aus meiner überreizten Phantasie. Ich konnte es außer acht lassen. Die Nase darüber rümpfen.

Ich wandte mich ab, legte mich in die Hängematte und bemühte mich ungefähr eine Stunde lang, Schlaf zu finden, indem ich mit weit aufgerissenen Augen zum Dach hoch starrte, ein Trick, der gelegentlich bei mir funktioniert. Die Augen ermüden, und nach einer Weile haben die Lider das Bedürfnis, schwer zuzufallen; sobald das geschieht, zwingt man sie wieder weit auf, und das wiederholt man so lange, bis man feststellt, daß man aus reiner Müdigkeit die Willenskraft nicht mehr aufbringen kann, die Augen wieder zu öffnen, und beruhigende Dunkelheit breitet sich aus – oder sollte sich jedenfalls ausbreiten, denn diese Übung erweist sich nicht immer als erfolgreich.

Dies war eine der Nächte, in denen sie nicht wirkte. Zu viele Gedanken verfolgten mich. Zu viele Gedanken und Befürchtungen. Und die Aufhängung der Hängematte knirschte jedesmal, wenn ich meine Lage veränderte. Immer wieder starrte ich aufmerksam zu dem verschwommen sichtbaren Dach der Veranda hinauf, und einmal glaubte ich, schreckensstarr, einen dunklen, sich bewegenden Fleck mit abgespreizten Beinen auszumachen. Es schien gerade im Begriff, sich auf mich herunterfallen zu lassen, als ich

entdeckte, daß es nur eine schadhafte Stelle im Anstrich war – keine Spinne.
Ein paarmal hörte ich, wie sich Jessie oder ihre Mutter schwer atmend von einer Seite auf die andere drehte. Einmal schoß eine Feuerfliege in lautlosem grün-weißem Bogen über das Geländer der Veranda und beleuchtete das Halteseil der Hängematte unmittelbar bei meinen ausgestreckten Füßen, und als die Füße instinktiv zurückzuckten, hörte ich meine Zehen leise knacken.
Ein andermal drang ein lautes Rascheln aus dem Gebüsch, das beim Sägewerk wuchs, herüber und ich richtete mich mit einem Ruck auf und starrte zu der Stelle hinüber – aber ich hörte das Geräusch nicht noch einmal.
Das beständige, hohe Gezirpe der Insekten war der einzige Laut in der mondhellen Nacht, der vollkommen frei war von jeder Doppeldeutigkeit, denn im monotonen Stampfen des Petter-Generators schwang eine metallische Drohung mit, als könnte es sich jeden Moment in ein teuflisches Kichern, ein kaltes, trockenes Gelächter oder ein Todesröcheln verwandeln.
Die Feuerfliegen wiegten sich in ihrem unaufhörlichen Tanz vor dem schwarzen Hintergrund des schweigenden Dschungels.
Die Kulisse von Sägewerk und Bäumen starrte, verschwommen inmitten ihres schimmernden Liebreizes, mit wissendem und groteskem Lächeln zu mir zurück, und ich konnte den Fluß hören. Meine Sinne nahmen die dumpfe Feuchtigkeit vermodernden Laubes und den Fäulnisgeruch von schwarzem Wasser auf. Mitternächtliche Kälte prickelte in der Luft.
Ich ließ mich wieder zurücksinken, und nach einer Weile senkte sich eine erholsame Ruhe über mich, so daß ich nicht daran zweifelte, daß ich bald Schlaf finden würde. Ich versuchte, mich dieser Empfindung zu überlassen, entspannte mich körperlich wie geistig.
Aber es war sinnlos. Ich bildete mir ein, zu schlafen, wußte aber gleichzeitig, daß das nur ein Gefühl war, in das ich mich hoffnungsvoll eingelullt hatte. Die Gedanken hörten nicht auf, endlose Muster in meinem Kopf zu weben. Dann und wann schweb-

ten Jessies verzerrte Züge beängstigend in der Finsternis vor meinen geschlossenen Augen vorüber, und ich wälzte mich stöhnend herum.
Kurz darauf nahm das Entsetzen seinen Lauf.
Ich nahm einen moschusartigen Geruch wahr. Es war weder der Fluß, noch der Dschungel. Anfangs glaubte ich, es wäre vielleicht der Nachhall eines Parfums an einem der Kleider im Zimmer der Frauen – aber im nächsten Augenblick wußte ich, daß das nicht sein konnte. Etwas Fauliges haftete ihm an, und dieser Gestank wurde stärker.
Ich lag ganz still und blickte stirnrunzelnd zum Dach hinauf. Ich versuchte mich zu überzeugen, daß mir meine Einbildung wieder einmal einen Streich spielte. Aber diese Überzeugung wollte sich nicht einstellen. Der Geruch wich nicht. Konnte es irgendein Weihrauch sein, den einer der Männer in den Hütten verbrannte? Nein, ich war sicher, daß es kein Weihrauch war. Der Geruch hatte etwas Animalisches. Dieser ziegenartige Gestank konnte nicht von Weihrauch herrühren. Es verwirrte mich vollkommen. Ich konnte ihn nicht einordnen, so sehr ich mich auch bemühte.
Ich setzte mich auf und blickte mich langsam nach allen Seiten um.
Das Seil der Hängematte knirschte.
Und der Frosch quakte wieder.
Der Geruch hielt sich hartnäckig.
Ich hatte das Bedürfnis nach einer Zigarette, fürchtete aber, der Rauch könnte durch die offenstehenden Fenster ins Haus treiben und Jessie und ihre Mutter stören.
Ich drehte den Kopf und warf einen Blick zu ihnen hinein. Die Hängematte knirschte wieder – und ich stieß einen unterdrückten Fluch aus.
Der Geruch wurde stärker.
Ich spürte wieder den Drang, durch das Fenster hineinzuschauen.
Ich tat es – und diesmal wendete ich den Blick nicht wieder ab.
Etwas hatte sich in der Lücke zwischen den beiden Betten bewegt –

etwas Graues und Formloses. Ein buckliger Schatten, der sich außerhalb meines Blickfeldes auf dem Boden niedergelassen hatte. Mrs. Nevinson begann sich im Schlaf unruhig hin und her zu werfen. Ich hörte sie seufzen.

Jessie schlief friedlich weiter.

Ich blieb, wo ich war, den Blick auf den Spalt zwischen den beiden Betten geheftet. Mein Herz schien irgendwo in der Ferne zu schlagen – vielleicht im Gehölz am Uferrand, wo der Frosch jetzt müßig, aber in unbeirrbarer Beharrlichkeit vor sich hin quakte. Ich spürte den feuchten Blick des mondhellen Dschungels auf meinem prickelnden Rücken, als wollten die dichten Blätterwände mir aus ihrer schweigenden Zurückhaltung heraus eine Warnung zukommen lassen, in mein Zimmer zurückzufliehen, diesen Ort so schnell ich konnte zu verlassen und nicht weiter in Angelegenheiten zu dringen, die sich unserem bekannten Weltbild entzogen.

Aber ich rührte mich nicht vom Fleck, entschlossen, das, was in dem Zimmer vor sich ging, zu bezeugen.

Der eigenartige Geruch verblaßte allmählich wieder, aber ich stellte fest, daß Mrs. Nevinsons Unruhe sich steigerte. Ihre Züge verzerrten sich unaufhörlich gequält. Mehr als einmal riß sie sich fieberhaft an den Haaren oder machte eine abwehrende Handbewegung, als wollte sie ein unsichtbares Insekt verscheuchen, das sie belästigt haben mochte. Diese Gesten waren von einem verärgerten oder furchtsamen Gesichtsausdruck begleitet. Selbst im Schlaf strahlte sie eine Haltung des Widerstandes und der Entschlossenheit aus. Sie machte auf mich den Eindruck, als würde sie einen unangenehmen Einfluß oder ein unerwünschtes Wesen von ihrer Person fernhalten, etwas, das für mich nicht sichtbar war.

Bald bewegte sich ihr Körper unaufhörlich, wand sich in Zuckungen, während sie mit den Armen um sich schlug und ihr Atem in krampfhaften, rasselnden Zügen ging. Ihren Bemühungen haftete etwas Gequältes und Verzweifeltes an, als würde sie mit einem mächtigen unsichtbaren Gegner ringen.

Als ihre Unruhe sich schließlich so sehr gesteigert hatte, daß sie sich aufbäumte und so heftig herumwarf, daß sie aus dem Bett zu

stürzen drohte, riß sie plötzlich mit einem erstickten Schrei die Augen auf, dann vergrub sie mit einem Wimmern das Gesicht in ihrem Kissen und wurde still, obwohl sich ihr Rücken von den überstandenen Anstrengungen immer noch hob und senkte.
Ich hörte, wie ihr Mann verschlafen etwas aus seinem Zimmer herüberrief, und sie antwortete: »Wieder der Alptraum, Ralph!«
Die ganze Zeit über hatte Jessie geschlafen, ohne sich zu rühren. Selbst die Stimmen ihrer Eltern hatten sie nicht geweckt.
Steif und fröstelnd blieb ich sitzen, wo ich war, unfähig, den Blick von den beiden Frauen zu lösen. Instinktiv schien ich zu wissen, daß das Schlimmste noch nicht überstanden war. Irgend etwas stimmte auch jetzt noch nicht, und obwohl ich zusah, wie Mrs. Nevinsons Atem wieder normal ging, und wußte, daß sie wieder in friedlichen Schlaf gesunken war, spürte ich eine merkwürdige Spannung um mich herum. Ein Lauern. Es schien ein bösartiges Beben in der Luft zu liegen.
Ich nahm plötzlich den dämonischen Geruch wieder wahr. Er wurde stärker und stärker, und die Luft schien sich zu einem drohenden Dunst zu verdichten. Eine ängstliche Unruhe bemächtigte sich meiner, und ich spürte wieder das Prickeln auf meinem Rükken. Der Äther schien erfüllt mit verblüffenden Vorahnungen. Der Frosch hatte aufgehört zu quaken, aber das Fehlen seiner Stimme selbst hatte scheinbar eine wichtige und drängende Bedeutung. Die Nacht war erfüllt von Insektengezirpe. Ein lebhaftes, schrilles Kreischen, das, zusammen mit dem nervenaufreibenden Stampfen des Generators, mein Bewußtsein in ein benommenes, gequältes Schweigen versetzte. Ich hatte das Gefühl, in einer Blase surrender Verständnislosigkeit erstarrt zu sein.
Und dann geschah das Fürchterliche vor meinen Augen.
In dem Raum zwischen den beiden Betten kam langsam eine graue Mißgestalt in Sicht.
Ich schüttelte heftig den Kopf, um sicherzugehen, daß ich nicht phantasierte – daß es keine Halluzination war. Und ich wußte, daß es keine war. Ich sah es tatsächlich.

Es stieg in einer formlosen, graubraunen nebelhaften Masse auf, als wäre eine feuchte Staubwolke vom Fußboden aufgewirbelt worden. Aber das Ding bewegte sich viel zu zielgerichtet, um eine Staubwolke zu sein. Leichthin – mit fast menschlichen Bewegungen – begann es, sich über Jessies Bett zu heben. Und dann sah ich, wie es sich allmählich auf das schlafende Mädchen herabsenkte und in seinem Körper verschwand.

XV

Wie Sie sich vielleicht erinnern, habe ich in meinen einleitenden Bemerkungen angekündigt, daß ich die Begebenheiten in chronologischer Reihenfolge zu erzählen beabsichtigte und daß ich nur mit Rücksicht auf die Wünsche von Mr. und Mrs. Nevinson und Jessie nicht meine bloßen Tagebucheintragungen veröffentlichte, sondern sie zu dieser Erzählform verwob. Ich lege großen Wert auf Ordnung und gewohnte Abläufe, und selbst auf die Gefahr hin, ein wenig lästig zu sein, muß ich die versprochene detaillierte Beschreibung meiner Theorie noch einmal aufschieben, bis ich, in Ihrem Interesse, erzählt habe, was Mrs. Nevinson uns am folgenden Morgen – das heißt, am Montag – über ihren Traum der vergangenen Nacht mitteilte.

»Es ist etwas Neues hinzugekommen«, sagte sie, »obwohl es wahrscheinlich keine große Rolle spielt. Alles war wie in den Nächten zuvor, außer, daß ich plötzlich von dem Pfad abwich und mir einen Weg durch den Dschungel bahnte. Der Flötenspieler schien den Pfad verlassen zu haben und in den Dschungel eingedrungen zu sein, und ich mußte ihm folgen. Der Dschungel war sehr dicht, aber es gelang mir irgendwie durchzukommen. Und dann packte mich die knochige Hand am Arm und flüsterte mir etwas ins Ohr. Diesmal lauteten die Worte: ›Acht Nächte – und dann gehörst du zu uns!‹ Und aus irgendeinem Grund nahm ich plötzlich einen moschusartigen, merkwürdigen Geruch in meiner Nähe wahr – und ich könnte schwören, daß ich zwei graue, pelzige Hände sah, die sich nach meinem Hals streckten. Danach wachte ich auf.«

Ich fragte sie rasch: »Sind Sie ganz sicher, daß der Wortlaut verändert war? ›Acht Nächte – und dann gehörst du zu uns!‹? Das war es, was Sie gehört haben?«

»Ja, das waren die Worte«, erwiderte sie. Mit einem Seufzer fügte sie hinzu: »Aber nehmen Sie mich um Himmels willen nicht deswegen ins Kreuzverhör. Für derartige Dinge bin ich heute morgen nicht in der richtigen Stimmung, Milton.«

Ich grinste und entgegnete: »Ich werde versuchen, Ihnen nicht auf die Nerven zu gehen, aber ein paar Fragen müssen Sie mir trotzdem gestatten. Zu dem moschusartigen Geruch: haben Sie ihn in der vergangenen Nacht zum ersten Mal wahrgenommen?«
»Es muß derselbe Geruch sein, den ich in meinen Träumen wahrnehme«, warf Jessie ein. »Ein ziegenartiger Moschusgeruch.«
»Das stimmt«, erklärte ihre Mutter. »Er hat etwas Ziegenartiges an sich.«
»Sie haben meine Frage nicht beantwortet, Mrs. Nevvy«, erinnerte ich sie. »Haben Sie den Geruch in der vergangenen Nacht zum ersten Mal wahrgenommen?«
»Ich bin mir nicht sicher – und das meine ich ganz ehrlich. Ich wollte es eigentlich nicht sagen, aber mir ist, als hätte ich es in den letzten zwei oder drei Nächten gerochen. Beim Erwachen aus dem Traum – oder kurz vor dem Erwachen. Es ist schwer zu sagen. Ich dachte, es wäre Einbildung, aber letzte Nacht war ich mir ganz sicher. Ich habe es wirklich gerochen –«
»Im Traum – oder beim Aufwachen?«
Sie warf mir einen vernichtenden Blick zu. »Worauf wollen Sie jetzt hinaus? Warum ist es von Bedeutung, ob es im Traum oder beim Aufwachen war?«
»Es ist von außerordentlicher Bedeutung«, entgegnete ich.
Sie zuckte die Achseln. »Es muß wohl im Traum gewesen sein, nehme ich an. Es kann ja nicht wirklich im Raum gewesen sein, oder? Es sei denn, Sie wollen andeuten, daß Jessie und ich unsere Körperpflege so vernachlässigen, daß wir anfangen, wie Ziegen zu riechen.«
Jessie lief rot an und stieß ein prustendes Gelächter aus, und Mr. Nevinson, der mit ziemlich verdrießlicher Miene in einem Lehnsessel zusammengesunken war und an seiner Pfeife gezogen hatte, schüttelte sich jetzt ebenfalls vor Lachen.
»Sie denken vielleicht, das Ganze wäre zum Lachen«, sagte ich mit einem Stirnrunzeln, »aber ich kann Ihnen versichern, daß es eine sehr, sehr ernste Angelegenheit ist. Viel ernster, als Sie sich vorstellen.«

An dieser Stelle hielt ich es für richtig, ihnen von meiner Theorie zu berichten. Nachdem sich ihr Heiterkeitsausbruch gelegt hatte, sagte ich: »Sehen Sie, Sir, ich habe ernsthaft über die Sache nachgedacht, und ich könnte schwören, daß ich diesmal den Nagel auf den Kopf getroffen habe. Ich bin auf eine Theorie gestoßen – und ich bin ziemlich sicher, daß sie richtig ist.«

Angesichts der Tatsache allerdings, daß ich im Verlaufe einer Woche damit bereits auf die sechste oder siebte ›Theorie gestoßen‹ war, zeigte sich keiner der Anwesenden sonderlich beeindruckt von dieser unvermittelten Erklärung.

Mr. Nevinson nickte und lächelte geistesabwesend, während er seine Pfeife neu stopfte. Seine Frau schnalzte mit der Zunge und murmelte, sie sei der Theorien überdrüssig, oder etwas Ähnliches. Jessie schien mir überhaupt nicht zugehört zu haben.

»Kehren wir zu dem Schriftstück zurück«, begann ich im Ton eines Richters, der die Urteilsbegründung zusammenfaßt (ich bin jedenfalls sicher, daß ich so in ihren Ohren geklungen haben muß). »Im ersten Teil spricht Mijnheer Voorman von ›noch Schwärzeren Wesen‹. Sie erinnern sich doch an den Satz, der lautet: ›Ich verfluche diese schwarzen Teufel, wie ich die noch Schwärzeren Wesen verfluche‹. Nun, der Ausdruck ›schwarze Teufel‹ bezieht sich offensichtlich auf die aufständischen Sklaven, die seine Frau und seine Kinder ermordet hatten. Aber was meint er mit den ›noch Schwärzeren Wesen‹? Mr. Nevvy verwendet in seiner Übersetzung Großbuchstaben, und ich glaube, daß das gerechtfertigt ist, weil ich überzeugt bin, daß Mijnheer Voorman damit keine Menschen, sondern irgendwelche bösen Wesen meint. Satane der Unterwelt.«

Hier machte ich eine Pause, um die dramatische Wirkung meiner Worte zu steigern, aber Mr. Nevinson fuhr unbeirrt fort, seine Pfeife zu stopfen, und Mrs. Nevinson hatte begonnen, an einer Uhr herumzubasteln, die sie zu reparieren versuchte (sie war schon immer sehr geschickt im Reparieren von Uhren gewesen; es war ein Hobby von ihr). Jessie blickte mit einer Miene duldsamer Langeweile durch mich hindurch.

Ich fuhr fort. Ich bezog mich auf den ›umherschweifenden Geist‹, der ebenfalls im ersten Teil des Dokuments erwähnt worden war, und legte dar, daß dies auf eine Vorahnung des Holländers hinwies, daß er sich nach seinem Tode im Zustand des Unfriedens befinden würde.

»Meine Theorie dazu«, fuhr ich fort, »ist folgende: Mijnheer Voorman beschäftigte sich mit Dämonenlehre.«

»Gütiger Himmel! Was für eine Offenbarung!« unterbrach mich Mrs. Nevinson.

»Warten Sie«, setzte ich meine Rede geduldig fort. »Wir haben schon darüber gesprochen, ich weiß, aber mittlerweile bin ich der Meinung, daß seine Experimente ein Stadium erreicht hatten, in dem ihm klar wurde, daß er auch nach seinem Tode noch mit diesen teuflischen Wesen in Verbindung stehen würde, und daß er keine Ruhe finden würde, bis er einen Menschen in der materiellen Welt dazu bringen konnte, ihn in seinem Kampf gegen die Dämonen zu unterstützen, die ihn unter ihren Einfluß gebracht hatten ...«

»Was für eine vornehme Ausdrucksweise!«

»Aber haben wir über all das nicht schon gesprochen?« warf Jessie ein.

»Ja, ich weiß«, stimmte ich ihr zu, indem ich mich vorbeugte. »Aber hört zu, was ich noch zu sagen habe. Angenommen, Mrs. Nevvy, ich erzähle Ihnen, daß es Mijnheer Voorman gelungen ist, Sie als Werkzeug gegen die bösen Mächte, die sich gegen ihn gestellt haben, zu gewinnen und daß die Teufelswesen Besitz von Jessie ergriffen haben und sie gegen Sie verwenden!«

Jessie brach in schallendes Gelächter aus. »Oh, Milton! Ich merke, daß du mich nicht leiden kannst!«

Mr. Nevinson lächelte, während seine Frau eine kleine Messingscheibe aufhob, die zu Boden gefallen war, und nachsichtig den Kopf schüttelte.

Ohne ihre Reaktion zu beachten, fuhr ich fort: »Und das ist noch nicht alles. Angenommen, ich erzähle Ihnen, daß Mijnheer Voorman Mrs. Nevvy zu der Stelle führt, wo seine sterblichen Über-

reste, von denen in dem Dokument die Rede ist, begraben liegen, und daß diese Teufelswesen verhindern wollen, daß sie diesen Ort erreicht, weil sie wissen, daß wir, wenn wir es schaffen, uns zu dem Platz führen zu lassen, Mijnheer Voormans Wünsche erfüllen und er dann infolgedessen frei ist von ihrem Einfluß.
Und angenommen«, fuhr ich fort, indem ich mich bemühte, meiner Stimme einen möglichst überzeugenden und dramatischen Klang zu geben, »ich erzähle Ihnen, daß ich fast sicher bin, daß Sie sich, wenn in Ihrem Traum die achte Nacht von gestern an erreicht ist, an der Stelle befinden werden, an der Mijnheer Voormans Gebeine und Flöte begraben sind, und daß in dieser Nacht Ihr Leben den bösen Mächten, die uns verfolgen, verfallen sein wird – denn Mijnheer Voorman ist, wohlgemerkt, dem Bösen, das sich ihm entgegenstellt, nicht gewachsen. Er kämpft verzweifelt darum, sich zu befreien. Er bemüht sich, Kontakt mit uns aufzunehmen und uns seine mißliche Lage verständlich zu machen – und jetzt merken Sie auf! Ich glaube, daß Sie zufällig das richtige Zaubermittel gefunden haben, Mrs. Nevvy.«
»Das richtige Zaubermittel? Junger Mann, Sie reden wie einer dieser mittelalterlichen Alchimisten, über die Sie in Ihren Büchern lesen«, kicherte Mrs. Nevinson.
»Na schön. Aber hören Sie mir zu. Der Donnerstagabend der vorletzten Woche, an dem Sie ein Streichholz anzündeten und versuchten, das Dokument zu verbrennen, war ein glücklicher Augenblick für Mijnheer Voorman. Das Feuer muß etwas haben, das günstig für Mijnheer Voorman und feindlich gegen die Kräfte, die ihm entgegenstehen, ist. Ich habe keine Ahnung von Zaubersprüchen und Beschwörungen und all dem Zeug, aber das ist mein Gefühl. Feuer ist eine Art Gegenmittel. Es klingt vielleicht komisch, aber es sieht so aus, als wären diese Dämonen allergisch gegen offenes Feuer, und Sie, Mrs. Nevvy, sind durch diesen Versuch sozusagen in direkte Verbindung mit Mijnheer Voorman getreten und haben sich automatisch zum Feind der ›noch Schwärzeren Wesen‹ gemacht. Es ist Mijnheer Voorman, der Sie Nacht für Nacht dorthin führen will, wo seine Flöte und seine Gebeine be-

graben liegen, und es sind die ›unerwünschten Wesen‹, die Sie zurückhalten, wenn Sie ein Stück auf dem Weg vorgedrungen sind, und Ihnen diese Warnung ins Ohr flüstern. Es ist offenkundig, daß sie bisher noch nicht die Macht haben, Sie gänzlich daran zu hindern, in Ihrem Traum auf dem Pfad voranzugehen, aber sie geben sich alle Mühe, Sie einzuschüchtern und Ihr Vorwärtskommen zu behindern. Und was haben Sie in der letzten Nacht gehört? ›Acht Nächte – und dann gehörst du zu uns!‹ Sehen Sie denn nicht die Bedeutung, die das hat? Es mag höchst phantastisch und abwegig klingen, Mrs. Nevinson, aber Sie dürfen nicht vergessen, daß wir es mit etwas zu tun haben, das nicht der Welt der Vernunft und des Normalen angehört. Die bösen Wesen wissen, daß Sie, wenn es Ihnen nicht gelingt, die Aufgabe, die Mijnheer Voorman Ihnen zugedacht hat, zu erfüllen, genauso wie er ihrer Macht verfallen sein werden. Mit anderen Worten, Sie werden zu ihnen gehören und eine von ihnen werden, wie Mijnheer Voorman selbst es jetzt ist . . .«

»Und auch irgendwelche Melodien auf der Flöte spielen?«

Heute, an meiner Schreibmaschine sitzend, kann ich über diese ausfällige Bemerkung lachen. Aber an jenem Montag vor zwanzig Jahren konnte ich nichts Komisches daran finden. Ich war ein zu verschlossener, ernster und gesetzter junger Mann, um die unglaubliche Absurdität meiner Worte zu erkennen und zu begreifen, wie unwahrscheinlich und lächerlich sie geklungen haben mußten

Darin liegt die Hauptschwierigkeit beim Verfassen dieses Berichts – wahrheitsgetreu niederzuschreiben, was passierte und was wir sagten und taten, und es so zu formulieren, daß es auch überzeugend klingt.

Ich wies Mrs. Nevinson wegen ihrer Stichelei nicht zurecht. Ich sagte ihr lediglich, daß jedes Wort, daß ich gesagt hatte, ernstgemeint war. »Wirklich, ich meine es vollkommen ernst, Mrs. Nevinson«, erklärte ich. »Ich habe mehr gesehen, als Sie und Jessie und Mr. Nevinson wissen, und ich habe eingehend darüber nachgedacht. Das ist kein leeres Geschwätz. Sie sind ernsthaft in Gefahr – und Jessie ebenfalls. Mr. Nevinson hat einen starken Willen, und er konnte dem Bösen, das von ihm Besitz ergreifen wollte, widerstehen – und ich glaube, daß er auch weiterhin durchhalten wird. Aber mit Jessie ist es eine andere Sache. Sie hat einen viel schwächeren Willen als wir anderen, und hat vor den schwarzen Mächten, die in diesem Haus um uns sind, kapituliert – lachen Sie nicht! Da gibt es nichts zu lachen. Jessie ist übernommen worden. Die Übernahme ist noch nicht vollendet, aber sie wird es bald sein . . .«

»Übernahme!« Diesmal war es Jessie, die mich unterbrach. Aber wenn sie auch gerade noch gelächelt hatte, lag in ihrer Miene jetzt nur noch ein Hauch von Leichtfertigkeit. »Was soll das jetzt heißen, Milton? Ich bin übernommen worden? Von was übernommen?«

Mrs. Nevinson warf den Kopf in den Nacken und prustete: »Milton, hören Sie, wir haben wohl noch nicht genug Sorgen? Sie werden noch mein Tod sein, wenn Sie nicht aufpassen! Jetzt haben wir es also mit einer Übernahme zu tun! Satans Bösewichter übernehmen meine unschuldige Tochter!«

Ihr Mann, der lächelnd zugehört hatte, warf mir einen Blick zu und sagte: »Milton, ich kann Ihnen keinen Vorwurf daraus machen, daß Sie sich alle Mühe geben, eine einleuchtende Erklärung zu finden, aber ich glaube nicht, daß es uns sehr viel nützt, wenn Sie die Phantasie mit sich durchgehen lassen.«

»Also schön, Sir«, sagte ich in einem Tonfall, den ich mir bei Sherlock Holmes oder dieser Gestalt von Poe, Lupin, hätte vorstellen können. (Wie Sie bemerken werden, ist die Versuchung, über mein jüngeres Ich zu lachen, unwiderstehlich für mich.) »Ich wollte es noch nicht preisgeben«, erklärte ich, »aber ich sehe jetzt, daß es unumgänglich ist. Ich sehe, daß Sie unverzüglich über das informiert werden müssen, was sich in den vergangenen Tagen abgespielt hat und was weiterhin in den kommenden paar Tagen allnächtlich mit zunehmender Kraft und Boshaftigkeit passieren wird.«

Ich sprach mit überaus dramatischer Stimme und mit einer Eindringlichkeit, die mir heute, im Rückblick, im höchsten Maße ab-

surd erscheint. Ich bin mir bewußt, daß es vielleicht irreführend ist, die lächerliche Seite der Ereignisse allzusehr zu betonen, aber ich gebe mir absichtlich die allergrößte Mühe, die Stimmung und die Atmosphäre jenes Morgens genau wiederzugeben.
Als ich ihnen von der Veränderung erzählt hatte, die während der vergangenen Tage mit Jessie vorgegangen war, und von dem, was ich in der Nacht zuvor beobachtet hatte, schlug ihr Lachen und Scherzen in entsetztes Schweigen um. Sie starrten mich an. Sie waren jetzt von der Richtigkeit meiner Worte überzeugt, denn sie wußten sehr wohl, daß ich mir zwar in meiner lebhaften Phantasie alle möglichen Theorien zusammenbrauen mochte, daß ich aber niemals Geschehnisse, wie ich sie gerade berichtet hatte, erfunden hätte.
Mr. Nevinson fragte mich, warum ich nicht schon früher etwas gesagt hätte, und ich erwiderte: »Es hätte Ihnen vor allen Dingen noch mehr Sorgen bereitet, als Sie ohnehin schon hatten, Sir, und im übrigen war ich noch nicht sicher, ob ich meinen Schlußfolgerungen trauen konnte. Aber das, was gestern nacht geschehen ist, hat mich überzeugt, daß meine Theorie richtig ist, und darum hielt ich den Zeitpunkt für gekommen, es Ihnen mitzuteilen.«
»Aber warum sagen Sie, ich sei in Gefahr, Milton?« wollte seine Frau wissen. »Wer sollte mir etwas zuleide tun?«
Ich sagte ihr, was ich dachte – erklärte ihr, daß Jessie, soweit ich es beurteilen konnte, von dem Schattenwesen, das ich in der vergangenen Nacht in ihr verschwinden gesehen hatte, schon in wenigen Nächten ganz in Besitz genommen sein würde.
Jessie sagte nichts – sie saß nur da und starrte mich mit angespannter Miene an.
Jetzt, da sie mich ernst nahmen, wurde mir unbehaglich zumute, und ich rutschte nervös auf dem Stuhl herum. Sehr zögernd bemerkte ich, meine Rede fortsetzend, daß es, wenn sie meinen Rat befolgen wollten, in Zukunft klüger wäre, wenn Jessie und ihre Mutter in getrennten Zimmern schliefen. Und ich fügte noch hinzu, daß es nicht schaden würde, wenn wir beiden Männer abwechselnd Wache hielten.

Niemand sagte etwas darauf.
Ich hörte Jessies Atemzüge.
Es war noch sehr früh am Morgen. Wir hatten noch nicht gefrühstückt. Der Dschungel sah feucht und diesig aus, und die Sonne schien nicht. Eine blaugraue Wolkendecke, die unnachgiebig über den Bäumen thronte, verdeckte sie.
Wir saßen schweigend da und lauschten dem leisen Rauschen und Gurgeln des Flusses und den scherzenden Stimmen der Männer von den Hütten hinter dem Sägewerk.
Das war einer der Augenblicke, auf die ich angespielt habe. Wir waren uns dieses nicht ganz normalen, abgehobenen Gefühls bewußt, mitten in okkulte Begebenheiten geraten zu sein, und standen aber auch in der alltäglichen Routine des Lebens; waren empfänglich für das Normale, das uns umgab, spürten darin aber auch etwas jenseits unserer Kontrolle, das sich in das gewohnte Muster unseres menschlichen Tuns geschlichen hatte.
Wir warteten darauf, daß Timmykins kommen und verkünden würde, daß der Kaffee fertig war, als es wieder begann.
Die hohen Töne schwangen sich klar in die Morgenluft auf, und mir schien es, als kämen sie direkt hinter der südlichen Veranda hervor.

XVI

Ihnen, die Sie diese Seiten mit dem Bewußtsein des Unbeteiligten überfliegen, müssen viele Aspekte unserer Situation schon vor der Darlegung meiner Theorie klar gewesen sein – das heißt, auf der Grundlage einer phantasiebegabten Betrachtung natürlich. Beispielsweise bin ich sicher, daß es zumindest offensichtlich gewesen sein muß, daß Mrs. Nevinsons allnächtliches Vordringen auf dem Traumpfad die Möglichkeit, ja sogar die Wahrscheinlichkeit bot, uns den Weg zu der Stelle zu weisen, an der Mijnheer Voormans Gebeine und Flöte begraben lagen.

Leider war es uns jedoch zu der Zeit, als sich die Dinge wirklich ereigneten, nicht möglich, die Angelegenheit in einem so leidenschaftslosen Licht zu betrachten. Selbst ich mußte, obwohl ich meine Ansichten am Montagmorgen so selbstbewußt vorgetragen hatte, in den darauffolgenden Tagen feststellen, daß ich nicht ganz sicher war, ob ich mich nicht doch geirrt hatte. Warum sollte ich unbedingt recht haben? Ich war, wie ich schon sagte, kein Fachmann in Fragen des Okkulten. Und, wie ich, soweit ich weiß, auch bereits erwähnte, wo sollten wir mit der Suche nach diesem Pfad *beginnen*? Er hätte sich zwei Meilen oder auch zwanzig Meilen von unserem Standort befinden können; es hätte jeder unter einem Dutzend kleiner Nebenflüßchen sein können.

Das war der Grund, warum der Montag verging und danach der Dienstag und der Mittwoch, ohne daß irgend etwas unternommen worden wäre, um Mrs. Nevinsons Traumpfad aufzuspüren.

Die montägliche Erscheinung vor dem Frühstück überzeugte Mrs. Nevinson davon, daß mit Jessie etwas Beängstigendes vorging. Anstatt ihre ganze Aufmerksamkeit auf ihren Mann und Rayburn zu richten, behielt sie Jessie im Auge und beobachtete gemeinsam mit mir die dämonische Veränderung, die sich mit dem Mädchen vollzog. Einmal stieß sie einen Schrei aus, schlug die Hände vors Gesicht und murmelte mit einer Stimme, aus der Verwirrung und Entsetzen klang: »Mein Gott! Mein Gott!«

Wir hielten einige ernsthafte Beratungen ab, konnten uns aber auf keine Vorgehensweise einigen. Jessie unterstützte mich in dem Vorschlag, eine Bootsfahrt flußaufwärts zu unternehmen und die Wegbresche zu suchen, die existieren mochte oder auch nicht, aber Mr. und Mrs. Nevinson waren dagegen. Es wäre gefährlich, so argumentierten sie, sich für eine längere Zeitspanne auf den Fluß zu wagen. Eine Geistererscheinung mochte einsetzen, und in was für einer mißlichen Lage würden wir uns befinden, wenn das Boot kenterte und wir über Bord geworfen wurden? Es wäre, als würden wir den bösen Mächten, die gegen uns wirkten, geradezu in die Hände arbeiten. Das Haus hier bot uns zumindest ein gewisses Maß an Sicherheit.
Wir holten Rayburns Rat ein, und er erklärte, daß es viele Pfade am linken Ufer und an Bachläufen gäbe. Die einen kannte er, die anderen nicht. Die meisten Wege führten in die Savanne zwischen dem Fluß hier und dem Canje-Bach (einem hundert Meilen langen Nebenfluß des Berbice, der nur dem Namen nach ein Bach war) und dem Corentyne hinaus, und einige verloren sich irgendwo im Dschungelgebiet. Ja, viele von denen, die er kannte, seien ausgetretene Pfade und würden von Indern und Wildhütern und Viehzüchtern häufig benutzt, andere wiederum würden nur von Tieren betreten und ›auf ihnen laufen kaum je einer – aber gerade die sein schwer zu finden, Sir, wenn nicht fahren ganz nah an Ufer und schauen ganz genau wo Busch sich teilen, und auch dann vielleicht nicht finden richtige, wie sagen Sie sehen in Ihre Traum, Ma'am.‹
Damit war der Vorschlag entschieden abgelehnt, denn Rayburn kannte sich im Busch gut aus, und wir wußten, daß er begierig war, uns nach besten Kräften zu helfen.
In der Nacht zum Dienstag wurde Mr. Nevinson, während er auf der nördlichen Veranda Wache hielt – dieser Vorschlag von mir stieß nicht auf Ablehnung –, Zeuge des entsetzlichen Schauspiels im Zimmer der Frauen. In seiner gewohnten stillen und zurückhaltenden Art berichtete er uns am nächsten Morgen darüber, aber trotz seiner äußeren Ruhe wirkte sein Gesicht älter und abgehärmter, als ich es je gesehen hatte.

Mrs. Nevinson und Jessie schliefen weiterhin im selben Raum, aber die Betten waren umgestellt worden. Das Nordzimmer war, wie ich bereits beschrieben habe, ein großer Raum, und die Neuanordnung der Möbel hatte uns keine Schwierigkeiten bereitet. Mrs. Nevinsons Bett war auf die andere Seite des Zimmers gerückt worden, in die Nähe der Tür, die zum Wohnzimmer führte, und Jessies hatten wir in der Nähe des Fensters stehengelassen, wo es sich immer befunden hatte.

Der Raum war, wie in den Nächten zuvor, von einer abgeschirmten Zehn-Watt-Birne erleuchtet. Alles schien normal, und die beiden Frauen schliefen friedlich.

Es konnte jedoch keinen Zweifel in bezug auf den Geruch geben. Er wurde mit jeder Sekunde, die verging, stärker.

Ich behielt Mrs. Nevinson fest im Auge und wartete auf die ersten Zeichen von Unruhe. Ein Rauchwölkchen von der Zigarette, die ich zwischen den Fingern hielt, kräuselte sich an meinem Kopf vorbei nach oben und wurde in das Zimmer getrieben, und ich hätte aufschreien mögen, so angespannt waren meine Nerven.

Jeden Augenblick rechnete ich damit, daß der bräunliche Schatten sichtbar werden würde, und der in langsamen Kringeln dahinschwebende Rauch wirkte überaus störend; er kam mir vor wie ein Bote dessen, was, wie ich wußte, bald folgen würde.

Eine Minute oder mehr mußte vergangen sein, und immer noch geschah nichts, obwohl der Geruch mich unverändert umgab.

Ich wurde unruhig. Ich blickte mich nach dem Schatten der Hängematte auf dem Boden um. Das Mondlicht, das die Veranda in silbernen Schein tauchte, hatte plötzlich etwas Finsteres. Es wirkte kalt und feindselig – ein Verbündeter mit dem Bösen draußen in der Nacht.

Ich hörte dicht neben mir einen leisen dumpfen Schlag, und während ich mich nach allen Seiten umblickte, war mir, als würde die Angst mir wie mit stählerner Hand das Herz abdrücken.

Aber es war nichts zu sehen. Und ich konnte auch nichts ausmachen, das den merkwürdigen Laut verursacht haben mochte.

Da war er wieder zu hören – anscheinend keinen Meter von mir entfernt – unmittelbar hinter mir.
Ich drehte mich schnell um.
Nichts.
Der Geruch hing immer noch in der Luft. Er hatte sich so sehr verdichtet, daß er mir in der Kehle zu kleben schien, ein giftiges, ekelerregendes Miasma.
Von meiner Zigarette stiegen aus unerfindlichem Grund dicke, hastige Rauchkringel auf. Sie war noch nicht bis zur Hälfte geraucht. Ich hielt sie zwischen Zeige- und Mittelfinger.
Der Schlag ertönte wieder – beharrlich. Genau hinter mir. Das Geräusch hatte etwas Körperloses, fiel mir jetzt auf. Er hätte mitten in der Luft entstanden sein können. Intuitiv ahnte ich, daß er keine materielle Ursache hatte.
Ich blickte mich um, konnte aber keinen Grund für die Erscheinung entdecken. Ich hatte das Gefühl zu ersticken. Mit einem Blick in das Zimmer stellte ich fest, daß Mrs. Nevinson und Jessie nach wie vor ungestört schliefen. Eigentlich, sagte ich mir, hätte Mrs. Nevinson inzwischen längst unruhig sein müssen, und ich müßte eine Spur von dem Schattenwesen sehen.
Plötzlich nahm ich hinter mir ein merkwürdiges Zucken wahr. Etwas versetzte mir einen heftigen Stoß; es war, als hätte mich ein weiches, pelziges Etwas angefallen. Ich hörte einen dumpfen Aufprall und einen ganz leisen, zischenden Laut.
Mit einem Schrei fuhr ich herum, meine Kehle war wie zugeschnürt vor Angst.
Meinem Blick bot sich nichts weiter als Mondlicht. Der Geruch verflog allmählich.
Dann sah ich meine Zigarette. Sie lag auf dem Boden. Ich mußte sie vor Schreck fallen gelassen haben. Automatisch bückte ich mich, um sie, in der Absicht, sie hinauszuwerfen, aufzuheben, und dann bemerkte ich zu meinem Erstaunen und mit neuerlichem Unbehagen, daß sie erloschen war – vollkommen schwarz, obwohl die Spitze eigentlich rotglühend hätte sein müssen. Sie fühlte sich nicht einmal warm an – sondern kalt wie der Tod.

Ich hielt mich jedoch nicht damit auf, darüber nachzudenken, denn ich hörte ein Geräusch aus dem Zimmer, und als ich ans Fenster trat und hineinschaute, sah ich, daß Mrs. Nevinson begonnen hatte, sich im Schlaf herumzuwälzen und zu stöhnen – und ja, es war keine Einbildung; ein grau-brauner Schatten verkroch sich unter dem Bett, in dem sie schlief. Es war das Schattengrauen.

Das Folgende brauche ich nicht zu berichten. Es geschah, genau wie in der Nacht zum Montag, mit dem einzigen Unterschied, daß das Schattenwesen, nachdem Mrs. Nevinson aus ihrem Alptraum erwacht war und sich wieder beruhigt hatte, unter ihrem Bett hervorkam und sich die fünf Meter quer durch das Zimmer bis zu Jessies Bett wand und schob. Es zögerte einen Augenblick, und dann verschwand es im Körper des schlafenden Mädchens.

Am nächsten Morgen – oder ich sollte wohl besser sagen bei Tageslicht am selben Morgen –, als wir beim Frühstück saßen, erzählte ich den anderen von dem Zwischenfall mit der Zigarette. Ich war aufgeregt. »Ich bin jetzt ganz sicher«, sagte ich. »Etwas ist dran an meiner Theorie, daß Feuer schädlich ist. Solange meine Zigarette brannte, konnte das Schattenwesen nicht in den Raum gelangen, um sein schmutziges Werk zu verrichten. Wir müssen uns diese Tatsache zunutze machen ...«

»Einen Augenblick, mein Junge!« unterbrach mich Mr. Nevinson. »Lassen Sie uns diese Seite der Angelegenheit klarstellen. Sie sagten, während Ihre Zigarette brannte, geschah nichts. Aber haben Sie sie ausgemacht, oder wurde sie Ihnen nicht, wie Sie sagten, aus der Hand geschlagen und gelöscht?«

»Irgend etwas passierte hinter mir, Sir. Ich weiß nicht genau, was es war. Ich habe Ihnen von den merkwürdigen dumpfen Schlägen erzählt, die ich hörte. Nun, ich spürte einen Stoß, als wäre etwas mit mir zusammengeprallt – und das nächste, was ich wahrnahm, war, daß die Zigarette auf dem Boden lag und der Geruch schwächer wurde. Sehen Sie denn nicht, daß das beweist –«

»Es beweist, daß Feuer, wie Sie vermuteten, schädlich für die Wesen ist, die gegen uns arbeiten, aber es scheint auch darauf hinzudeuten, würde ich sagen, daß unsere Feinde sehr wohl imstande sind, sich des brennenden Hindernisses zu entledigen, in welcher Form es auch auftreten mag. In Nells Fall wurde ihr das Streichholz aus der Hand geschlagen, als sie es an das Dokument halten wollte. Ihnen wurde die Zigarette aus der Hand geschlagen – oder zumindest wurde dafür gesorgt, daß sie Ihnen aus der Hand geschlagen wurde. Was, glauben Sie, würde geschehen, wenn wir eine brennende Petroleumlampe oder eine Kerze auf die Fensterbank stellen würden, wie Sie vorgeschlagen haben? Ist es nicht wahrscheinlich, daß diese Lampe oder Kerze beiseite gestoßen und die Flamme gelöscht würde?«

Ich mußte zugeben, daß mir der Gedanke nicht gekommen war. Ich war viel zu aufgeregt und selbstgefällig an diesem Morgen, um einen klaren Gedanken zu fassen. Die Vorstellung, daß ich eine Waffe entdeckt hatte, mit der das Böse bekämpft und in Zaum gehalten werden konnte, ließ alles andere in den Hintergrund treten, und meine Äußerungen waren eher vom Gefühl als vom Verstand bestimmt. Ich erinnere mich, daß Jessie ihren Vater beschuldigte, er wolle auf jeden Plan, den ich mir ausdachte, einen Dämpfer setzen, aber ich widersprach ihr. »Nein, dein Vater hat ganz recht. Ich bezweifle, daß der Versuch viel nützen würde.«

Keine Sekunde später hatte ich jedoch bereits die nächste Idee, und ich sagte: »Aber hören Sie, Sir! Mir ist etwas anderes eingefallen. Wie wäre es, wenn wir alles daransetzen, sie zu besiegen? Wie wäre es, wenn wir darangehen –«

»Aber sind wir uns nicht einig darin, daß es genau das ist, was wir tun wollen?« warf Mrs. Nevinson ungeduldig ein. »Hören Sie auf, Reden zu schwingen, und kommen Sie zur Sache.«

»Schon gut, Nell! Wir wollen uns anhören, was er zu sagen hat.« Mr. Nevinson sprach in einem Ton, der seine Frau versöhnlich stimmen und mir Mut machen sollte.

»Ich dachte nur«, sagte ich, ein wenig nervös, »daß wir sie vielleicht kleinkriegen könnten, wenn wir, in dem Augenblick, in dem die Lampe oder Kerze gelöscht wird, eine andere Flamme entzünden. Wir könnten an jedem Fenster eine flache Schale mit einem benzingetränkten Lumpen aufstellen und uns bereithalten, ihn mit einem Streichholz anzuzünden, sobald die Lampe oder die Kerze ausgeht. Wenn man einmal darüber nachdenkt, ist es zwar nicht schwierig, ein brennendes Streichholz oder eine Zigarette auszulöschen, aber ich gehe jede Wette ein, daß ein hell lodernder, mit Benzin getränkter Lappen ihnen einiges Kopfzerbrechen machen würde!«

Mr. Nevinson entgegnete lächelnd: »Sie reden, als hätten Sie es mit faßbaren, menschlichen Gegnern zu tun, Milton –«

»Das wird nicht funktionieren«, warf seine Frau heftig ein. »Warum sollten sie nicht einen benzingetränkten brennenden Lumpen löschen können? Wir haben es mit übernatürlichen Kräften zu tun ...«

»Selbst Geistererscheinungen«, parierte ich, »unterliegen gewissen Gesetzen. Die Dinge, die uns passiert sind, mögen rätselhaft scheinen, aber das liegt nur daran, daß wir die Gesetze, denen sie gehorchen, nicht verstehen ...«

Es entwickelte sich eine heftige Auseinandersetzung, doch am Ende glättete Mr. Nevinson die Wogen, indem er nicht nur seine Zustimmung zu meinem Experiment verkündete, sondern auch die Absicht, es noch in derselben Nacht auszuführen.

In mein Tagebuch habe ich zwei Bögen aus einem Schreibheft gesteckt, die beidseitig sowohl auf den Linien als auch dazwischen dicht beschrieben sind. Das ist mein Bericht der Geschehnisse dieser Nacht.

XVII

Bitte, glauben Sie nicht, daß ich in einem Augenblick der Schwäche meinen Entschluß umstoße und mein Versprechen an die Nevinsons in bezug auf die Veröffentlichung meiner Tagebucheintragungen breche. Betrachten Sie es als vorübergehende Entgleisung und nicht mehr, wenn ich kurz aus dem Gekritzel zitiere, das sich auf die Ereignisse jenes Mittwochs bezieht.

›Nach dem Mittagessen – Rayburn hat Kerzen gebracht. Mr. N. gibt Kerzen vor Lampen den Vorzug. Sagt, es ist sinnlos, die Lampenschirme zerbrechen zu lassen, wenn Teufelsspuk zu heftig wird. Stimme ihm zu. Witzig: Ein Mann kam und fragte, ob wir weiches Wachs hätten – womit er Schmierfett meinte. Er hält Hühner, und eines von ihnen hat Durchfall bekommen. Weiches Wachs gute Arznei, sagt er. Mrs. N. sagte nein, wir hätten nur *harte* Kerzen. Jessie lief rot an, schrie vor Lachen – das erste wirklich herzhafte Lachen, das ich seit vier Tagen von ihr gehört hatte. Glaube, sie vermutete irgendeine schmutzige Anspielung hinter Mrs. N.'s witziger Bemerkung. Und sollte auch nicht daran zweifeln. Mrs. N. ist unter wohlanständigem Äußeren guter Kumpel . . .

4.51 – Erscheinung. Mrs. N. totenbleich. Jessie hat versucht, Mrs. N. an der Kehle zu packen. Ich habe sie festgehalten, sie knurrte furchtbar, versuchte, mich zur Seite zu schleudern; erstaunliche Kraft; nicht ihre eigene. Zum ersten Mal – strömte sie einen leichten Moschusgeruch aus. Mrs. N. bestätigt, daß sie es auch gerochen hat. Wir waren alle entsetzt. Befragten Jessie nach der Erscheinung. Erklärt immer noch, daß sie nichts Ungewöhnliches an sich feststellt. »Ich fühle mich nur ein bißchen zittrig«, sagte sie, »und möchte mich selbst in den Arm nehmen – das ist alles. Aber ich höre weder eine Flöte, noch sehe ich, wie vor einer Woche, dieses gräßliche Ding. Ich habe nicht das Gefühl, daß mit mir etwas nicht stimmt. Ich verstehe nicht, wie ihr sagen könnt, ich würde mich so sehr verändern.« Mr. N. hörte wie gewöhnlich Flöte und sah Teufelswesen, aber Stärke der Anziehung nicht größer als zuvor. Fragte ihn, ob er glaubt, dem Zwang widerstehen zu können, wenn er nicht festgehalten wird. Sagte nein, könnte er nicht; wenn Rayburn nicht wäre, würde er folgen ... Gab furchtbare Nervenanspannung an. Fürchtet, daß er bald zusammenbricht, wenn sich die Lage nicht bessert ...

Nach dem Abendessen – 19 Uhr 30 – unsere Nerven sind zum Zerreißen gespannt wegen des Experiments heute nacht. Mrs. N. schlägt vor, sie nicht aufzustören – könnte weitere Schrecken heraufbeschwören, sagt sie. Jessie auch schwankend. Habe die Sache mit ihrem schwachen Willen erwähnt, und sie stürzte sich auf mich wie eine Tigerkatze. Warum ich behaupten würde, sie hätte einen schwächeren Willen als wir anderen! »Du bist ein Idiot! Ein eingebildeter Idiot!« Mutter und Vater ermahnten sie, sich zu mäßigen. Jessie schluchzte hysterisch. Wir alle trösteten sie. Hatte richtiggehend warme Gefühle für sie und bedauerte es, daß ich sie wegen ihres Charakterfehlers aufgezogen hatte. Glaube wirklich, ich fange an, eine Schwäche für sie zu entwickeln, trotz meines Vorsatzes, mich nicht zu verlieben. Muß mich zusammenreißen. Es hat keinen Sinn. Jessie beim Abendessen über mich gelacht, als Spinne unter Anrichte vorgekrochen kam und ich fast daraufgetreten hätte. Ich sprang zehn Meter hoch und schrie. Rayburn kam hereingerannt, weil er dachte, es wäre wieder eine Erscheinung. Spinne getötet. Harmlose Hausspinne mit eiförmigem Leib. Aber ich glaube, die sind mir mehr verhaßt als die haarigen Dicken.‹

Das Obenstehende hatte ich am Mittwoch selbst geschrieben, aber das Folgende stammt vom Samstagvormittag.

›Gegen neun Jessie unruhig. Erklärt, sie möchte im Zimmer ihres Vaters schlafen. Hatte Angst, wie gewöhnlich im Nordzimmer zu schlafen. Mrs. N. sagte, sie soll nicht feige sein – ihr Vater und ich würden die ganze Nacht auf der Veranda Wache halten. Jessie beharrte trotzdem auf ihrem Wunsch. Streit. Überzeugten sie endlich, daß es keinen Sinn hat, in Vaters Zimmer zu schlafen. Er würde sich in der Nacht ohnehin nicht darin aufhalten. Und ein anderes Zimmer würde Geister nicht daran hindern, sich so zu benehmen wie in der Nacht zuvor ...

Zehn nach zehn zogen sich Jessie und Mrs. Nevinson in ihr Zimmer zurück, Jessie mit angespanntem Gesicht. Hätte sie in den Arm nehmen können. Muß mich in Zaum halten, was diese Neigungen betrifft. Jessie und ihre Mutter sahen sich dauernd nervös um. Zugegebenermaßen selbst nervös. Ließ Uhr fallen und zerbrach Glas. Mr. N. wirkte ruhig, aber innerlich war er ebenso angespannt wie wir anderen.‹

Mehr werde ich nicht zitieren. Meine Absicht, indem ich Ihnen einen Einblick in mein Tagebuch gebe, ist lediglich, den Zustand unseres nervlichen und emotionalen Gleichgewichts in den Stunden, die dem Experiment vorausgingen, zu veranschaulichen, und zwar, ohne mich in allzu lange und wortreiche Beschreibungen zu ergehen. Jetzt jedoch, da wir uns dem Punkt nähern, an dem die Ereignisse im Begriff sind, das Experiment mit einzuschließen, muß ich mein Tagebuch weglegen und den alten Erzählfaden wieder aufnehmen.

Der Mond ging an diesem Abend spät auf, denn er war im Abnehmen begriffen, und als Mr. Nevinson und ich in Pyjamas die Nordveranda betraten, um unsere Nachtwache zu beginnen, erschraken wir fast über den bläulich-rötlichen Schimmer, in dem sich die Umrisse der Baumwipfel im Osten scharf abzeichneten. Aber in diesem Augenblick hätte uns alles erschreckt. Wie Mr. Nevinson mit einem Kichern bemerkte: »Ich werde bald anfangen, mich vor meiner eigenen Hand zu fürchten, wenn sie mich im Nacken kratzt.«

Als wir uns der Hängematte näherten, ertönte Jessies nervöse Stimme: »Bist du es, Papa?« Dann tauchte ihr Gesicht über dem Fenstersims auf.

»Schläfst du noch nicht?«

»Ich kann heute nacht keinen Schlaf finden«, erklärte sie. Sie saß im Schlafanzug, das Kinn auf die Knie gestützt, im Bett und rieb sich automatisch die Füße und Zehen mit den Händen. Im schwachen Schein der Zehn-Watt-Birne wirkte ihr Gesicht angespannt und verängstigt.

Von der anderen Seite des Zimmers her rief ihre Mutter: »Also,

wenn ihr beide da steht und mit Jessie eine Konferenz abhaltet, nehme ich an, daß ich auch kein Auge zutun werde.« Ihre Stimme klang ein wenig gereizt, und sie wälzte sich unruhig herum.
Nachdem wir Jessie geraten hatten, sich hinzulegen und zu versuchen, zu schlafen, überprüften Mr. Nevinson und ich ein letztes Mal die beiden Kerzen auf jeder der beiden Fensterbänke. Sie steckten fest in behelfsmäßigen Kerzenhaltern aus Kakaobüchsen, die wiederum an der Fensterbank festgenagelt waren, damit sie nicht umkippen konnten. Der Abstand zwischen ihnen betrug genau fünfzig Zentimeter, und in diesem Zwischenraum stand, ebenfalls an der Fensterbank festgenagelt, ein rostiger Blechteller mit einem Stoffetzen. Rayburn hatte sich in seiner gewohnten zuverlässigen Art darum gekümmert, und er hatte ein solches Gefühl für Ordnung und Symmetrie dabei an den Tag gelegt, daß die Fensterbänke, wie Mr. Nevinson bei seinem Inspektionsgang am früheren Abend bemerkt hatte, aussahen wie Opferaltäre, die wir bereitet hatten, um daran ›verzweifelte und bizarre Riten auszuführen‹.
Die Kerzen waren noch nicht angezündet und die Lumpen nicht mit Benzin getränkt. Wir hatten beschlossen, das erst zu tun, wenn die beiden Frauen eingeschlafen waren, denn abgesehen davon, daß die flackernden Flammen und die Benzindämpfe sie vielleicht wachgehalten hätten, hatte es keinen Sinn, die Kerzen herunterbrennen und das Benzin verdunsten zu lassen, solange keine Aussicht auf ein Tätigwerden von seiten der Dämonenwesen bestand. Nach dem, was sich in den vorausgegangenen Nächten ereignet hatte, waren wir ziemlich sicher, daß sie erst in Erscheinung treten konnten, wenn die beiden Frauen schliefen.
Unter jedem Fenster hatten wir eine Flasche Benzin, zwei Ersatzkerzen und eine Schachtel Streichhölzer auf dem Verandaboden bereitgestellt und die Liegestühle, die gewöhnlich dort standen, durch Stühle mit senkrechten Lehnen ersetzt, da uns bewußt war, daß unsere Nachtwache ermüdend werden konnte und daß die Bequemlichkeit eines Liegestuhles uns allzu leicht dazu verführen würde, einzunicken.

Eine Stunde lang wanderten wir abwechselnd herum und setzten uns und unterhielten uns kaum dabei. Wann immer wir etwas sagten, taten wir es mit Flüsterstimme, um die beiden Frauen nicht zu stören. Ab und zu rauchten wir.

Draußen leuchteten die Feuerfliegen schweigend, und der Mond stieg zwischen tintenschwarzen Wolkenfetzen auf, die sich fast augenblicklich auflösten, wenn sie über dem oberen Rand des Dschungels auftauchten.

In der Tasche meines Pyjamas trug ich meine ziemlich bejahrte, aber immer noch zuverlässige Westclox-Uhr, und als ich um elf Uhr fünfundzwanzig einen Blick darauf warf, war der Himmel wolkenlos, und der Mond stand hoch über den Bäumen. Mrs. Nevinson war still und schien zu schlafen, Jessie dagegen wälzte sich noch immer seufzend herum.

Ich trat zu meinem Gastgeber, und wir beratschlagten uns mit leiser Stimme. Ich erklärte, daß es vielleicht klug wäre, die Kerzen jetzt anzuzünden und uns an den Fenstern bereitzuhalten. Da Mrs. Nevinson eingeschlafen war, so argumentierte ich, bestand immerhin die Möglichkeit, daß etwas geschah. Aber er schüttelte den Kopf.

»Wir müssen warten, bis wir sicher sind, daß Jessie auch eingeschlafen ist«, entgegnete er. »Wenn wir die Kerzen jetzt anzünden, lenken wir bloß ihre Aufmerksamkeit darauf und bringen sie auch noch um die allergeringste Chance, einzuschlafen.«

Also warteten wir.

Einmal hörten wir das Feldbett im Wohnzimmer knarren, als hätte sich Rayburn im Schlaf umgedreht. Er hatte sich erboten, mit uns Wache zu halten, aber Mr. Nevinson wollte nichts davon hören, daß er um seinen Schlaf gebracht wurde. »Wir tun den ganzen Tag nichts, Rayburn. Wenn die Umstände es erlauben, gelingt es uns sogar, tagsüber ein Stündchen oder zwei zu schlafen. Aber du bist den ganzen Tag hier im Haus beschäftigt. Du kannst es dir nicht leisten, auf deinen Schlaf zu verzichten.«

Um zehn vor zwölf war Jessie noch immer wach. Ich sah ihren Kopf über dem Fenstersims auftauchen und wußte, daß sie sich

wieder im Bett aufgesetzt hatte. Dann blickte sie zu uns heraus und stieß zwischen den Zähnen hervor: »Ich weiß genau, daß ich heute nacht kein Auge zutun werde. Es hat keinen Sinn. Ich könnte ebensogut aufstehen und zu euch beiden hinauskommen.«
Ihr Vater entgegnete: »Du hältst die ganze Gesellschaft auf, mein Mädchen. Wir wär's mit einer Tasse Ovomaltine? Glaubst du nicht, daß das helfen würde?«
»Ich habe schon zwei getrunken – eine nach dem Abendessen und eine unmittelbar vor dem Zubettgehen. Ich brauche mehr als Ovomaltine, um jetzt einschlafen zu können.«
»Scht! Nicht so laut. Du wirst deine Mutter aufwecken.«
Sie saß da und hatte die Arme um die Knie geschlungen.
Ein Frosch begann in der Nähe des Sägewerks zu quaken.
Und wir konnten den Fluß hören. Ich betrachtete das liebliche, friedliche Bild, das sich uns bot. Ein Insekt gab irgendwo hinter der Küche ein scharf tickendes Geräusch von sich. Die Feuerfliegen schossen im Zickzack durch die Schatten der Bäume, die lang und dunkel über der grasbewachsenen Lichtung lagen. Und der Schornstein des Sägewerkes ragte scharf umrissen und starr hoch und schimmerte matt. Vielleicht war er mit Feuchtigkeit überzogen – mit winzigen kühlen Tautropfen, die zu Millionen das Licht des Mondes reflektierten. Meine Fingerspitzen fühlten sich eiskalt an.
Jessie gähnte und ließ sich zurücksinken. »Ich versuche es noch einmal«, verkündete sie, worauf ihr Vater mit einem Nicken entgegnete: »Das ist eine gute Idee. Und hab keine Angst. Denk daran, daß wir die ganze Zeit über hier draußen sind.«
Ich begab mich schweigend mit Mr. Nevinson zur Westseite der Veranda hinüber. Dort flüsterte ich: »Das ist etwas, womit wir nicht gerechnet haben, Sir. Angenommen, sie schläft bis zum Morgengrauen nicht ein.«
Er zuckte die Achseln. »Wenn nicht, braucht sie sich keine Sorgen zu machen, übernommen zu werden. Es ist offensichtlich, daß das Phänomen nur eintritt, wenn sie schläft. Obwohl ich mich natür-

lich irren kann. Ich bin kein Experte auf diesem Gebiet, das steht fest.«

Ich warf ihm einen besorgten Blick zu. »Aber angenommen, es passiert, während sie wach ist.«

Er blieb stehen und begann leicht auf das Geländer zu trommeln. Dann hörte er unvermittelt mit dem Trommeln auf und sah mich an. »Ich weiß einfach nicht, was ich denken soll, Milton. Mein Kopf ist wie betäubt. Richtiggehend betäubt.«

»Ich an Ihrer Stelle würde dafür plädieren, daß wir die Kerzen jetzt gleich anzünden – und die Lappen tränken.«

Er nickte. »Also schön. Kommen Sie.«

»Wir sollten Jessie besser Bescheid sagen«, flüsterte ich, als wir nur noch ein paar Schritte von ihrem Fenster entfernt waren. Ich blickte hinein und sagte: »Jessie, wir werden jetzt die Kerzen –« Dann brach ich ab.

Mr. Nevinson sah mich fragend an. »Was ist los?«

Ich legte meinen Mund an sein Ohr und flüsterte: »Sie ist eingeschlafen.«

»Wirklich? Seltsam. Wir waren nicht länger als eine Minute weg.«

»Ja, es ist ein wenig eigenartig, aber jedenfalls schläft sie jetzt.«

Er beugte sich über die Fensterbank ins Zimmer und berührte das Mädchen sacht an der Schulter. Sie rührte sich nicht. Ihr Atem ging tief und regelmäßig.

Wir hörten den Frosch bei der Sägemühle. Und aus irgendeinem Grund verspürte ich den Drang, den schimmernden Schornstein zu betrachten. Es schien plötzlich sehr kalt zu werden, und mir wurde der dumpfe Geruch von vermoderndem Laub bewußt.

»Zünden wir sie an, Sir«, stieß ich zwischen den Zähnen hervor.

Wir hatten unser Werk in weniger als einer halben Minute vollendet.

Die Kerzen brannten hell und mit starker, ruhiger Flamme, denn wir hatten vorsichtshalber die Dochte am früheren Abend schon einmal angezündet.

Die Dämpfe des Benzins zogen über die Veranda. Wir hatten keine

Angst, daß die Kerzen das Werg entzünden würden, denn wir hatten im Laufe des Tages zahlreiche sorgfältige Experimente durchgeführt. Die Entfernung zwischen Flammen und Werg war gerade richtig.

Wir bezogen unsere zuvor festgelegten Posten, ich an dem Fenster, unter dem Jessies Bett stand, mein Gastgeber westlich von mir am anderen Fenster.

Aber die Minuten vergingen, und nur die Nacht um uns herum bewegte sich, durchdrungen von ihren millionenfachen winzigen Geschehnissen. Der Mond stieg höher über dem Dschungel auf, die Feuerfliegen leuchteten weniger intensiv, je kürzer die Schatten auf der Lichtung wurden, der Fluß gluckste und gurgelte, ein Frosch quakte in unregelmäßigen Abständen in der Nähe des Sägewerks und dann im Gesträuch am Uferrand, und wir hörten das Insekt, das hinter der Küche tickte und verstummte und wieder tickte. Immer wieder wurde ich mir über die Dämpfe des Benzins, des dumpfen Pflanzengeruchs von Fluß und Dschungel bewußt, und mir schien fast eine Absicht hinter dem Triumph dieses stillen, kühlen Geruchs zu liegen, der seinen Weg aus den trägen Tiefen des Wassers – oder aus den feuchten Breschen zwischen den Bäumen nahm.

Die Kerzenflammen wirkten plötzlich wie lebendige Augen, feucht und hypnotisch, die mich verleiten würden, einzuschlafen, wenn ich sie zu aufmerksam betrachtete.

Ich warf Mr. Nevinson einen Blick zu.

Er wandte sofort den Kopf, und unsere Augen begegneten sich.

Das Insekt, sagte ich mir, mußte von der Spezies der Dosen-Bohrer sein. Tick, machte es. Tick.

Meine Hand, in der ich die Streichholzschachtel hielt, fühlte sich klamm und kalt auf der Innenfläche an. Ich rieb das Streichholz, das ich für den Augenblick bereithielt, in dem die Flammen verlöschen würden, unaufhörlich zwischen Daumen und Zeigefinger.

Tick . . . Tick . . .

Die beiden Frauen lagen in friedlichem Schlaf. Es hätte eine ganz normale Nacht sein können, nach einem guten Mahl und zwei

Runden Bridge bei Radiomusik, nachdem sie sich schließlich von den Freunden verabschiedet, gegähnt und über einen Witz gelacht und sich dann zur Ruhe begeben hatten.

Gedanken und Eindrücke bewegten sich in spannungsgeladenen Bruchstücken – undeutlich und in Schüben, verwirrend und befrachtet mit dieser oder jener Bedeutung; einer Bedeutung einmal, die entsetzlich schien, ein andermal einer, die, so flüchtig sie auch sein mochte, aufregend war in den Nischen des Grauens, die sie in meiner Phantasie so unvermittelt auftat.

Mr. Nevinson winkte mich herbei.

Ich trat zu ihm an das andere Fenster.

Er fragte mich nach meiner Meinung. Sollten wir die Kerzen anlassen? Es wäre nicht klug, sie zu verschwenden. Sie waren verhältnismäßig dünn und würden im Verlauf weniger Stunden heruntergebrannt sein. Ich hielt dagegen, daß das keine Rolle spielte. Wir durften uns nicht überraschen lassen. Er nickte widerstrebend und stimmte mir zu.

Ich nahm meinen Posten wieder ein.

Wir warteten, immer wieder nervöse Blicke um uns werfend, weiter.

Der Dschungel starrte auf unseren Rücken.

Ich hatte meine Uhr neben den Ersatzkerzen und der Flasche mit dem Benzin auf den Boden gelegt. Ich hörte sie ticken – unbeirrbar und mit einem tröstlichen Hauch der nüchternen Gegenwart. Sie übertönte das Insekt bei der Küche mühelos.

Ab und zu bückte ich mich und hob sie auf, um nach der Zeit zu sehen.

Als ich zwanzig Minuten nach zwölf einen Blick darauf warf, hatte ich keine Ahnung, daß es für viele Stunden das letzte Mal sein würde. Denn es mußte ungefähr zehn Minuten später sein, als die Dämpfe des benzingetränkten Lappens einen eigenartigen, moschusartigen Gestank annahmen und ich feststellte, woran das lag.

Ein anderer Geruch hatte sich mit ihnen vermischt.

Aus den Augenwinkeln sah ich, wie Mr. Nevinson nervös von

einem Fuß auf den anderen trat. Unsere Blicke begegneten sich, und an seinem Gesichtsausdruck konnte ich ablesen, daß er es ebenfalls gemerkt hatte.

Es begann die Benzindämpfe jetzt zu übertönen. Von Sekunde zu Sekunde wurde es stärker. Die ganze Luft war davon durchdrungen.

Unwillkürlich blickte ich mich nach der Hängematte, den Stühlen um. Ein finsterer Schleier schien sich um uns herum über alles gelegt zu haben. Das Mondlicht draußen war feindselig geworden. Der Dschungel hielt häßliche Drohungen bereit.

Plötzlich zuckten die Kerzenflammen, wurden kleiner, strahlten dann wieder hell auf. Fast konnte ich spüren, wie die Luft selbst sich unbehaglich regte. Aber es war völlig windstill.

Der Geruch war jetzt sehr intensiv. Er schnürte mir die Kehle zu.

Die Kerzenflammen zuckten wieder – und neigten sich langsam von mir fort. Reckten sich mit dünnen Zungen ins Innere des Raumes. Sie erweckten den Eindruck, als wichen sie vor einer Kraft zurück, die sich gegen sie anstemmte. Sie flackerten ein wenig. Dann richteten sie sich wieder gerade auf – aber hinter mir ertönte ein dumpfer Schlag in der Luft. Ein Geräusch, das durch das ganze Haus zu hallen schien.

XVIII

Ich drehte mich instinktiv um, aber wie in der Nacht zuvor war nichts zu sehen.
Ich eilte zur Hängematte, um meine Taschenlampe zu holen, die ich dort abgelegt hatte, als wir auf die Veranda getreten waren. Ich hatte sie jedoch kaum angeknipst, als Mr. Nevinson auf den Wandschalter unweit des Fensters, an dem er Wache hielt, drückte und die Veranda im weißen Licht einer Sechzig-Watt-Birne erstrahlte.
Das Licht änderte jedoch nichts an der Situation. Die Kerzenflammen strebten wieder in den Raum. Züngelten heftig. Flackerten dann unruhig von einer Seite zur anderen. Die Luft war wie ein teuflisches, bebendes Zerrbild. Ich hätte schwören können, daß sich die Form des Fensters für den Bruchteil einer Sekunde änderte, aber das war mit hoher Wahrscheinlichkeit eine optische Täuschung.
In rascher Folge ertönten zwei Schläge – ein ätherisches Trommeln, das seinen Ursprung irgendwo in dem Raum zwischen mir und Mr. Nevinsons Standort am Fenster hätte haben können.
Wir starrten einander an, zwei betäubte, verwirrte Menschenwesen.
Ich warf einen Blick auf das Fenster. Sah, daß die Kerzenflammen nicht nur ins Innere des Raumes züngelten, sondern kleiner und schwächer wurden. Ich schrie: »Schnell, Sir! Schnell! Sehen Sie es nicht? Sie gehen aus – die Kerzen! Halten Sie sich bereit, das Werg anzuzünden.«
Mr. Nevinson stieß einen Laut der Verwunderung aus. »Die Kerzen? Aber ich kann nichts Ungewöhnliches an ihnen entdecken. Sie brennen ganz ruhig.«
»Nein! Sie werden schwächer. Meine jedenfalls. Ihre nicht?«
Ich spürte ein Zucken hinter mir. Etwas unsichtbares Weiches versetzte mir einen Stoß. Die Kerzen brannten wieder ungestört.
»Haben Sie gesehen, was passiert ist? Etwas hat mich angestoßen. Haben Sie nichts dergleichen gespürt?«

»Nein. Hier war nichts. Überhaupt nichts. Ich habe zwei Schläge gehört, das ist, fürchte ich, alles.«
»Haben Ihre Kerzen nicht geflackert und sind schwächer geworden?«
»Nein. Ihre etwa? Meine nicht – nicht ein einziges Mal.«
»Nicht ein einziges Mal!« Meine Stimme überschlug sich fast. »Aber was wollen Sie damit sagen? Meine schon – sehen Sie her! Da! Schon wieder! Sie werden schwächer!«
Mr. Nevinson sah an mir vorüber und rief: »Wer ist das dort?« Sein Blick war auf die Ostseite der Veranda gerichtet.
Ich wandte mich taumelnd um und erblickte eine graue Gestalt im Schatten nahe der Küchentür. Dann trat Rayburn ins Licht. Er schien unsicher und verängstigt und stammelte: »Sir, ich wollte nicht – Sir, ich hören Geräusche und das mich wecken, und ich kommen nachsehen was los.«
»Sehr gut, bleiben Sie«, forderte ich ihn auf. »Gehen Sie noch nicht wieder zu Bett. Es passiert jetzt, Rayburn. Es passiert.«
Bekleidet mit den Khaki-Shorts und dem grauen Flanellhemd, in denen er zu schlafen pflegte, trat Rayburn näher. Er streckte die Hand aus und rief erschrocken: »Mr. Woodsley, Sir, sehen Sie! Schnell! Die Kerzen! Sie gehen aus, Sir!«
Die Veranda wurde von einem körperlosen Stampfen und Schaukeln erschüttert.
Die Kerzen flackerten und zuckten und beruhigten sich dann wieder.
Ich hastete zum anderen Fenster, wo ich beinahe mit meinem Gastgeber zusammengestoßen wäre. »Gehen Sie an mein Fenster, Sir!« rief ich ihm aufgeregt zu. »Schnell! Ich möchte sehen, was mit Ihren Kerzen passiert.«
»Aber meine sind nicht schwächer geworden, das habe ich Ihnen doch gesagt –«
»Gehen Sie, Sir – oder nein! Warten Sie! Rayburn, Sie bleiben da und passen auf! Und sagen Sie uns, wenn die Flammen wieder kleiner werden.«
Ich hatte die Worte kaum über die Lippen gebracht, als Rayburn

rief: »Ja, Sir! Oh, Herr Jesus! Sehen Sie! Sie werden kleiner! Sie gehen aus!«
Die Kerzen in Mr. Nevinsons Fenster brannten ohne die geringste Störung – ruhig und klar.
»Ich hab's!« rief ich aus. »Es ist Jessie. Ich weiß, was los ist. Es ist ihre Nähe zum anderen Fenster, Sir.«
»Ihre Nähe zum anderen Fenster?«
»Hören Sie, Sir, Sie bleiben hier und halten sich bereit. Rühren Sie sich nicht von der Stelle. Halten Sie sich bereit, das Werg anzuzünden, wenn notwendig.«
»Was haben Sie vor?«
Ohne zu antworten schwang ich mich, indem ich den Kerzen und dem Teller mit dem Werg geschickt auswich, auf die Fensterbank und sprang ins Zimmer. Mit zwei langen Schritten war ich an Jessies Bett. Ich packte das Kopfteil – ein niedriges Kopfteil, da es ein Bett modernster Bauart war. Dann zog ich das Bett an der Wand entlang, bis es sich unterhalb des Fensters befand, an dem Mr. Nevinson Wache stand. Darauf zog ich mich zurück und wartete. Wartete und beobachtete das Fenster.
Ich sollte vielleicht erwähnen, daß Jessie und Mrs. Nevinson trotz des geschäftigen Treibens und des Lärms ohne das geringste Anzeichen von Unruhe weiterschliefen – eine Tatsache, die meiner Aufmerksamkeit nicht entging. Eine Tatsache, die mich in den nächsten Minuten noch nachhaltiger beeindrucken sollte.
Rayburn wechselte zum anderen Fenster hinüber, obwohl ich ihn aufgefordert hatte, mich bei der Wache abzulösen. Ich rief ihm zu, er solle zurückkehren, und im selben Augenblick bemerkte ich, daß die Kerzen an Mr. Nevinsons Fenster zu flackern begannen. Die Flammen streckten sich mir züngelnd entgegen.
Mr. Nevinson stieß einen leisen Schreckenslaut aus.
Ich rief Rayburn zu: »Was ist an deinem Fenster los?«
»Alles in O'dnung, Sir. Kerzen ganz ruhig.«
»Gut.« Eine Welle der Befriedigung erfaßte mich, denn ich wußte nun, daß meine Annahme stimmte. Es war Jessies Nähe, die als Richtungsweiser fungierte.

Die Veranda dröhnte. Es lag so etwas wie Zorn und Enttäuschung in dem Stampfen und Poltern. Ein neuer Ausdruck von Aggression.

Ich nahm mir nicht die Zeit, weiter über die Angelegenheit nachzudenken, sondern näherte mich wieder dem Mädchen, packte das Kopfteil ihres Bettes und zog es hastig in die Mitte des Raumes. Es war meine Absicht, sie aus der Reichweite der Fenster herauszubringen, wenn ich konnte, und in meinem aufgeregten Übereifer fiel mir nicht ein, daß die Fenster praktisch jeden Zentimeter des Zimmers beherrschten. Es war überhaupt nicht möglich, sich ihrer Reichweite zu entziehen. Dennoch blieben meine Bemühungen nicht ohne Erfolg. (Hätte ich in diesem Augenblick nur geahnt, als wie zweifelhaft sich dieser Erfolg erweisen würde!)

Der Lärm auf der Veranda verstummte, und ich hörte Ausrufe der Zufriedenheit und Zustimmung von Mr. Nevinson und Rayburn.

»Das war's, junger Mann. Ich glaube, Sie haben es geschafft.«

»Schieben Sie das Bett weiter in die Mitte, Sir«, schlug Rayburn vor.

»Was ist mit den Kerzen?« erkundigte ich mich. Ich kam allmählich ins Schwitzen von der Anstrengung.

»Sie brennen ruhig«, rief Mr. Nevinson, obwohl ich es jetzt selbst sehen konnte. Nur Rayburns befanden sich außerhalb meines Blickfeldes. Rayburn berichtete, daß seine ebenfalls ruhig brannten. Alles war in Ordnung.

Ich sah mich im Zimmer um.

Ich hatte das Bett fast bis zu der Tür gezogen, die zum Wohnzimmer führte, und, eher zufällig, neben dasjenige, in dem Mrs. Nevinson schlief. Ich stand zwischen Jessie und dem Fenster und fragte mich, ob dieser Umstand nicht auch dazu beitrug, daß die Bemühungen der Macht dort draußen aufgehört hatten.

Wir warteten in wachsamem Schweigen, was nun passieren würde.

Zwei Minuten mußten etwa vergangen sein, und die Kerzen brannten immer noch unbehelligt. Immer noch war kein Zeichen einer Störung auf der Veranda festzustellen. Und dann sah ich auf

einen Blick, wie sich meine Bemühungen, das Böse zu überlisten, gegen uns wandten.
Als ich in meiner verstohlenen Wachsamkeit zufällig einen Blick auf die Tür warf, sah ich einen dünnen, schmutzig-graubraunen Schleier, der sich am Boden entlang durch den Türspalt in den Raum wand. Er blähte sich plötzlich zu einer zappelnden Masse auf und bewegte sich auf Mrs. Nevinsons Bett zu.
Ich hörte Rayburn schreien: »Oh, du mein Gott! Sehen Sie! Sehen Sie was los!«
Es war zu spät. Das Ding war im Schatten unter Mrs. Nevinsons Bett verschwunden, und gleich darauf begann sie, im Schlaf zu seufzen und sich herumzuwälzen. Mit einem Stöhnen stellte ich fest, wie töricht es von mir gewesen war, das Bett so nah an die Tür zu rücken. Denn wenn sie auch verschlossen und verriegelt war, so befand sich doch keine schützende Flamme davor – und das war nun das Ergebnis.
Mitten in meiner Verwirrung und Enttäuschung fiel mir eine andere Möglichkeit ein, selbst zu diesem Zeitpunkt der Entwicklung die Situation noch zu retten.
Mrs. Nevinson warf sich mittlerweile heftig hin und her, und ich wußte, daß keine Zeit zu verlieren war. Ich beugte mich über Jessies schlafende Gestalt, schob die Arme unter sie und hob sie aus dem Bett. Sie seufzte leise auf, aber ich achtete nicht darauf. Ich eilte zur Tür und schaffte es, trotz meiner Last, nach kurzem Hantieren den Schlüssel umzudrehen. Der Türknauf bereitete mir keine Schwierigkeiten, und im Nu war ich aus dem Raum heraus und eilte durch das Wohnzimmer. Ich stieß gegen einen Sessel und warf den Bücherständer mit den Zeitschriften um, bevor ich die Tür erreicht hatte, die zum Eßzimmer führte.
Hinein ins Eßzimmer, in die Spülküche und hinaus auf die Veranda eilte ich. Ich erwartete, daß mich jeden Moment ein pelziger Arm im Lauf aufhalten würde, jeden Augenblick rechnete ich damit, ein zorniges, geiferndes Knurren dämonischer Rache neben mir in der Dunkelheit zu vernehmen.
Rayburn und Mr. Nevinson starrten mir entgegen, als ich auf sie

zukam, aber ich legte, ohne sie zu beachten, das schlafende Mädchen in die Hängematte und stieß einen Seufzer – nicht so sehr der Erleichterung, sondern der Verzweiflung und Erregung – aus.
»Warum haben Sie sie hier heraus gebracht, Milton?«
»Sie ist sicherer hier«, keuchte ich und deutete zitternd zum Fenster. »Wenn es von Mrs. Nevinson abläßt, wird es versuchen, hinüberzukriechen und in Jessie einzudringen. Die Flammen im Fenster müßten es eigentlich aufhalten. Wir werden es sehen. Ich mußte irgend etwas versuchen. Wir können nicht einfach aufgeben und uns damit abfinden, daß es sein schlimmes Werk vollendet.«
Ohne weitere Einwände abzuwarten, schwang ich mich wieder auf das Fensterbrett und sprang in das Zimmer zurück. Drinnen beobachtete ich Mrs. Nevinson in den letzten Zuckungen ihres Alptraums. Als ihr Aufbäumen und Herumwerfen so heftig wurde, daß ich wußte, es würde bald vorüber sein, wandte ich mich rasch um und sagte: »Seien Sie auf der Hut, Mr. Nevvy! Rayburn, bleib, wo du bist. Rühr dich nicht von der Stelle. Wenn die Kerzen auszugehen drohen, entzündet sofort die Lappen. Beobachtet die Kerzen genau. Laßt sie auch nicht eine halbe Sekunde aus den Augen.«
»Ja, Sir, ich sie beobachten genau«, versicherte Rayburn mit atemloser Stimme.
»Wäre es nicht besser, Sie kämen zu uns heraus, Milton?« fragte Mr. Nevinson zögernd. »Wir könnten Ihre Hilfe benötigen.«
»Ich will sehen, was hier im Zimmer passiert –«
Ich verstummte und sah Mrs. Nevinson an, die soeben aufgestöhnt hatte und nun still lag. Sie seufzte, schlug die Augen auf, blickte mich an und sagte: »Was tun Sie hier, Milton? Es war wieder der Alptraum.« Sie sprach mit schleppender, gleichgültiger Stimme, drehte sich um und regte sich nicht mehr.
Ich sprang zum Bett und rüttelte sie an der Schulter. »Schlafen Sie nicht wieder ein, Mrs. Nevvy! Wachen Sie auf! Schnell! Kommen Sie heraus aus dem Bett!«
In dem Augenblick, als ich sie berührte, hörte ich ein leises Ge-

räusch unter ihrem Bett – eine Art Kratzen oder Scharren. Ich schüttelte sie noch einmal – dann wich ich mit einem Aufschrei zurück.

Der Schattennebel kroch in seinen widerlichen zuckenden Windungen langsam unter dem Bett hervor. Eine gräßliche, schmutzige Wolke, wand und schob es sich an meinen Knöcheln vorbei, und kalte und heiße Schauer durchliefen mich abwechselnd. Mir wurde schwindelig von dem Gestank, der um mich herum aufstieg. Ich begann zu husten und zu würgen.

Ich hörte die erschrockenen Rufe und Schreie von Mr. Nevinson und Rayburn. Rayburn brüllte mir zu, ich solle machen, daß ich aus dem Zimmer herauskam. Beide überhäuften mich mit kaum verständlichen Ratschlägen.

Ohne auf sie zu achten, wandte ich mich wieder Mrs. Nevinson zu. Ich schüttelte sie und schrie sie an, um sie zu wecken. Aber ohne Erfolg. Sie lag da und rührte sich nicht.

Noch nie hatte ich mich so vollkommen hilflos gefühlt wie in diesem Augenblick. Ich hörte, wie Mr. Nevinson mir zurief, ich solle aufpassen, vorsichtig sein, es würde mich angreifen, ich solle weglaufen, schnell zum Fenster rennen. Rayburn wies mich an, ich solle zur Tür eilen, sagte, es würde mich in die Enge treiben. »Schnell, Mr. Woodsley! Schnell!«

In meiner Benommenheit stellte ich fest, daß ein nochmaliger Versuch, Mrs. Nevinson zu wecken, sinnlos war. Mir wurde klar, daß das kein Schlaf war. In diesem verzweifelten Augenblick fiel mir ein, daß wir sie im Laufe unserer Unterhaltung am Tag zuvor gefragt hatten, wie es kam, daß sie, selbst nachdem ich offenbart hatte, was ich in diesem Raum hier gesehen hatte, nie neugierig war, das Schattenwesen zu beobachten, das zu Jessie hinüberkroch, wenn sie aus ihrem Alptraum erwachte. Sie hätte doch den Wunsch haben müssen, das Ungeheuerliche mit eigenen Augen zu sehen. Aber sie hatte geantwortet, daß sie immer zu müde dazu war und augenblicklich wieder einschlief.

Aber es war kein Schlaf. Es war eine Art Koma. Und Jessie befand sich im selben Zustand. Darum war sie nicht aufgewacht, als ich

sie aus dem Bett gehoben und auf die Veranda hinausgetragen hatte. Mir war klar, daß sie auch in dieser Sekunde noch besinnungslos in der Hängematte lag, in der ich sie zurückgelassen hatte.
Das ging mir in einem sich überschlagenden Wirbel durch den Kopf, und erst als ich mir des Prasselns bewußt wurde, das dicht bei meinen Füßen zu ertönen schien, begriff ich den Grund für die aufgeregten Warnungen von Mr. Nevinson und Rayburn.
Ich senkte den Blick und sah eine dünne Wolke, die sich grau, unheimlich und drohend langsam um mich wand.
Ich habe oftmals gelesen, daß jemand ›gelähmt vor Angst‹ oder ›gelähmt vor Schreck‹ ist. Ich bezweifle nicht, daß so etwas möglich ist, aber was mich betrifft, kann ich nur sagen, daß mein erster Impuls beim Anblick des Wesens war, mit aller mir zur Verfügung stehenden Kraft zu springen – und meine Muskeln ließen mich nicht im Stich. Ich sprang. Ich sprang fort und stürzte mich in blindem Entsetzen dem Fenster entgegen, an dem Rayburn Wache hielt. Doch noch als ich eben im Begriff war, mich auf die Fensterbank zu schwingen, ereignete sich hinter mir ein gewaltiger Ausbruch, und ich wurde, begleitet von einem ohrenbetäubenden Knall, als würden tausend Luftballons zur gleichen Zeit planlos zerplatzen, zurückgerissen und zu Boden geschleudert.
Ich erhob mich, spürte aber gleich darauf etwas abstoßend Feuchtkaltes, das gegen mich anrannte, so daß ich weiter ins Zimmer zurücktaumelte.
Mir kam die schreckliche Erkenntnis, daß ich in der Falle saß – daß ich daran gehindert wurde, den Raum zu verlassen, Mitgefangener eines nebelhaften Dämons.
Ich blieb schwer atmend stehen und blickte mich suchend nach dem gräßlichen Schattenwesen um. Aber es war jetzt nirgends mehr zu sehen.
Wie durch einen Gazeschleier nahm ich die Stimmen und das aufgeregte Gestikulieren meines Gastgebers und Rayburns wahr. Sie winkten mir und riefen mich an die Fenster. Ich hörte Mr. Nevinson etwas in dem Sinn sagen, daß es sich wieder unter das Bett

zurückgezogen habe – ich solle mich beeilen. Rayburn streckte mir die Hände entgegen, um mir über den Fenstersims zu helfen.
Ich rannte wieder auf Rayburns Fenster zu. Als ich dort anlangte, war Mr. Nevinson Rayburn inzwischen zu Hilfe geeilt. Ich streckte die Hand aus, um Rayburn zu fassen – aber hinter mir erbebte der Raum in einem atmosphärischen Knistern, und ich prallte zurück. Der beißende Gestank, der aus irgendeinem unerfindlichen Grund während der vergangenen Minuten beträchtlich nachgelassen hatte, wirbelte nun mit neuerlicher Heftigkeit und verstärkter Dichte wieder auf.
Übelkeit stieg in mir hoch, als ich mich mühsam wieder aufrichtete.
Mr. Nevinson und Rayburn rieten mir, noch einen Ausfall zum Fenster zu versuchen. »Das westliche Fenster!« rief Mr. Nevinson – und gleich darauf tauchte er mit Rayburn am westlichen Fenster, demjenigen, das seiner Aufsicht unterstand, auf.
Die Stimme versagte mir fast vor Angst und Bestürzung, als ich den Kopf schüttelte und sie zu meinem Fenster zurückwinkte – dem Fenster, das ich bewacht hatte, bevor ich in den Raum eingedrungen war –, denn ich bemerkte, daß dort die Kerzen schwächer wurden; sie flackerten und neigten sich zur Veranda hin. »Lauft dorthin zurück! Schnell! Zündet den Lappen an, wenn die Kerzen ausgehen! Rührt euch nicht von da weg!«
Dann sah ich es – ja, wirklich, ich sah es – in Aktion.
Es wogte hoch – wogte vom Boden auf und verharrte vor dem offenen Fenster, wo die Kerzenflammen von ihm wegstrebten – zog sich verwirrt in sich zusammen und krümmte und wand sich.
Und ich sah noch etwas anderes. Es begann, Gestalt anzunehmen.
Einen verwirrenden Augenblick lang konnte ich flüchtig einen undeutlichen, abstoßend flachen Schädel sehen, der mit zwei ovalen Flecken von unglaublich reinem Lapislazuliblau durchbrochen war – eine widernatürliche Verhöhnung von Augen. Damit endete die erkennbare Form, und der widerliche graubraune Nebel verlief

sich und schwang sich dann über das verschwommene Zerrbild eines Kopfes, der verschwand, als sich das ganze Gebilde, begleitet von einem dröhnenden Schlag, in der Luft auflöste.

Ich blieb benommen und versunken in ein seltsames Staunen stehen. In diesem Augenblick wich die Angst von mir, und ich wurde von einem Gefühl des geschärften Bewußtseins, fast ehrfürchtiger Begeisterung, erschüttert. Ich hatte den Eindruck, Zeuge eines kosmischen Geschehens zu sein.

Aber mir blieb keine Zeit zum Nachdenken. Das Ding hatte wieder Gestalt angenommen. Nach seiner ungestümen Auflösung rief es sich nun unweit der Frisierkommode unter krampfhaften Windungen wieder ins Leben. Es begann, sich auf mich zuzubewegen, indem es sich in der gewohnten Art wand und krümmte.

In diesem Augenblick landete etwas rasselnd vor meinen Füßen, und als ich hinunterblickte, sah ich die Streichholzschachtel auf dem Boden liegen. Mr. Nevinson rief: »Zünden Sie ein Streichholz an und sehen Sie, ob Sie es damit nicht aufhalten können!«

Ich nahm mir nicht die Zeit, zu überlegen, wie aussichtsreich ein solcher Versuch war, sondern bückte mich und hob die Schachtel auf.

Das Ding hatte gerade begonnen, um mich zu kreisen, als ich ein Streichholz entzündete.

Eine braune Nebelwand schoß vor mir in die Höhe, und ich wich taumelnd zurück. Der Raum erbebte. Ich hörte einen gedämpften Pfeifton, dann ein Zischen, und die Schachtel wurde mir aus der Hand geschlagen. Als ich mich gefangen hatte, sah ich den Schattennebel beim Waschtisch wogen. Die Streichholzschachtel lag auf dem Teppich vor der Garderobe. Ich stürzte darauf zu und hob sie auf. Dann hörte ich die Stimmen von Mr. Nevinson und Rayburn, die mir etwas Verworrenes zuriefen. Ich war zu benommen, um zu begreifen, was sie mir sagen wollten, doch plötzlich hörte ich ein Scheppern auf dem Boden und erkannte, was sie getan hatten. Es war einer der Blechteller, die auf der Fensterbank festgenagelt gewesen waren. Das getränkte Stück Werg lag ein paar Zentimeter daneben.

»Zünden Sie es an, Milton! Versuchen Sie es! Ich glaube nicht, daß es ihm gelingt, das zu löschen!«
Ich eilte darauf zu und legte das Werg mit zitternden Händen in den Teller. Aus den Augenwinkeln sah ich, daß die Schattengestalt näher kam.
Ich zündete ein Streichholz an, warf es in den Teller und zog mich hastig zurück.
Was immer es gewesen sein mochte, das mich durch den Raum schleuderte, ich wußte es nicht. In meinen Ohren dröhnte ein überwältigender Lärm, eine berstende Bewegung, und der ganze Raum verzerrte sich in meiner Wahrnehmung. Ich landete mit einem gewaltigen Schlag an der Garderobe.
Jetzt stellte ich fest, daß sich Jessies und Mrs. Nevinsons Stimmen zu denen meines Gastgebers und Rayburns gesellt hatten. Ich vernahm ihre aufgeregten Rufe, und als ich zum Bett hinüberblickte, sah ich Mrs. Nevinson aufrecht darin sitzen und sich voller Verwirrung und Entsetzen umschauen. Am Fenster stand Jessie mit ihrem Vater und starrte mich mit leicht geöffneten Lippen an.
Aber das war nicht alles.
Ein hoher Ton schrillte durch das ganze Haus, als würde jemand wütend in eine Flöte blasen. Ein einziger Ton, der aufgeschreckt und drängend durch die Nacht bebte.
Von dem Schattengrauen konnte ich keine Spur entdecken, aber die Kerzen am östlichen Fenster – dem Fenster, das ich früher am Abend bewacht hatte – waren erloschen.
Das Werg, das ich angezündet hatte, loderte noch hell in der Mitte des Raumes neben einem verrutschten Teppich. Die Flamme trug noch zur Unwirklichkeit der Szenerie bei. Mrs. Nevinsons Gesicht war von einer statuenhaften Starre, und die Gesichter der anderen an den Fenstern wirkten wie Wachsmasken, besonders die von Mr. Nevinson und Rayburn, die schweißglänzend waren.
Auch von dem gräßlichen Gestank war jede Spur verschwunden.
Aber das hartnäckige Schrillen hörte nicht auf.
»Es ist die Flöte«, hörte ich Mrs. Nevinson murmeln. Sie war totenbleich.

Ich sah Jessie und ihrem Vater am Gesichtsausdruck an, daß sie es auch hörten. Und Rayburn ebenfalls, denn ich bemerkte, daß er sich umdrehte und verwundert nach allen Seiten sah.
Dann ereignete sich etwas Neues. Um uns herum brach, ätherisch und körperlos, ein Gewirr von Geräuschen hervor. Verlorene, erregte Stimmen – die Stimmen von wahnsinnigen Wesen aus Luft und Raum, wie es schien – erfüllten mit ihrem wüsten Gestammel das Haus. Erst in dem Zimmer, in dem ich mich befand, dann auf der Veranda – dann scheinbar im Wohnzimmer – und wieder bei uns im Schlafzimmer der Frauen.
Plötzlich hielt alles inne – doch die Stille, die sich herabsenkte, war nicht von Ruhe und Frieden gekennzeichnet. Die Luft war wie ein straff gespanntes Tuch – dünn und starr und bedrückend. Es war wie ein geheimnisvolles Warten.
Als Jessie mit einem Seufzer sagte: »Glaubst du, daß jetzt alles vorbei ist, Milton?« war der zaghafte Ton in ihrer Stimme nicht zu überhören, der ihre Überzeugung verriet, daß sie diese Worte nur gesagt hatte, um sich selbst Mut zu machen.
Ihre Mutter murmelte: »Ich glaube es nicht – und du weißt auch, daß es nicht so ist.« Mrs. Nevinsons Stimme drückte eine solche Furcht und Hoffnungslosigkeit aus, daß sich die Blicke aller Anwesenden auf sie richteten. »Was meinst du damit, Mutter?« fragte Jessie.
»Hattest du nicht auch einen Alptraum? Weißt du nicht, was passiert ist?«
Jessie schüttelte den Kopf. »Nein, ich habe nichts geträumt. Papa sagt, daß Milton mich hier herausgetragen und in die Hängematte gelegt hat. Papa und Rayburn sagen, mir sei nichts passiert. Als Milton den Lappen im Zimmer anzündete, schoß das Schattenwesen durch das Fenster hinaus und verschwand in der Dunkelheit. Es löschte die Kerzen, ergriff aber nicht, wie in den Nächten zuvor, von mir Besitz. Das hast du doch gesagt, nicht wahr, Papa?«
Ihr Vater nickte.
»Nun, ich weiß nicht«, warf Mrs. Nevinson ein, »aber welche Experimente auch immer durchgeführt wurden, während ich schlief,

sie haben einen Höhepunkt der Ereignisse heraufbeschworen. Ich hatte die entsetzlichsten Träume meines Lebens.« Sie schlug die Hände vors Gesicht und brach in nervöses Weinen aus.

Als sie ihre Beherrschung wiedergefunden hatte, sagte sie: »Es war, als ob es in Wirklichkeit passieren würde. Es war nicht wie im Traum. Ich spürte wirklich, wie ich durch den Dschungel zu der Stelle hin gezogen wurde, an der die Gebeine dieses Holländers begraben liegen – und seine Flöte. Ich wußte, daß es der Platz war. Ich sah ihn, und ich wußte, daß er es war. Er wimmerte und flehte mich auf – auf Holländisch an, ihm zu helfen. Ich konnte kein Wort verstehen, aber ich wußte genau, was er mir mitteilen wollte. Er deutete auf die Stelle, an der ich nach seinem Wunsch graben sollte, und klagte und jammerte, und – mein Gott! Ich – ich kann es nicht glauben, daß das alles passiert . . .«

»Moment! Fahren Sie fort, fahren Sie fort«, drängte ich sie. »Was geschah dann? War er allein, als er Ihnen die Anweisungen gab – oder als er wimmerte und sich so verhielt, wie Sie es beschrieben haben? Erzählen Sie uns alle Einzelheiten. Es ist wichtig.«

»Nein, er war nicht allein.« Sie schnalzte mit der Zunge und fügte hinzu: »Wenn Sie mich wie ein Kind behandeln, Milton, werde ich überhaupt nichts erzählen. Warum sollte ich die Absicht haben, euch die Einzelheiten vorzuenthalten?«

Ich setzte eilig zu einer Entschuldigung an, um sie zu besänftigen, doch sie unterbrach mich und sagte: »Ich glaube nicht, daß ich es je vergessen kann, solange ich lebe. Das Ding war bei ihm – mein Gott! Ich hätte mir nie träumen lassen, daß es so teuflische Wesen wirklich gibt!« Sie kicherte plötzlich nervös. »Ja, ich weiß, ich habe es geträumt – aber ich weiß auch, daß es wirklich existiert. Das war kein gewöhnlicher Traum. Das alles ist mir wirklich *passiert* – meinem Astralleib, oder wie immer ihr es nennen wollt. Ich bin heute nacht wirklich durch diesen Dschungel gegangen – mein Geist hat es wirklich erlebt.«

Mr. Nevinson und Jessie waren inzwischen ebenfalls in das Schlafzimmer gekommen – und in der allgemeinen Spannung und Erregung, die von uns Besitz ergriffen hatte, dachte sich auch Rayburn nichts dabei, über den Fenstersims zu klettern und sich zu uns, die wir um seine Herrin versammelt waren, zu gesellen.

»Es war ein gräßliches, mißgebildetes Etwas bei ihm«, berichtete sie. »Es war am Tage, und obwohl das Blattwerk über uns alles in eine Art Zwielicht tauchte, konnte ich das Ding klar erkennen. Es hatte graue, glitschige Gliedmaßen – wie Schwimmflossen –, und sein Körper war von einer Art Pelz bedeckt. Und es hatte einen flachgequetschten Schädel mit zwei Flecken wie Augenhöhlen. Sie sahen blau aus – sehr blau. Uff! Und während Mijnheer Voorman unaufhörlich flehte und jammerte und mich beschwor, ihm zu helfen, seine Gebeine und seine Habe auszugraben, wand und krümmte sich diese entsetzliche Kreatur. Es schien sich vor etwas zu fürchten, das um es herum in der Luft war. Es machte eigenartig kratzende – oder scharrende – Geräusche – und polterte herum, und einmal sah ich etwas wie Feuer neben ihm aufflackern, und es schien sich in schleimige Fetzen aufzulösen – aber dann fügte es sich wieder zusammen. Und nach einer Weile flammte ein gewaltiger weißer Blitz auf, und es sprang mich fauchend an. Ich nahm diesen fauligen Moschusgestank wahr und hörte, wie es mir etwas zuschnarrte. Es war dieselbe Stimme, die ich in meinen anderen Träumen gehört hatte. Es benutzte englische Worte und sagte klar und deutlich: ›Noch sieben Stunden – und dann werdet ihr beide für immer und ewig zu uns gehören!‹ Dann gab es einen schmatzenden Schrei von sich, und ich spürte, wie es etwas gegen meine Seite drückte – etwas Naßkaltes, Hartes. Ich konnte nicht sehen, was es war, wußte aber, daß es sich um eine Flöte handelte. Es brandmarkte mich – brandmarkte mich mit demselben Mal, mit dem die Frau oben am Fluß gezeichnet worden war.«

»Haben Sie nachgesehen, ob – ob –«

Sie unterbrach mich und sagte: »Ja, ich habe nachgesehen. Seht selbst.« Ohne sich um das Gebot der Sittsamkeit Gedanken zu machen, zog sie ihr Nachtgewand hoch und entblößte die Rückseite ihres rechten Schenkels. Und da sahen wir es. Bläulich und ungefähr fünfundzwanzig Zentimeter lang.

Jessie stockte der Atem. »Ja, genauso war es. Das ist dasselbe Ding, das wir an Matilda gesehen haben.«

»Ich glaube, daß wir verloren sind«, sagte ihre Mutter mit rauher, erregter Stimme. »Ihr habt es auch. Jeder von euch. Du auch, Rayburn. Schaut nach und seht selbst. Das ist der Erfolg eurer großartigen Experimente. Oh, mein Gott! Oh, mein Gott!«

Einer nach dem anderen untersuchten wir unseren rechten Schenkel – und einer nach dem anderen entdeckten wir das Mal. Auf Rayburns tiefdunkelbrauner Haut wirkte es schwarz und unsagbar bedrohlich. Ein teuflisches Mal, das uns veranlaßte, uns wachsam umzusehen, und uns die lauernde Stille der Atmosphäre wieder bewußt machte.

XIX

An dieser Stelle werden Sie zu verstehen beginnen, warum ich, wie ich in den einleitenden Bemerkungen zu dieser Geschichte erklärte, so lange gezögert habe, einen Bericht der Ereignisse, die ich hier wiedergebe, zu veröffentlichen. Sie wissen jetzt ganz sicher genügend über unsere Erlebnisse, um mit mir übereinzustimmen, daß eine Geschichte wie diese nicht zu den Dingen gehört, die ein normaler zivilisierter Mensch freudig in Druck gibt. Würden wir nicht in Zeiten leben, in denen das Übernatürliche als etwas betrachtet wird, dem eine Aura von Unwissenschaftlichkeit anhaftet – das heißt, als ein Thema, über das nichts Konkretes geäußert werden kann, so daß, wer damit zu tun hat, mit nachsichtigem Lächeln und leisem Kopfschütteln behandelt wird –, meine Aufgabe wäre eine wesentlich einfachere. Aber die Strenge unseres materialistischen Zeitalters ist so groß, daß man uns wohl keinen Vorwurf daraus machen kann, wenn wir über das, was nicht mit den physikalischen Gesetzen übereinstimmt, die uns Tag für Tag in unserem blinden, ungeduldigen Drängen nach dem Überleben treiben, spöttisch belächeln. Was können wir schließlich *beweisen* an Geistern, Astralleibern und dem ganzen Zeug!

Während ich das schreibe, bedrückt mich das deprimierende Wissen, daß vermutlich nicht einmal zwei Prozent meiner Leser ein Wort von dem glauben werden, das niederzuschreiben ich mir jetzt eine solche Mühe mache. Ich habe mir sogar schon eine Art schulterzuckender Resignation in dieser Angelegenheit angeeignet. Solange es mir gelingt, sage ich mir immer wieder, mich selbst damit zu beruhigen, daß ich meine Sache gut gemacht und jedes herausragende und wichtige Ereignis wahrheitsgetreu berichtet habe, warum sollte ich mir Gedanken machen? So lächele ich mit den Spöttern und bewahre mir dennoch meine gute Laune in dem abgeklärten Wissen, daß ich mir keine Tatsachenverdrehungen habe zuschulden kommen lassen.

Und nun muß ich Sie um Verzeihung bitten für meinen ›hochtrabenden‹ und wortreichen kleinen Vortrag. Kehren wir zurück nach Goed de Vries an jenem Donnerstagmorgen – denn es war nicht mehr Mittwochnacht, als wir um Mrs. Nevinsons Bett herumstanden und dieses Zeichen unbekannter Mächte musterten, das wir, einer nach dem anderen, enthüllten. Ich erinnere mich, daß ich den Kopf vorsichtig drehte, um einen Blick auf die Uhr über der Frisierkommode zu werfen.

Darauf war es zehn Minuten nach eins.

Jessie mußte die Richtung meines Blickes bemerkt haben, denn sie rief aus: »Seht nur, wie spät es ist! Uns bleiben nur noch sechs Stunden! Oh, mein Gott!«

Ihre Mutter forderte sie unwirsch auf, den Mund zu halten. »Was hat es für einen Sinn, darauf herumzureiten? Wenn wir in sechs Stunden sterben müssen, nun gut, dann kann man eben nichts daran machen, nicht wahr? Was soll das ganze Geschrei?« Sie klang wirr und außer sich, und ihr Mann warf ihr einen besorgten Blick zu. Ohne Zweifel hatten ihre Traumerlebnisse sie viel Kraft gekostet. Auf ihrem Gesicht lag immer noch der starre Ausdruck des Entsetzens, als würde sie auch jetzt noch die grausigen Geschehnisse vor sich sehen, die sie uns vor nicht langer Zeit beschrieben hatte.

Das niederzuschreiben ist für mich außerordentlich unangenehm und schmerzlich, denn einem Menschen meiner Veranlagung fällt es schwer, die lebhaften Erinnerungen aus der Vergangenheit mit Abstand zu betrachten. Ich ertappe mich dabei, daß ich ständig auf meinem Stuhl hin und her rutsche, während ich versuche, meine Eindrücke unseres Verhaltens an jenem Donnerstagmorgen festzuhalten.

Ich weiß noch, daß ich beinahe ebenso nervös und erregt wie Jessie aufbrauste: »Aber hören Sie, wir müssen etwas tun, wissen Sie! Wir werden nicht einfach in diesem Zimmer sitzen und darauf warten, daß die sieben Stunden verrinnen! Ich sehe nicht ein, warum wir vor irgendeinem verfluchten Schreckensnebel Angst haben sollten! Wir müssen etwas unternehmen. Wir müssen handeln.«

»Ruhig, Milton. Kommen Sie, das sieht Ihnen gar nicht ähnlich. Fassen Sie sich.« Mr. Nevinson klopfte mir auf den Arm, aber ich bemerkte, daß er ebenfalls zitterte und am Rande eines Nervenzusammenbruchs war. Sein Mund zuckte unaufhörlich.
»Aber ich meine es ernst, Sir«, rief ich. »Wir können nicht herumsitzen und nichts tun! Wir müssen handeln und die verdammten Bastarde fertigmachen. Feuer im ganzen Haus anzünden. Im ganzen Umkreis Feuer anbrennen. Ihnen zeigen, daß wir nicht die Absicht haben, uns kampflos zu ergeben. Ich gebe nicht auf. Ich gebe nie auf. Ich kämpfe bis zum letzten verdammten Atemzug.«
»Aber kämpfen gegen was?« wies mich Mr. Nevinson scharf zurecht. »Gegen die Luft? Gegen Nebel, Flötenmusik und Schläge in der Luft? Sie sprechen wie ein Narr, junger Mann! Wir sind verloren! Wir haben uns in Dinge gemischt, von denen wir die Finger hätten lassen müssen, und nun sind wir verloren. Schicken Sie sich drein.«
»Ich weigere mich, mich in irgend etwas zu schicken. Sollen sie doch kommen!« brüllte ich, als wendete ich mich gegen das Unsichtbare draußen. »Ergeben Sie sich in Ihr Schicksal, wenn Sie wollen, aber ich werde das nicht tun. Ich werde gegen sie kämpfen.«
Ich war schweißgebadet und heiser. Erst als Mr. Nevinson und Rayburn mich fest in ihren Griff genommen und auf mich eingeredet hatten, begann ich mich ganz allmählich zu beruhigen, wenn ich auch noch immer am ganzen Leibe zitterte. Von entsetzlicher Übelkeit übermannt, sank ich auf Mrs. Nevinsons Bett nieder und preßte die Hand an die Stirn.
Widersprüchlicherweise versetzte mich jedoch gerade das, was an diesem Punkt dazu angetan war, unsere Nerven noch mehr zu zerrütten, mit einem Schlag in einen Zustand wachsamer Selbstbeherrschung.
Die Luft begann zu dröhnen.
Ich sprang auf, sah mich rasch nach allen Seiten um und erfaßte die Situation mit einem Blick. Das Werg im Teller brannte nicht mehr; das Benzin war wenige Minuten zuvor verbraucht gewe-

sen. Die Kerzen am östlichen Fenster waren, Mr. Nevinsons und Rayburns Bericht zufolge, gelöscht worden, als die Nebelerscheinung aus dem Raum gestürmt war, nachdem ich das Werg angezündet hatte. Und am anderen Fenster waren die beiden Kerzen bis auf zwei kleine Stummel niedergebrannt und im Begriff auszugehen.

»Wir müssen neue Kerzen anzünden«, verkündete ich – und ohne irgendwelche Einwände abzuwarten, rannte ich zum Fenster, sprang hinaus auf die Veranda und blickte mich suchend nach den Ersatzkerzen um. In der Aufregung waren sie von ihrem ursprünglichen Platz unter den Fenstern weggestoßen worden. Ich fand zwei davon wieder, eilte zum westlichen Fenster und zündete sie an den verlöschenden Flammen der niedergebrannten an.

Als die Flammen hochzüngelten und sich aufblähten, schien die Spannung und Gereiztheit, die in der Luft lag, nachzulassen. Das Dröhnen hörte auf, und die Bedrückung, die intensiver geworden war, schwand wieder.

Die Blicke der anderen waren auf mich gerichtet, als ich in das Zimmer zurückkehrte.

Rayburn stand in seinem Flanellhemd und den Khakihosen in Abwehrstellung am Waschtisch, als wollte er mit einem Gegner ringen. Und neben der Frisierkommode saß Jessie zusammengeduckt auf dem Stuhl, die Hände zusammengepreßt, wie um sie zu wärmen, Tränen der Angst in den Augen.

Mr. Nevinson verweilte, mit der rechten Hand krampfhaft das linke Handgelenk umklammernd, in seinem blau-grün gestreiften Pyjama am Bett seiner Frau, den kräftigen Kopf entschlossen wie ein Stier leicht vorgereckt. Und im Bett saß Mrs. Nevinson in ihrem zarten rosafarbenen Nachthemd aufrecht und hatte diesen statuenhaften Ausdruck im Gesicht, der mir aufgefallen war, als ich sie früher an diesem Morgen, nachdem ich von den Schrecknissen, die ich durchgemacht hatte, erlöst war, gesehen hatte.

Es ist ein Bild, das sich wie auf einer Metallplatte in mein Gedächtnis gegraben hat. Keine Einzelheit davon konnte je der Verwitterung anheimfallen.

Während der nächsten halben Stunde versuchten wir zu besprechen, was zu tun war, um uns gegen die Gefahr zu schützen, von der wir wußten, daß sie herannahte. Wie jedoch zu erwarten, wollte jeder von uns zur gleichen Zeit sprechen. Wir alle hatten Vorschläge zu machen und Vermutungen und Spekulationen zu verkünden. Wir alle hatten Einfälle, wie das Problem der überwältigenden Mächte, denen wir uns gegenübersahen, zu lösen war – und zwar zu lösen innerhalb der wenigen Stunden, die uns offenbar noch zur Verfügung standen.

Unsere Stimmen bildeten ein wirres, unverständliches Durcheinander. Wie waren wir berauscht – berauscht von der unbedingten Notwendigkeit zu überleben – und vergaßen demgemäß Fragen der Schicklichkeit, der Rasse und der Klassenvorurteile. Oftmals warf einer von uns, mitten in dem Geplapper, einen raschen angstvollen Blick zu den brennenden Kerzen auf der Fensterbank hinüber. Einmal schrie Jessie auf, die Kerzen würden schwächer werden – um sich gleich darauf zu berichtigen und einzugestehen, daß sie sich geirrt hatte. Ein andermal schlug Rayburn, wie ich mich erinnere, vor, wir sollten auch am anderen Fenster Kerzen aufstellen, aber ich wies darauf hin, daß sich die zwei an einem Fenster als ausreichend erwiesen hatten, da bis jetzt nichts geschehen war. Es hatte kein weiteres Dröhnen in der Luft gegeben.

Ich glaube, daß jede Abwegigkeit und Verrücktheit, die ein Mensch hervorbringen könnte, an jenem Abend ausgesprochen wurde. Die wildesten und schauerlichsten Vermutungen wurden angestellt, die am weitesten hergeholten und schier unmöglichsten Vorschläge wurden zur Überlegung gestellt. Wir sollten uns auf den Betten festbinden, eine Kerze an jedem Fenster und an jeder Tür anzünden und dann stilliegen und abwarten. Wir sollten uns zusammen auf den Eßtisch hocken und einen Ring aus Lampen und Kerzen um uns herum auf dem Fußboden aufstellen. Auf einem Holzfloß in die Mitte des Flusses hinausfahren, schlug Jessie vor. Oder wir könnten auf einen Baum klettern und Kette rauchen ...

Ja, zu jedem anderen Zeitpunkt wäre es so komisch gewesen wie eine Filmszene von den Marx Brothers. Aber unglücklicherweise war es nur zu ernst und wirklich – und wir wußten das, denn diese merkwürdige Vorahnung – mir fällt kein anderes Wort ein – lag hartnäckig in der Luft und drückte schwer auf unsere gequälten Gemüter.

Es war keine gewöhnliche Gefahr, die uns drohte, sondern eine, die grotesk und unnatürlich und abscheulich gräßlich war – eine Gefahr, von der wir mit eigenartiger Sicherheit wußten, daß es kein Entrinnen geben würde, wenn man uns erst einmal überwältigt und umgarnt hatte. Unser harrte der Tod der Umwandlung; es würde, widersprüchlicherweise, ein Tod sein, der befrachtet war mit der Endgültigkeit des Überlebens – ein Übergang unser selbst in Seinsformen, an die der bloße Gedanke so abstoßend war, daß wir nicht laut darüber sprechen, sondern sie nur in unserem erschütterten Bewußtsein bebend spüren konnten.

Später sprachen wir es aus – aber an jenem Morgen hatte die Angst uns so sehr geschwächt, daß wir unsere Spekulationen nicht zu weit treiben konnten, denn wir fühlten uns vom Wesen der Unendlichkeit bedroht, als wäre sie tatsächlich ein wehender, faßbarer Seidenschleier, der immer wieder unsere Wangen streifte. Und auf eine teuflisch klarsichtige Weise konnten wir uns sogar die Einzelheiten vorstellen – das hoffnungslose Geifern und Schnattern, das ein Teil unseres Seins werden würde; die vergifteten, düsteren Winkel in jenem Brackwasser der Existenz, in dem die Wesen wohnten, die sich wanden und krümmten und faulige Miasmen der Verwesung ausströmten.

Fragen Sie mich nicht, wie es kam, daß wir plötzlich über eine so scharfe Wahrnehmung verfügten – so einzigartig waren wir in unseren Eingebungen und Empfindungen. Alles, was ich dazu sagen kann, ist, daß wir *wahrnahmen*, daß uns diese furchterregende und stinkende Tiefe der Unterwelt erwartete. Vermutlich mit derselben medialen Kraft, die im Geist eines ertrinkenden Menschen eine Reihe rückblickender Bilder entstehen läßt, *wußten* wir, was uns bedrohte. Und wir spürten darüber hinaus, daß wir uns, wenn wir nicht mit aller Wut und Bitterkeit und leidenschaftlichen Entschlossenheit, die der menschliche Wille hervorbringen kann, dagegen ankämpften, ebensogut schon als verlorene Kreaturen betrachten konnten, die unwiderruflich in Schlick und Finsternis gestolpert sind – in irgendeine Sackgasse vielleicht, die in den unerforschten Dimensionen unseres Kosmos existierte. Eine zufällige Wendung der Umstände und ein Ineinandergreifen der Ereignisse – die Tatsache, daß das Dokument in Mr. Nevinsons Hände gelangt war, Mrs. Nevinsons Versuch, es zu verbrennen, unsere Experimente mit brennenden Kerzen – hatten uns in die Reichweite von Kräften versetzt, die nichts mit denen zu tun haben, die den Menschen vertraut sind, und wir waren im Begriff, den Wirkungsbereich der Gesetze des Normalen zu verlassen und für immer in eine neue und abstoßend glitschige Bewußtseinssphäre einzugehen.

Ich weiß, daß dies eine höchst eigenartige Sprache für einen Menschen ist, der angibt, ein Rationalist zu sein. Aber zu viel von mir ist dort in Goed de Vries, um mit unbeteiligtem Geist über die Ereignisse zu schreiben. So sehr ich mich auch bemühe, kann ich doch meine Feder nicht dazu bewegen, sich die Zurückhaltung der Untertreibung aufzuerlegen. Immerhin aber fühle ich mich sicher in dem Bewußtsein, sollte ich hier ein Gefühl der Labilität und des Wahnsinns, gar der Unwahrhaftigkeit und Unwirklichkeit vermittelt haben, so ist es genau das, was ich, in den Tiefen meines Bewußtseins, beabsichtigte, denn nur auf diese Weise kann es mir gelingen, die Atmosphäre jener Szene annähernd einzufangen.

Schließlich gelang es Mr. Nevinson und mir, eine gewisse Disziplin unter uns herzustellen, und danach waren wir in der Lage, unsere Gedanken besser zu ordnen. Außerdem gaben wir uns Mühe, nacheinander zu sprechen und nicht alle auf einmal in einem aufgeregten Gebrabbel.

»Was wir als erstes tun müssen«, sagte ich, »ist, uns einen kurzen Überblick über die Ereignisse der letzten Stunden zu verschaffen und sie zu ordnen.« (Mrs. Nevinson seufzte ungeduldig und rief aus: »O Gott!«, aber ich beachtete sie nicht, sondern fuhr fort.) »Wir wollen schließlich nichts Unbedachtes und Voreiliges tun oder uns in ein neuerliches Experiment stürzen, das uns noch tiefer in die Sache hineinzieht.«

»Aber ich dachte, du hättest vor einer Minute erst gesagt«, warf Jessie ein, »daß es unsere einzige Hoffnung ist, ein weiteres Experiment zu wagen.«

»Ich bin entschieden gegen jedes weitere Experiment«, ergriff ihre Mutter das Wort. »Was passiert ist, sollte uns eine Lehre sein.« Sie schauderte, dann blickte sie sich langsam im ganzen Raum um und murmelte: »Mein Gott, was ist nur in der Luft? Sie – sie ist so lebendig und – und –« Sie verstummte, und keiner stellte ihr die Frage, was sie hatte sagen wollen, denn wir *wußten* es alle.

Mr. Nevinson beeilte sich zu sagen: »Nell, ich hoffe, du wirst uns keine Schwierigkeiten machen. Wir müssen etwas riskieren, wenn wir dem, was uns bedroht, entkommen wollen, und ich sehe keinen anderen Ausweg –«

»Ich sage dir, ich nehme an keinem einzigen Experiment teil, Ralph! Und das ist mein voller Ernst!«

»Scht! Einen Augenblick, Mrs. Nevvy«, sagte ich in beschwichtigendem Ton. »Das ist etwas anderes als ein Experiment. Geben Sie mir eine Chance, es zu erklären. Ich habe es mit Mr. Nevvy durchgesprochen und er stimmt mir darin zu, daß es einen Versuch wert ist.«

»Also, lassen Sie uns hören, was es ist«, erwiderte sie gereizt. »Und Sie brauchen nicht zu reden wie Gibbon in *Verfall und Untergang*, um uns mitzuteilen, was Sie zu sagen haben. Sagen Sie es einfach.«

Ich lachte und begann meinen Plan zu erklären, aber ich hatte kaum mehr als vier Worte herausgebracht, als ich unterbrochen wurde. Auf unerwartete Weise unterbrochen.

Es war die Flöte.

Die Töne klangen von der Veranda her – scheinbar unmittelbar hinter den Fenstern. Klar, spielerisch, bedeutungsvoll.

Wir hörten es alle. Wir gaben einen verwunderten Ausruf von uns, dann verstummten wir und lauschten.

Rayburns Lippen teilten sich, und Mrs. Nevinson erstarrte, einen

Daumen fest in die Vertiefung unter ihrem Schlüsselbein gebohrt.
Es war das erste Mal, daß diese beiden es hörten – zumindest im Wachzustand, denn Mrs. Nevinson hatte die Flöte natürlich schon in ihren Alpträumen gehört.
Weiter und weiter setzte es sich fort. Immer wieder dieselbe Tonfolge. Genauso, wie sie während der vergangenen Wochen geklungen hatte.
Sie werden sich an meine Bemerkung erinnern, daß ich eines Nachmittags die Melodie Ton für Ton mitschrieb. Ich versprach, sie einmal aufzuzeigen, hier ist sie also:

Nur das – formlos und nichtssagend, aber für uns, die wir es hörten, von einer Bedeutung, die Übelkeit bebend in uns aufsteigen ließ.
Diesmal fand keinerlei Anziehung statt. Keiner von uns hatte den Drang, aus dem Haus zu eilen und der Teufelsgestalt zu folgen. Ich warf Mr. Nevinson einen raschen Blick zu, aber er reagierte wie alle anderen, stand einfach nur da und lauschte.
Die Kerzen am Fenster brannten ruhig.
Wir konnten keinen Gestank wahrnehmen. Keine Turbulenz in der Luft.
Lediglich diese merkwürdige, bebende Dichte.
Plötzlich brach das Flötenspiel ab.
Wir hörten das Gluckern des Flusses in der Nähe des Ufers.
Ich war es, der das Schweigen brach. Ich seufzte und sagte: »Nun, damit scheint mein Plan zunichte zu sein.«
»Wie meinst du das?« erkundigte sich Jessie.
»Was ich sagen wollte, als es begann«, erklärte ich, »war, daß wir uns die nächste Erscheinung zunutze machen und der Flöte dahin zu folgen versuchen sollten, wo Mijnheer Voormans Gebeine begraben liegen. Wenn wir dorthin hätten gelangen können, bevor die sieben Stunden vorüber sind, und seine Gebeine und seine Flöte in der von ihm geforderten Weise ausgegraben und neu be-

graben hätten, so wären wir vielleicht doch noch in der Lage gewesen, die Situation zu retten.«
»Und warum können wir das nicht immer noch versuchen?«
»Warum? Weil die Erscheinung bereits stattgefunden hat, nicht wahr? Es war vermutlich die letzte, und sieh auf die Uhr. Es ist nach zwei – und sechs Stunden ist der geringste Zeitabstand zwischen den Erscheinungen, wie uns die Erfahrung gezeigt hat. Es sei denn, sie hätte ihre Gewohnheiten zu unseren Gunsten geändert – was ich nicht annehme.«
»Es wäre ohnehin sinnlos gewesen«, warf Mrs. Nevinson ein. »Die Erscheinung hat keine Bedeutung mehr.«
»Was wollen Sie damit sagen, daß sie keine Bedeutung mehr hat?« erkundigte ich mich.
»Nun, wir haben es alle gehört, nicht wahr? Und keiner von uns verspürte den Drang, hinauszueilen und einem geisterhaften Dämon zu folgen. Nicht einmal Ralph schien davon berührt – und er war am schlimmsten betroffen, sofern Sie das nicht vergessen haben. Warum mußte Rayburn ihn nicht zurückhalten? Es heißt, daß die Flöte keine Macht mehr hat. Mijnheer Voorman kann uns nicht mehr retten. Die anderen Wesen haben uns in den Klauen – und das haben wir den Kerzen und dem Benzin und den anderen Experimenten zu verdanken, auf denen Ralph und Sie bestanden.« Sie preßte die Hand an die Schläfe, und ich merkte, daß sie in ziemlich schlimmer Verfassung war.
»Ich kann Ihnen nicht ganz zustimmen«, entgegnete ich vorsichtig und ohne eine Spur von Nachdruck in der Stimme. »Es hätte uns helfen können, die Stelle zu finden. Und ich bin sicher, daß wir eine Chance hätten, diese gräßlichen Dämonenwesen loszuwerden, wenn wir die Gebeine und die Flöte nach christlicher Sitte begraben würden, wie es in der Handschrift gefordert ist. Jedenfalls wäre es einen Versuch wert gewesen. Wie dem auch sei, diese Hoffnung hat sich zerschlagen. Die Flöte ist für immer verstummt. Uns bleiben nur noch sechs Stunden – sogar weniger.«
Jessie starrte mich an, und ich sah, daß ihre Augen sich mit Tränen zu füllen begannen.

Mr. Nevinsons Atem ging schwer.
Rayburns Fuß scharrte über den Boden, als er sein Gewicht ein wenig verlagerte.
Mrs. Nevinson schnalzte leise mit der Zunge.
Und dann fing es wieder an! Die Flöte . . . Auf der Veranda. Klar, bedeutungsvoll . . .
Diesmal handelte ich unverzüglich. Ich eilte zum Fenster, sprang hinaus und bewegte mich auf die Spülküche hinter der Hausecke zu.
Und die Töne bewegten sich ebenfalls! Sie schwebten mir voraus. Sie waren jetzt aus der Küche zu hören.
Ich stieg die Küchentreppe hinunter, und die Töne senkten sich. Sie waren jetzt am Fuß der Treppe. Als ich unten ankam, waren sie draußen auf der Lichtung. Ich bewegte mich auf die Sägemühle zu – aber die Töne blieben hinter mir zurück und strebten dem Fluß zu.
Ich hörte Jessies besorgte, aufgeregte Stimme von der Veranda.
»Milton! Wo bist du? Komm zurück! Geh nicht hinterher! Komm zurück!«
Ich gab ein zittriges Lachen von mir und blickte von meinem Standort zu ihr auf. »Nein, ich werde nicht hinterhergehen. Ich komme jetzt wieder hoch. Keine Angst! Aber ich habe genug davon. Wir werden unsere abscheulichen Freunde, diese stinkenden Moschusgeister, besiegen. Wartet es ab!«
Ich sprach wirr, ohne recht zu merken, daß die Flöte in der frostigen Luft zu verhallen drohte. Die Musik entfernte sich zum Fluß hin, schwebte stromaufwärts, und dann senkte sich die Stille wieder bedrückend und lauernd über die Szene.

XX

Als ich oben ankam, entwickelte sich sofort eine heftige Auseinandersetzung, und Mr. Nevinson mußte uns anschreien, bevor wieder Ruhe herrschte.

»Es hat keinen Sinn, sich so zu benehmen«, mahnte er, mit rotem Kopf und stirnrunzelnd. »Wir erreichen überhaupt nichts, wenn wir streiten. Nell! Komm hierher zurück!« Seine Frau hatte sich verärgert abgewandt und ging über die Veranda auf die Küchentür zu. »Hörst du, was ich sage? Komm hierher zurück!«

Finster und hochmütig machte sie kehrt. »Was ist los? Ich versuche, einen vernünftigen Vorschlag zu machen, und du schreist mich an«, beklagte sie sich. »Wenn du mir nicht zuhören willst, brauchst du es nur zu sagen, Ralph . . .«

»Das reicht. Setz dich und nimm dich zusammen – und versuch einmal, zuzuhören. Wir haben genügend Ratschläge von dir und allen anderen gehört. Uns bleibt keine Zeit mehr für irgendwelche Vorschläge. Wir werden jetzt nach dem Plan vorgehen, den Milton entworfen hat . . .«

»Ich weiß! Immer ist es Milton. Er muß der einzige unter uns sein, der ein Fünkchen Intelligenz besitzt . . .«

»Mutter, sei still! Sei still! Setz dich!« schrie Jessie erregt. »Wir haben keine Zeit zu verlieren. Hast du nicht gehört, was Papa gesagt hat? Setz dich hin und hör zu.«

Mrs. Nevinson setzte sich.

Rayburn, der in der Nähe der Hängematte stand, starrte entgeistert von einem zum anderen.

In den nächsten paar Minuten erklärte Mr. Nevinson, wie sein Entschluß aussah. Wir seien an einem Punkt angelangt, an dem es notwendig wurde, außergewöhnliche Risiken auf uns zu nehmen, und obwohl es ein tollkühner Plan zu sein scheine, würden wir in kurzer Zeit zu einer Expedition in den Dschungel aufbrechen, um den Versuch zu unternehmen, die sterblichen Überreste von Mijnheer Voorman zu finden.

Seine Frau setzte zum Sprechen an, aber er brachte sie mit einem scharfen Ausruf zum Schweigen und fuhr fort, uns die Einzelheiten des vorgeschlagenen Unternehmens zu unterbreiten. Abschließend sagte er: »Alles hängt natürlich davon ab, ob Miltons Vermutung bezüglich der Erscheinung zutreffend ist. Milton glaubt, daß die Flöte in den kommenden fünf oder sechs Stunden weiterhin in kurzen Abständen zu hören sein wird, und daß die berechtigte Hoffnung für uns besteht, die Stelle zu finden, an der die Gebeine und die Flöte begraben sind, wenn wir bereit sind, ihr zu folgen, wohin sie uns führt. Miltons Theorie – und ich bin geneigt, ihr beizupflichten – besagt, daß Mijnheer Voorman, nachdem wir durch unsere Experimente mit den Kerzen und dem Benzin einen Höhepunkt herbeigeführt haben, einen letzten verzweifelten Versuch unternimmt, uns seine Wünsche mitzuteilen, und uns anfleht, uns zu beeilen, wenn wir ihn und uns vor der endgültigen Umwandlung in etwas, das, wie wir *spüren*, drohend auf uns lauert, bewahren wollen. Es wird keineswegs einfach sein, eine Expedition, wie wir sie planen, auszuführen. Es wird vermutlich bedeuten, daß wir uns einen Weg durch den Busch hauen müssen, wenn wir, wie vermutet, aufgerufen werden, den Pfad zu verlassen, und es könnten uns Gefahren erwarten, von denen wir noch keine Ahnung haben – aber es gibt keinen anderen Weg. Wir handeln mit dem Mut der Verzweiflung – das dürft ihr nicht vergessen. Wir dürfen nichts unversucht lassen, was uns helfen könnte, die drohende Gefahr von uns abzuwenden. Aus diesem Grund müssen wir eilends diesen Schritt tun.«
Darauf forderte er uns auf, hineinzugehen und uns anzukleiden und, wenn wir fertig wären, auf die Veranda zurückzukehren.
Er war so überzeugend, daß selbst die störrische Miene seiner Frau verflogen war. Sie ging schweigend, das Gesicht starr und angespannt, mit Jessie ins Haus.
Als ich mit Mr. Nevinson und Rayburn das Eßzimmer betrat, spürte ich eine zunehmende Spannung in der Luft – und ein Pulsieren – und mit einem erschrockenen Ausruf nestelte ich in der Pyjamajacke nach den Streichhölzern, die ich eine Weile zuvor

hineingesteckt hatte. Ich zündete eins an und wies Rayburn an, auf die Veranda zurückzueilen und eine Kerze zu holen. »Wir haben uns aus dem Wirkungsfeld der brennenden Kerzen entfernt«, murmelte ich. »Wir dürfen nicht vergessen, daß es lebenswichtig für uns ist, eine ungeschützte Flamme in unserer Nähe zu haben.«

Ich strich ein zweites Streichholz an, als das erste zu verlöschen drohte, und gleich darauf kam Rayburn mit zwei Kerzen zurück, die ich anzündete.

Die Turbulenz hatte sich in dem Augenblick gelegt, als ich das erste Streichholz angezündet hatte, und nun, da die Kerzen aufflammten, beruhigte sich die Atmosphäre wieder, wenn auch die bedrückende Vorahnung, bedrohend und häßlich, anhielt, eine fortgesetzte Mahnung, daß jede Beschaulichkeit und Sorglosigkeit unsererseits ein ernster Fehler sein würde.

Zweimal wurde die Flöte im Verlauf der nächsten Stunde hörbar, doch wir setzten ruhig die Vorbereitung für unsere Expedition fort. Gemeinsam mit Rayburn mußte ich drei Gänge zum Lagerraum des Sägewerkes unternehmen. Wir nahmen Dietz-Lampen als Schutz gegen weitere atmosphärische Störungen mit. Gegen halb vier standen wir auf der nördlichen Veranda bereit und prüften und begutachteten die Provianttaschen, die Spaten und die Buschmesser, die auf einem Haufen auf dem Boden lagen, als die Flöte auf der Lichtung ertönte.

Außer Jessie, die nervös zusammenzuckte, erschrak niemand. Eine angespannte Ruhe ergriff von uns Besitz. Wir sprachen jetzt mit gedämpfter Stimme und nur von Zeit zu Zeit. Alle Auseinandersetzungen waren beigelegt.

»Ist euch aufgefallen, daß er jetzt unregelmäßig und seltener kommt?« bemerkte ich. »Das letzte Mal war er vor fünfzehn Minuten, der Abstand davor betrug sieben Minuten.«

Mr. Nevinson nickte. »Beim nächsten Mal müssen wir aufbrechen.«

Als die Töne verklangen, entfernte ich mich mit Rayburn, um mich um das Boot zu kümmern. Nach weniger als fünf Minuten

waren wir zurück, denn das Boot lag unverändert da, wie wir es nach einem unserer kurzen Ausflüge auf dem Fluß zwei Tage zuvor zurückgelassen hatten. Wir hätten die Werkzeuge und die Provianttaschen im voraus verstauen können, aber wir wollten kein Risiko eingehen. Denn wer wußte, ob es sich die Flöte nicht in den Kopf gesetzt hatte, uns in eine neue Richtung zu führen, und darauf mußten wir vorbereitet sein.
Als Rayburn und ich zu den anderen auf die Veranda zurückkehrten, forderte uns Mr. Nevinson auf, uns die Provianttaschen umzuhängen und uns, entsprechend den Anweisungen, die er uns an früherer Stelle gegeben hatte, zum Aufbruch bereitzuhalten.
Schweigend gehorchten wir, und wir drei Männer nahmen zusätzlich zu dem Buschmesser und der Lampe, die wir bereits trugen, jeder noch einen Spaten auf.
Auf ein Zeichen von Mr. Nevinson – das wir vorher verabredet hatten –, bewegten wir uns auf die Küchentreppe zu. Unsere Schritte hallten laut und feierlich, denn wir alle trugen massive, schwere Stiefel.
Es hätte eine feierliche Prozession von Gläubigen sein können.
Wir kamen überein, die Lichter im Haus brennen zu lassen.
Der Mond stand am Himmel, und die Seite des Hauses, auf der wir uns befanden, lag in tiefem Schatten. Wir blieben am oberen Absatz der Küchentreppe stehen, Mr. Nevinson und ich an der Spitze, hinter Mr. Nevinson Rayburn, hinter mir Jessie und hinter Jessie ihre Mutter.
Da standen wir und lauschten in die Nacht.
Alle gewohnten Geräusche waren vorhanden, aber sie drangen durch den Schleier der Ungewißheit, der zwischen uns und die normale Welt gezogen worden war, zu uns. Der Fluß blubberte – oder gurgelte – in regelmäßigen Abständen. Die Frösche quakten nach Lust und Laune – einer in der Nähe des Sägewerkes, einer im Unterholz, das an der Uferböschung wuchs, einer in etwas weiterer Ferne bei den stillen Wohnhäusern. Die Feuerfliegen beschrieben ihre Bögen und Zickzackmuster – jedoch matt, vom Mondlicht auf die Hälfte ihrer gewohnten Leuchtkraft vermindert.

Ich hörte Jessies Atem hinter mir. Einmal berührte sie meinen Ellbogen. Und der dicke Khakistoff meiner Shorts konnte das Ticken meiner Uhr nicht vollständig ersticken. Ein tapferes, tatkräftiges Ticken. Eine Spur von normaler Alltäglichkeit, die Hoffnung einflößte. Es ließ sich von keiner Phantasie beirren.
Ein Spaten – ich glaube, es war Mr. Nevinsons –, bewegte sich mit einem scheppernden Geräusch. Er mußte gegen die Türeinfassung gestoßen sein.
Ich hörte Mrs. Nevinson seufzen.
Mein Gastgeber murmelte: »Es geht los.«
Die Töne erhoben sich klar vom Fuß der Treppe.
Ein leiser, bebender Laut entrang sich Jessie, als wir begannen, die Treppe hinunterzusteigen. Die frostige Morgenluft füllte erfrischend meine Lungen. Einen Augenblick lang glaubte ich fast, keine Vorahnung mehr in der Luft zu spüren.
Unsere Lampen brannten hell und ruhig. Unsere Schritte hallten dumpf auf den Stufen.
Ich hatte mich nicht geirrt. Die Flötenmusik bewegte sich, wie ich es berechnet hatte, auf den Fluß zu.
Wir gingen um das Haus herum und spürten das nasse Gras unter unseren schweren Stiefeln, als würde die Feuchtigkeit durch das Leder bis zu unseren Fußsohlen durchdringen (diese Täuschung nahmen wir ausnahmslos wahr, und es ist uns noch immer ein vollkommenes Rätsel). Wir strebten einer Stelle am Flußufer zu, die nördlich von dem kleinen Pier lag, an dem vor nicht einmal zehn Stunden der allwöchentliche Dampfer angelegt und seine Waren abgeladen hatte. Dort war unser Boot festgemacht.
Der Klang der Flöte drehte jedoch Richtung Süden – flußaufwärts – ab. Er verstummte nicht, als wir in das Boot stiegen, und als wir uns vom Ufer abstießen, kam es auf unheimlich wissende Art wieder auf uns zu, als wollte es den ursprünglichen Abstand zwischen uns und sich selbst wieder herstellen. Ich erinnere mich, daß Jessie mich am Arm packte und murmelte: »Mein Gott, Milton! Erleben wir das alles wirklich?«
Es war das erste Mal, daß einer von uns sprach, seitdem Mr. Ne-

vinson uns angewiesen hatte, uns zum oberen Absatz der Küchentreppe zu begeben.

Der Himmel war im Osten noch indigoblau, als wir uns flußaufwärts am Ufer entlang in Bewegung setzten, doch ich wußte, daß in weniger als einer Stunde die Morgendämmerung aufziehen würde. Die Flöte setzte ihre Musik vor uns fort – spielerisch und klar und bedeutungsvoller denn je. Eine Geisterflöte, die uns zu den sterblichen Überresten eines holländischen Plantagenbesitzers führte, der in der Mitte des achtzehnten Jahrhunderts gelebt hatte!

Es gibt viele Aspekte unserer Situation, die einer gewissen Komik nicht entbehrten. Hätte ich jeden Satz, den jeder von uns aussprach, berichtet, wäre eine solche wortgetreue Wiedergabe möglich, ich bin sicher, das Ganze hätte wie eine Episode aus Gilbert und Sullivan, vollständig mit Musik, geklungen! Selbst wie es jetzt da steht, hängt vieles davon ab, mit welcher Einstellung unsere Notlage beurteilt wird. So vieles hängt von der Spannweite Ihrer individuellen Vorstellungskraft ab, die einzigartig phantastische Natur dieser Ereignisse zu erfassen.

Wie dem auch sei, so war es nun einmal. Langsam, uns dicht am Ufer haltend, trieben wir flußaufwärts, Rayburn, ich und Mr. Nevinson an den Rudern, während etwa zwanzig Meter vor uns die Geistermusik eintönig in die kalte, unbewegte Luft aufstieg und um uns herum dieses gespenstische Drängen im Äther selbst uns warnend verkündete, daß uns der Aufenthalt im Freien keineswegs dem Zugriff der Mächte entzog, deren Einfluß auf uns gerichtet war.

Rayburn saß am Bug, die beiden Frauen mittschiffs, Mr. Nevinson und ich im Heck. Die Flut war im Steigen begriffen und beschleunigte daher unser Vorwärtskommen.

Von Zeit zu Zeit holte ich mein Ruder ein und leuchtete mit dem Strahl meiner Taschenlampe in das dichte, üppige Laubwerk der Bäume, die über das Wasser hinausragten. Dann nahmen die Blätter plötzlich in allen Einzelheiten klare Umrisse an, und der Schatten hinter ihnen drang in das undurchdringliche geheimnisvolle

Dunkel ein, das in den feuchten Tiefen brodelte. Ich erhaschte einen Blick auf glänzende Palmbeeren, die langsam auf dem Wasser trieben – und hier und da auf malvenfarbige Wildblüten. Einmal wirbelte der goldene Staub von Morablüten an unseren Rudern vorüber.
Und wie ein lebendiges, denkendes Wesen sandte die unsichtbare Flöte ihre klaren Töne durch die feuchtkalte Blätterluft. Zwanzig bis dreißig Meter vor uns, unglaublich und gespenstisch – für uns ein Symbol von Leben und Tod. Wenn sie verstummte, so wußten wir, daß wir verloren waren; solange sie ihre Melodie fortsetzte, wußten wir, daß es Hoffnung gab.
Die Sterne blinkten uns von der glatten, schwarzen Wasseroberfläche entgegen, und der Himmel schien erschreckender in seiner Ungeheuerlichkeit als geschwungene Schale unter uns, denn als gewaltige Kuppel über uns. Immer wieder hatte ich das Gefühl, daß wir unwiderruflich in eine schimmernd getupfte Leere eintauchten, anstatt auf gleicher Ebene mit dem Fluß voranzukommen, und dann überkam mich leise Übelkeit.
Wir mußten zwei Flußbiegungen hinter uns gebracht haben, als wir die erste Vorstellung von den Widerständen bekamen, die uns erwarteten.
Rayburn rief: »*Tacooba*, Sir! Ausweichen! Ruder raus!«
Ein *Tacooba* ist im Sprachgebrauch des Dschungels von Guayana jedes Hindernis – in der Regel ein umgestürzter Baum –, das in einem Fluß- oder Bachlauf auftaucht. Ich hatte den Eindruck, daß Rayburns Stimme ein wenig verwundert klang, als er die Warnung ausstieß, und fragte darum zurück: »Aber ich kann mich nicht erinnern, irgendwo in dieser Gegend einen *Tacooba* gesehen zu haben, Rayburn.«
»Ich auch nicht, Sir. Aber etwas vor uns. Ich kann es sehen.«
Noch bevor er seinen Satz beendet hatte, hatte ich mein Ruder eingeholt und den Strahl meiner Taschenlampe auf das Wasser gerichtet.
Während wir angestrengt nach vorn spähten, änderte das Boot seinen Kurs.

Die Flöte klang jetzt aus irgendeinem Grund lebhafter. Die Töne kamen in schnellerer Folge, als wären sie angsterfüllt – wollten uns vor einer verborgenen Gefahr warnen.
Ein dunkler, unregelmäßiger Gegenstand lag ungefähr zwölf Meter – schätzungsweise zehn Strich Backbord – voraus. Im Mondlicht sah er aus wie ein alter Baumstamm, der, eingebettet im Flußlauf, seinen zackigen, moosbedeckten Stumpf aus dem Wasser emporreckte – mit anderen Worten, die übliche Erscheinungsform eines *Tacooba*. Wir musterten den Gegenstand in gespanntem, mißtrauischem Schweigen.
Die Flötenmusik hielt sich nach wie vor in der Nähe des Ufers, unbeirrt von der Tatsache, daß wir ein wenig mehr zur Mitte des Flusses hin steuerten. Sie behielt die aufgeregte Lebhaftigkeit bei.
Ohne Vorwarnung bewegte sich der *Tacooba*, bäumte sich auf und begann sich als träger Nebel über dem Wasser auszubreiten.
Jessie schrie laut auf.
Rayburn ergriff eine der vier Dietz-Lampen – deren Flammen wir ständig brennen ließen – und schwenkte sie über dem Bug hin und her.
Die Luft erbebte, und der häßliche Nebel verschwand im Nu, schien sich im weißen Strahl meiner Taschenlampe aufzulösen.
Die Flötenweise wurde wieder spielerisch und leicht.
»Nehmt wieder den ursprünglichen Kurs auf«, mahnte ich. »Wir müssen uns auf der Spur der Flöte halten.«
»Glauben Sie nicht, daß wir eher Gefahr laufen, auf das Ding zu stoßen, wenn wir unseren ursprünglichen Kurs wieder aufnehmen?« fragte Mr. Nevinson mit unterdrückter Stimme.
Ich schüttelte den Kopf. »Nein, das glaube ich nicht, Sir. Und mehr noch, ich denke, daß wir uns der Wegbresche nähern. Das erklärt vermutlich das plötzliche Auftauchen des falschen *Tacoobas*. Sie wissen, daß wir kurz davor stehen, den Weg zu entdecken, und sie versuchen, es mit allen erdenklichen Mitteln zu verhindern. Wir müssen uns dicht am Ufer halten, damit wir bereit sind, wenn die Flöte in den Pfad abbiegt. Wir dürfen nicht riskieren, ihn zu verpassen.«

Mrs. Nevinson nahm eine Lampe und erklärte, sie wolle sie zum Schutz gegen ein Wiederauftauchen des dämonischen Nebels über die Bootsseite halten, und ich sagte ihr, daß ich das für eine sehr gute Idee hielte. Ich hätte Jessie gebeten, ihrem Beispiel zu folgen, aber sie war in einer zu nervösen Verfassung. Sie hatte sich gerade über dem Dollbord übergeben und preßte jetzt die Hände an die Schläfen.

Wir steuerten wieder unseren alten Kurs an.

Der Dschungel blähte sich uns eintönig, im Mondlicht matt schimmernd, entgegen – aber auch nachdem wir um die nächste Kurve gebogen waren, konnten wir noch keine Spur von einer Lichtung entdecken, die auf einen Pfad hingewiesen hätte.

Dann stieß Mrs. Nevinson einen Ruf aus und deutete nach vorn.

»Was ist los?« erkundigte sich ihr Mann.

»Diese Gruppe von Palmen! Ich glaube, ich erinnere mich daran. Ich bin sicher, daß ich sie in meinen Träumen gesehen habe. Sie standen immer in der Nähe des Pfades ...«

»Schnell, Herr! Schnell!« rief Rayburn. »Wir kommen zum Weg! Die Flötenmusik hier verschwinden in Busch!«

In dieser aufgeregten und höchst dramatischen Weise erreichten wir die Wegbresche. Der Dschungel teilte sich unvermittelt, und vor diesem schwarzen Loch, das Funken vom Mondlicht wie versteinerte Feuerfliegen sprenkelten, war unser Boot im Begriff vorüberzutreiben. Nur Rayburns geschickter und erfahrener Umgang mit dem Boot brachte den Bug in die richtige Stellung. In meiner Erregung griff ich nach einer Baumwurzel, um das Boot in die Nische zu ziehen, erreichte damit aber nur, daß der Bug wieder in die andere Richtung schwenkte. Rayburn forderte mich mit einem scharfen Zuruf auf loszulassen, und tauchte sein Ruder in das flache Ufergewässer. Das rettete die Situation, und im nächsten Augenblick bohrte sich der Bug sachte in das Ufer.

Hätten wir die Einzelheiten der Landung nicht vorher sorgfältig geplant, so wäre wahrscheinlich ein hoffnungsloses Durcheinander entstanden. Rayburn übernahm das Vertäuen des Bootes,

während Mr. Nevinson und ich an Land sprangen. Mrs. Nevinson reichte uns die Spaten und Buschmesser herüber. Jessie, deren Aufgabe die Laternen waren, ließ uns im Stich, und ihre Mutter mußte sie rasch nehmen und uns an Land geben.
Inzwischen bewegte sich die Flötenmusik den Pfad voran, ungeachtet der Tatsache, daß wir durch das Anlandgehen aufgehalten wurden. Rayburn erklärte, daß wir uns auf einem recht häufig begangenen Pfad befanden. Inder und *Labba*-Jäger benutzten ihn, wie er sagte. Wie ein Verrückter fuhr ich ihn an: »Spar dir deine Erklärungen für später! Hol die Spaten und Buschmesser herauf. Schau! Paß auf meine Taschenlampe auf! Mein Gott! Die Flöte verschwindet. Wir dürfen nicht zulassen, daß sie sich zu weit entfernt. Schnell! Beeilt euch!«
Ich griff bebend nach zwei Spaten, obwohl ich doch nur einen hätte nehmen sollen. Mr. Nevinson, der fast ebenso erregt war wie ich, bedachte mich mit einem Fluch, und wir fingen an, um den Besitz einer Lampe handgreiflich zu werden.
Schließlich gelang es uns, Ordnung in die Sache zu bringen. Mr. Nevinsons genaue Anweisungen auf der Veranda beherzigend, nahmen wir unsere Aufstellung wie geplant. Rayburn und ich an der Spitze, hinter uns die beiden Frauen und Mr. Nevinson als Nachhut, schickten wir uns an, in das Dunkel, das vor uns lag, einzudringen. Der Boden war weich und schwammig von der jahrzehnte-, vielleicht jahrhundertelangen Ansammlung von heruntergefallenen Blättern und vermoderten Zweigen, und die Luft um uns herum roch nach dumpfer Feuchtigkeit und Moos. Winzige Fleckchen Mondlicht drangen hier und da nach unten, gespenstische Münzen und zerfaserte Blütenblätter. Zu beiden Seiten ahnten wir die aufragenden Stämme von *Paraipee*- und *Awara*-Palmen mit ihrer Vielzahl gefährlicher langer, scharfer Stacheln eher, als daß wir sie sahen. Der Schein unserer Lampen vermehrte nur den Eindruck mysteriöser Dunkelheit um uns herum.
Die Flötenmusik, die sich so weit entfernt hatte, daß sie kaum noch hörbar war, bewegte sich auf dieselbe unheimliche Weise wieder auf uns zu wie in Goed de Vries, als wir ins Boot gestiegen waren.

In wenigen Sekunden hatte sie sich auf eine Entfernung von, wie es uns schien, zwei oder drei Metern genähert, und diesen Abstand hielt sie von nun an ein.
Jessie stöhnte nervös auf, und ich streckte die Hand aus und nahm ihren Arm. Ich fürchtete, sie könnte jeden Moment in unserer Mitte zusammenbrechen, aber irgendwie hielt sie sich aufrecht.
Ihre Mutter dagegen war ebenso gewandt, entschlossen und energisch wie wir Männer. Meine Bewunderung für sie steigerte sich gewaltig. Ihre Gereiztheit war verschwunden, und ihre Augen leuchteten kampflustig, wild und eindeutig wahnsinnig, jedoch überaus weiblich und anziehend.
Mehr als einmal hörte ich, wie sie vor sich hin brummte und das Wiedererkennen der Umgebung zum Ausdruck brachte, und auch Jessie murmelte ein paarmal: »Den Baum kenne ich. Es ist derselbe wie in meinen Träumen.« Oder etwas in diesem Sinne.
Wir mußten wohl eine Viertelmeile gegangen sein, als ich bemerkte, daß die Dunkelheit einer merkwürdigen Umbrafärbung wich. Ich wollte bereits eine Bemerkung darüber machen, in der Annahme, daß es sich um eine neue Entwicklung der Bedrohung, die über uns hing, handelte, als mir aufging, daß an dieser Erscheinung nichts Geheimnisvolles war. Die Dämmerung war angebrochen. In wenigen Minuten würde das Tageslicht über die Baumwipfel heraufsteigen, und hier unten würde Zwielicht herrschen.
Der bloße Gedanke an den Tag, auch wenn wir nicht in den vollen Genuß der Sonnenstrahlen kommen würden, weil der Dschungel zu dicht war, reichte aus, mich unter einem Funken Hoffnung erschauern zu lassen.
»Es wird heller!« verkündete ich mit einem Anflug übermütiger Begeisterung. »Die Morgendämmerung ist da!« Und ich war eben im Begriff zu erklären, daß damit die Hälfte unserer Sorgen aus der Welt geschafft wären, als unser Wegweiser, die Flöte, in derselben erschrockenen Art zu trillern begann wie kurze Zeit zuvor, als uns der falsche *Tacooba* bedroht hatte.
Vor uns hörten wir ein lautes Rascheln, als würden Zweige aufge-

rüttelt, und Rayburn blieb stehen und sagte mit warnender Stimme: »Das klingen wie Buschmeister, Sir. Halt.«
Wir hielten an und lauschten. Jessie drückte sich an meinen Rükken, und ich spürte, daß sie zitterte.
Das Rascheln hörte nicht auf, und es schien ohne Zweifel von irgendeiner Schlangenart herzurühren. Es mochte die harmlose *Camoodie* sein – eine Boa-Art –, aber ebensogut konnte es sich um einen Buschmeister, die gefürchtetste aller Kreaturen im Dschungel von Guayana, handeln. Ihr giftiger Biß führt in zehn bis fünfzehn Minuten zum Tode.
Wir hatten keine Möglichkeit gehabt, ein Gewehr mitzunehmen, aber unsere Buschmesser waren scharf, und wir hatten die schweren Stiefel absichtlich zum Schutz gegen Schlangen angezogen.
Die Flöte, deren Ton noch immer warnend war, entfernte sich allmählich wieder von uns, und ich hatte, mir den Zwischenfall am Fluß in Erinnerung rufend, eine Idee. Ich sagte: »Ich glaube nicht, daß es ein Buschmeister ist. Es ist wieder eine List, um uns aufzuhalten – wie der *Tacooba*. Laßt uns weitergehen. Wir sollten uns nicht zum Narren halten lassen.«
Von seiner Nachhutstellung ließ sich Mr. Nevinson vernehmen: »Ziehen Sie keine voreiligen Schlüsse, Milton. Vorsicht.«
Ohne ihn zu beachten eilte ich, die Laterne über dem Kopf schwenkend, voran.
Die Luft, die jetzt noch bedrückender war, schien zu summen und zu flirren. Ein scharfes, heftiges Peitschengeräusch ertönte in der Nähe einer Ansammlung wilder Ananaspflanzen auf der rechten Seite des Weges. Flüchtig konnte ich die baumwollartigen Netzgewebe von Buschspinnen erkennen, die man immer zwischen den messerscharfen Blättern der wilden Ananas findet.
Alle Geräusche verstummten plötzlich.
Ich kannte die alte Dschungelweisheit, daß es still und unbewegt in der Umgebung wird, wenn ein Buschmeister im Begriff ist anzugreifen, und blieb stehen. Wie erstarrt stand ich da und ließ den Strahl meiner Taschenlampe über den Weg gleiten, ohne zu wis-

sen, ob das Grauen, das mich erwartete, physischer oder psychischer Art war.
Ich brauchte nicht lange zu warten. Zwischen den wilden Ananas wand sich ein dünner, grau-brauner Nebel. Die Luft bebte.
Rayburn war zu mir getreten, und ich hörte die Schritte der anderen hinter uns stampfen. Die Flöte kehrte wieder zu uns zurück, hatte aber immer noch den schrillen Schreckenston.
Die Dunkelheit hatte sich merklich gelichtet. Die Münzen und Blütenblätter, die das Mondlicht auf den Boden zeichnete, verblaßten.
Das nebelhafte Grauen lauerte vor uns, obwohl Rayburn und ich unaufhörlich unsere Lampen schwenkten. Dann nahm es vor unseren Augen Gestalt an, und Mrs. Nevinson schrie auf: »Mein Gott! Seht doch! Seht euch das an! Genauso habe ich es im Traum gesehen!«
Das gedrungene Zerrbild eines Kopfes formte sich. Zwei lapislazuliblaue Augen starrten uns mit unverhohlener Boshaftigkeit an. Hinter mir stöhnte Jessie auf.
Ich sagte leise etwas zu Rayburn, worauf er mir einen kurzen Blick zuwarf, etwas brummelte und dann in seiner Provianttasche zu kramen begann. Dann zischte er: »Fertig, Sir!« und schleuderte einen Gegenstand, der im Schein meiner Taschenlampe wie ein gezacktes graues Spinnentier aussah, vor uns auf den Boden. Jessie stockte der Atem, und sie erkundigte sich, was das sei, da ich aber wußte, daß es nur ein benzingetränktes Stück Werg war, antwortete ich nicht, sondern ging mit zwei langen Schritten darauf zu, entzündete ein Streichholz und hielt es an das Werg.
Es flammte auf – und die Erde selbst schien uns in einer Wolke von Dunst und Gestank anzufallen, so daß wir taumelnd zurückwichen. Um uns herum brach eine schnatternde Kakophonie von Stimmen aus – sinnloses knatterndes Wimmern, körperloses Fauchen und Knurren. Auch ein knisterndes, prasselndes Geräusch war zu vernehmen. Ein langgezogener Flötenton durchschnitt verzweifelt wie ein scharlachroter Speer das Getöse.
Dann war alles still. Der Raum schien sich zu neigen und wieder

aufzurichten. Unsere Lampen waren – ebenso wie das Werg – erloschen. Das Zwielicht hatte eine blaumetallische Färbung – eine Verschmelzung aus Umbra und Ultramarin. Und die Flöte war verstummt.

Ich hörte Jessie stöhnen.

Rayburn murmelte: »O Gott, Sir! Oh, heiliger Jesus!«

XXI

Im Leben der meisten von uns haben sich ein paar schreckliche Augenblicke drohend aufgerichtet – Augenblicke, die einen so gewaltigen Eindruck hinterlassen haben, daß wir, wenn wir später darüber nachdenken, geneigt sind zu glauben, daß sie vielleicht der Absicht eines abwegigen Hirns entstammen. Einen solchen Augenblick erlebten wir jetzt.

Die Flöte hatte aufgehört zu spielen – die lebenswichtige Geisterflöte. Wir hatten diese überstürzte Expedition in den Dschungel unter Umständen angetreten, die selbst im zivilisierten Rahmen eines wohlausgestatteten modernen Hauses entsetzlich bedrohlich erschienen waren – und nun war unser einziges Symbol der Hoffnung, so abenteuerlich es auch gewesen sein mochte, verschwunden. Hätte unsere Lage je schlimmer sein können? Es war ein Augenblick des Wahnsinns.

Glücklicherweise war einer unter uns, der das lähmende Entsetzen abschütteln konnte. Rayburn war, trotz seiner gestammelten Schreckensrufe, der erste, der die Fassung wiederfand. Ich hörte ein Streichholz zischen und sah eine Lampe aufleuchten. Als die Flamme sich beruhigt hatte, begann die Luft zu beben – sichtbar und hörbar – und aus dem dichten Dschungel tönte ein Knistern: ein Geräusch, als würden in der Ferne Papierbögen zerknüllt. (Es ist eine interessante Feststellung, daß später, als wir uns über die Angelegenheit unterhielten, unsere Meinung über den Ursprung dieses Geräusches auseinanderging. Rayburn zog den Vergleich von Blättern, die umhergeweht werden, ›als würde der Wind ziellos durch den Busch streichen‹; für Jessie hatte es wie das Zischen von mehreren Kesseln mit kochendem Wasser geklungen; Mrs. Nevinson hatte es als das Knistern von Zweigen und trockenen Schalen von Palmsamen gehört; Mr. Nevinson als ›pergamentartiges Geräusch‹.)

Es verklang bald wieder, und in der Zwischenzeit hatte ich zwei weitere Lampen angezündet.

Die Atmosphäre war jetzt entsetzlich drückend. Angstfasern flirrten in der Luft – ich finde keine anderen Worte, es zu beschreiben. Wir hatten das Bedürfnis, uns ständig nervös und erwartungsvoll umzublicken. Doch das Atmen fiel uns nicht schwer. Die *Luft* selbst schien in keiner Weise in ihrer Druckbeschaffenheit beeinflußt. Die Bedrückung, die ahnungsvolle Faserigkeit beherrschte sozusagen den Äther. Es war etwas, das *jenseits* lag. Eine fremdartige Dichte, deren Schwingungen einer Dimension angehörten, für die es keine Benennung gibt.
Ich erinnere mich, wie mein Blick über die in Zwielicht getauchte Dschungelszene wanderte und ich von einem Gefühl der Bedeutungslosigkeit erschüttert wurde, als ob mein tapferes menschliches Ego unter dem Blick eines Überwesens zusammengeschrumpft wäre. Meine Persönlichkeit schien zu zerfallen und geringer zu werden als die der Farne, die am Fuße einer *Paraipee*-Palme wuchsen.
So ähnlich war uns allen zumute. Die Dimensionen der Erde verschoben sich. Die Gefahr war über uns.
Aber von ferne hörten wir leise plätschernde Musik.
Ja, es war die Flöte. Sie kehrte zurück. Der Raum rückte sich wieder zurecht, und unser Inneres nahm eine Neueinstellung vor. Ich schüttelte die Untätigkeit von mir ab, wandte mich Rayburn zu und stieß aufgeregt hervor: »Schnell! Noch ein Stück Werg! Ich glaube, das ist unsere letzte Chance. Unsere allerletzte!«
Was folgte, ist irgendwie verschleiert, aber ich werde mein Bestes tun, es so genau wie möglich wiederzugeben.
Rayburn zog aus der Kakaobüchse in seiner Proviánttasche ein zweites Stück benzingetränktes Werg. Er warf es nicht zu Boden, sondern reichte es mir. Ich stieß die Spitze meines Buschmessers hinein und spießte es fest auf, dann zündete ich ein Streichholz an und hielt es an den Lappen.
Mr. Nevinson schrie mir etwas zu, als hätte er eben erst gemerkt, was ich im Schilde führte. Ich erinnere mich undeutlich daran, daß er sagte: »Sie kleiner Narr. Sie werden eine weitere Krise herbeiführen!« Dann flammte der Lappen an der Spitze meines

Buschmessers auf, und ein tosendes Lärmgewirr brauste um uns herum auf. Das Zwielicht schien sich zu einer dichten Lichtkugel zusammenzuziehen und uns in einen eigenen Dämmerkreis zu tauchen, so daß wir nichts außer uns selbst sehen konnten. Der Dschungel verschwand, aber innerhalb der Zwielichtkugel, von der wir umschlossen waren, wirkte alles unnatürlich deutlich. Ich erinnere mich, daß ich mich umsah und die Gesichter der anderen wie grau-braune Masken wahrnahm, die die Farbe der abscheulichen Dämmerung angenommen hatten. Ich griff mit tastenden Händen um mich und spürte nichts als glitschige Leere – eine Art greifbaren atmosphärischen Schleim, der, obwohl er sich wie ein faßbares Etwas anfühlte, körperlos war.

Und die ganze Zeit über war die Luft von tiefem, heulendem Geschrei erfüllt.

Wir setzten uns unwillkürlich in Bewegung – torkelten wie Betrunkene den Weg entlang, wie es uns schien, obwohl wir später feststellten, daß wir tiefer in den Dschungel selbst eindrangen und uns ein ganzes Stück vom Weg entfernten.

Wie lange unser Marsch dauerte, konnten wir nicht schätzen. Die Zeit schien ein Mythos, ein bedeutungsloses Symbol. Wir stolperten, getrieben von einem unbegreiflichen Zwang, weiter. Wir gehorchten darin nicht unserem eigenen Willen. Wir öffneten und schlossen die Lippen in dem Versuch, uns gegenseitig etwas zuzurufen, aber es kam kein Laut. Nebelhafte Zweige und Blätter streiften uns grau und körperlos; pelzig weiche Dinge prallten gegen unsere voranhastenden Leiber, ohne Verletzungen oder Schmerzen zu verursachen.

Dann blieben wir, ebenso plötzlich, wie wir losgelaufen waren, wieder stehen.

Die Zwielichtkugel wehte von uns – löste sich in einem lautlosen Wirbel auf, als würden gewaltige Flügel ins Leere schlagen. Wir fanden unsere Stimme wieder. Mrs. Nevinson schrie aufgeregt: »Es war hier! Es war hier! Genau hierher haben sie mich in meinem Traum geführt. Hier liegen die Gebeine und die Flöte begraben.«

Wir standen in einer Vertiefung, einer Art Senke im Dschungel. Auf allen Seiten ragten die knorrigen, stacheligen Stämme von Palmen und wilden Kakaobäumen, umwoben von Lianen und Spinnweben, in die Höhe. Das Tageslicht drang sehr schwach durch die dicht überwucherte Kuppel herunter, und düsteres Zwielicht umfing uns. Der Boden war nicht so vollständig mit Zweigen und vermodertem Laub bedeckt wie auf dem Pfad. Hier und da zeigte sich stellenweise so etwas wie Sand – der rötliche Sand, der typisch ist für das höhergelegene Gebiet der Flußniederung.

Abgesehen von Mrs. Nevinsons angsterfülltem Ausruf war von keinem von uns ein Laut zu hören. Wir standen da und starrten, während unsere Augen sich allmählich an das Halbdunkel gewöhnten, um uns.

Es herrschte tiefe Stille, und irgendwie, wir alle merkten es, lag keine Vorahnung mehr in der Luft. Keine Bedrückung. Keine Bedrohung in der Atmosphäre. Kein Verhängnis hing über uns.

Ein leises Knistern ließ uns zusammenfahren. Aber es war nichts Übernatürliches. Eine Echse war über die Lichtung gehuscht.

Es roch feucht und nach moderndem Laub, aber nicht unnatürlich. Alles war genauso, wie wir es in diesem Teil des Dschungels hätten erwarten können. Ich warf einen Blick auf meine Uhr. Es war zwölf Minuten nach sechs.

Unsere Provianttaschen waren über unsere Schultern geschlungen und hingen auf dem Rücken. Rayburn und ich hielten immer noch jeder ein Buschmesser und einen Spaten in den Händen. Rayburn und ich hatten unsere Lampen verloren, aber Mrs. Nevinson und ihr Mann hatten jeder noch eine. Aber – das Verwunderlichste von allem – unsere Kleider wiesen keine Spur von Strapazen auf. Wenn wir gewaltsam durch den Dschungel gezerrt worden waren, warum waren unsere Kleider dann nicht zerrissen? Nichts hätte mein Gefühl für das Aufsehenerregende und Dramatische mehr befriedigt, als wenn ich hätte berichten können, daß uns die Kleider in Fetzen vom Leibe hingen. Aber dem war nicht so – das ist die einfache Tatsache.

Hinter uns konnten wir jedoch deutlich die Stelle erkennen, an der wir auf die Lichtung herausgetreten waren. Die Schlingpflanzen und Farne legten ein überaus beredtes Zeugnis davon ab. Die Ranken waren mit beträchtlichem Kraftaufwand zerfetzt und zur Seite gerissen worden, und die Farne waren zertrampelt und zerdrückt, einige sogar aus dem sandigen Boden gerissen. Die Äste von jungen Morabäumen und wilden Kakaobäumen lagen abgehackt auf der Erde verstreut, als wären sie vor kurzem von einem Hurrikan verwüstet worden.

Die Angst war jetzt von uns gewichen. Ein merkwürdig kühler Friede strich durch die feuchte Luft, und die Stille war nicht drohend, sondern voller Ruhe. Das Gesumm winziger Insekten war wie ein Flüstern im Blattwerk über uns – ein leises, einsames, wohlwollendes Geräusch.

Es war Mrs. Nevinson, die mit gesenkter Stimme – wir konnten es einfach nicht über uns bringen, mit normaler Stimme zu reden – unsere Aufmerksamkeit auf etwas Wichtiges lenkte. Sie sagte: »Ist euch aufgefallen, daß der Boden unter unseren Füßen ein klein wenig eingesunken ist? Ich glaube, wir stehen genau auf der Stelle, an der sich das Wasserbecken, von dem in dem Dokument die Rede ist, einmal befunden hat.«

Und sie hatte recht, denn wir entdeckten nur wenige Meter entfernt, am Rande der Vertiefung, einen dunklen, moosbedeckten Klumpen – und als wir mit dem Spaten daraufschlugen, gab es ein scharfes, klirrendes Geräusch, das darauf hindeutete, daß sich unter der Moosschicht Stein verbarg – ›ein großer runder Granitstein (der oftmals als Werkzeug der Bestrafung für diejenigen Sklaven benutzt wurde, die gestohlen oder ein schweres Verbrechen begangen hatten)‹.

Und als wir ein ›Stück in die Tiefe‹ gruben, geschah es, wie im Dokument vorausgesagt. Das Gefäß war da – grün und überzogen mit einer Schmutzschicht aus zwei Jahrhunderten, aber solide holländische Tonware. Der Pfropfen saß zu fest in der Öffnung, als daß man ihn hätte herausziehen können, wir mußten den Krug zerbrechen.

Die Flöte war da – eine einfache Metallflöte, etwa fünfundzwanzig Zentimeter lang – wir kamen nicht auf den Gedanken, sie zu messen –, und das Metall wies kaum Rost auf. Es schimmerte graubläulich. Es waren auch Papiere da – eine Rolle von Papieren, die mit einem rosafarbenen Stoffetzen oder Band zusammengehalten war.

Genau nördlich von dieser Stelle stießen wir nach ein paar vorsichtigen ersten Versuchen auf Ziegelstein, kaum zwei Meter von dem Granitblock entfernt. Und hier fanden wir Bruchstücke von Knochen und eine verrostete Muskete, die in Einzelteilen zum Vorschein kam. Der Griff hatte einen Perlmuttbeschlag, auf dem noch deutlich die eingravierten Buchstaben J.P.V. zu erkennen waren.

Wir kamen gut vorbereitet. Das abgenutzte anglikanische Gebetbuch, aus dem Mr. Nevinson die Begräbnismesse las, gehörte Rayburn.

Wir begruben alles, mit Ausnahme der Schriftenrolle, an der Stelle, an der der Granitstein gelegen hatte, und rückten ihn dann an seinen Platz zurück.

Wir waren sehr müde. Wir setzten uns nieder und aßen und tranken heißen Kakao aus den Thermosflaschen in unseren Proviant-taschen. Keiner von uns hatte das Bedürfnis, zu sprechen.

Wir wußten, daß wir noch nie einen solchen Frieden empfunden hatten wie auf dieser Lichtung im Zwielicht.

Es bereitete uns keine Schwierigkeiten, den Weg zurück zu dem Pfad zu finden. Die Bresche, die wir auf unserem unglaublichen und gespenstischen Marsch zu der Lichtung in den Dschungel geschlagen hatten, war nicht zu verfehlen in ihrer Deutlichkeit. Farn und Unterholz waren niedergetrampelt (wir stießen auf tote Echsen und zerquetschte haarige Buschspinnen, die aussahen, als wären sie von unseren schweren Stiefeln zermalmt worden), Schlingpflanzen und Dornenranken waren zur Seite gerissen, das Dickicht junger Kakaobäume mit scharfer Klinge zerhackt, wilde Ananaspflanzen bis auf die Wurzeln niedergeschlagen, und ein Büschel Orchideen, das wir mit nach Hause nahmen, fanden wir, offensichtlich von einem jungen Morabaum, an dem die Mutterpflanze noch festhing, abgetrennt. Wir erreichten Goed de Vries um Viertel nach neun. Timmykins, der in einer der Hütten flußabwärts schlief, erzählte, daß er um sechs Uhr zum Haus gekommen war und uns, da er uns dort nirgends hatte finden können, für tot gehalten hatte. Er saß auf der Küchentreppe.

Schluß

Sie können den Rest lesen oder nicht, ganz wie es Ihnen beliebt, da er mehr oder weniger von akademischem Interesse ist. Jessie würde es, so meine ich, ›des Rätsels Lösung‹ nennen, aber ich fürchte, Jessie weiß die Bedeutung der Worte nicht sonderlich zu schätzen (nachdem ich nun seit mehr als siebzehn Jahren mit Jessie verheiratet bin, darf ich mir diese Freiheit *auf dem Papier* herausnehmen), und so halte ich es für geraten, anzumerken, daß ich nicht die geringste Absicht habe, eine Lösung zu unterbreiten. Meiner Ansicht nach hatte das, was wir in Goed de Vries erlebten, übernatürliche Ursachen. Es gibt keine Erklärung, die die herkömmlichen Regeln der Vernunft befriedigen würde – und wenn ich wegen dieser Behauptung als irrational oder unwissenschaftlich bezeichnet werde, kann ich es nicht ändern.

Ich habe Ihnen bereits die Partitur der Tonfolge, die wir zu hören pflegten, aufgeschrieben, und nun zitiere ich die Ausschnitte aus der Handschrift, die wir in dem Krug entdeckten, und überlasse es Ihnen, Ihre eigenen Schlüsse zu ziehen. Eine bessere Lösung fällt mir nicht ein.

Es vergingen natürlich einige Wochen, bevor wir in der Lage waren, alles zu übersetzen, was auf den Papieren des Holländers geschrieben stand, und vieles von dem, worüber wir uns die Köpfe zerbrachen, um es verstehen zu können, erwies sich als bruchstückhaft und undurchschaubar, selbst für drei holländische Gelehrte aus Surinam, denen Mr. Nevinson ein paar Jahre später bei einer Gelegenheit die Schriftstücke zeigen konnte. Andererseits war einiges von dem, was wir so zusammenreimen konnten, daß es einen verständlichen Sinn ergab, von tiefem Interesse, und aus diesen Passagen werde ich einige Auszüge zitieren.

Ich werde mir alle Mühe geben, diese Ausschnitte in der chronologischen Reihenfolge wiederzugeben, denn obwohl sie strenggenommen kein Tagebuch bilden, sind die Aufzeichnungen von Mijnheer Voorman häufig mit einem Datum versehen, so daß der

Eindruck entsteht, daß er versuchte, einen Bericht der Ereignisse zu fertigen, die sich auf seine persönlichen Interessen bezogen. Ich habe kurze erklärende Anmerkungen eingefügt, wenn der Text Themen von allgemeinem geschichtlichem Interesse berührt oder wenn ein bestimmter Punkt eine Erläuterung erfordert.

P. 27. Juni 1762 (Buchstabe vor Datum unverständlich. Pieter?)
Jannetjes Onkel hat geschrieben und ihr geraten, mit den Kindern nach Middelburg zurückzukehren. Es überrascht mich nicht. Sie hat sich bei ihm beklagt, daß sie auf der Plantage nicht glücklich sei. Diese Kolonie schlägt ihr aufs Gemüt, und überdies ärgert sie mein Flötenspiel. Sie weiß meine Forschungen nicht zu schätzen. Was bedeutet es ihr, ob ich meine Flöte um drei Töne erweitere? Mein Ehrgeiz als Erfinder einer Flöte mit großer Tonbreite interessiert sie nicht. Aber ihre Drohung, mich zu verlassen, hindert mich nicht daran, mein Ziel weiterzuverfolgen ... Ich werde es schaffen, und wenn ich meine Seele dafür an den Teufel verkaufen muß ... Die Aufseher machen mich nervös mit ihrem Geschwätz von Unruhen unter den Sklaven. Wijs ist ein Idiot. Ich hätte es wissen müssen.

7. Juli 1762
Immer noch kein Fortschritt. Ich hatte einen Mißerfolg mit dem F-Schlüssel und den Halbtönen, aber das entmutigt mich nicht. P.J.N. *(Auch das unverständliche Buchstaben.)*

9. Juli 1762
Jannetje bedrängt mich wieder, die Plantage zu verkaufen und nach Holland zurückzukehren. Sie erwähnte den Zwischenfall von vorgestern, aber ich habe ihr gesagt, daß solche Unruhen kein Grund zur Besorgnis sind. Laurens Kunckler war nicht da, als es passierte, und die Bürgermiliz ist durchaus in der Lage, mit solchen Angelegenheiten fertigzuwerden. *(Am 6. Juli fand auf den Plantagen Goed Fortuin und Goedland in Abwesenheit des Besitzers, der sich auf einer Ratsversammlung im Fort Nassau befand,*

ein Sklavenaufstand statt.) Der eigentliche Grund für ihre Sorge bin ich selbst. Sie hat mich in den frühen Morgenstunden des Montag gehört, als ich die Dunklen Mächte anrief. Wahrscheinlich wäre ihre Sorge noch viel größer, wenn sie wüßte, daß der Ruf beantwortet wurde. W.W.P.Z.

20. August 1762
Ich habe den F-Schlüssel angeschlagen und die ersehnten Halbtöne Gis und Cis gehört. Ich habe sie im Dunkeln gehört, und es war Blau dabei. Ich gebe zu, daß ich ein bißchen Angst habe. Tzz.Pnn.Txx.

14. November 1762 J.
Ich habe sie alle gespielt, aber ich weiß, daß ich es nicht selbst war, der sie spielte. Ich weiß, daß das Dunkel in mir ist. Arak Arak. Tzz. Txx. P.J.

14. Dezember 1762. Arak.
Die Arbeit auf der Plantage bedrückt mich. Zu vieles beschäftigt mich hier im Haus. Sie suchen mich jetzt mehrmals täglich und die ganze Nacht über heim. Gelobt seist du, Maria. Bitte für mich!

29. Dezember 1762
Jannetje wehrt sich gegen die Kerzen, die in meinem Zimmer brennen. Aber es ist mir gleichgültig. Ich habe ihr vor unserer Hochzeit gesagt, daß ich meiner Religion nicht entsagen würde. Weil ich nicht der Reformierten Kirche angehöre, verachten sie und ihr Onkel mich. Es ist mir wahrhaftig gleichgültig. Gelobt seist du, Maria! Meine Kerzen werden brennen. Meine Marienstatue bleibt stehen.

8. Februar 1763
Die Falten hüllen mich ein, und ich sehe Blau. Tau. Tzz.

12. Februar 1763
Die Töne sind alle da, aber sie kommen von den Dunklen Mächten. P.J.T.

20. Februar 1763
Sie rufen beharrlich. Ich werde sie mit Feuer, dem Symbol meines Glaubens, bekämpfen, denn obwohl ich gefehlt habe, bin ich im Herzen doch immer noch ein Christ. Meine Kirche ist mein Fels, und sie wissen das und fürchten sich davor, die Mächte des Bösen.

22. Februar 1763
Ich bin Chu und Arak und P.J. und Tzz., aber sie sind eins mit mir. Ich bin das Gute, und sie sind das Böse, dessen übler Rauch mir anhaftet. *(Das ist die beste Formulierung, die wir für diesen Satz finden konnten.)* Sie haben mich versucht, und ich habe sie versucht, und nun verfolgen sie mich mit böser Absicht, ich zu ihnen und sie zu mir. Manchmal sehe ich mich so, wie ich bin, und manchmal sehe ich mich so, wie sie sind, aber es ist alles eins. Was ist gut und was ist böse? Was das betrifft, behaupte ich, daß es uns mehr nützen würde, wenn wir bekennen würden, daß es dasjenige gibt, das von wohlwollender Natur ist, und dasjenige, das von bösartiger Unnatur ist. Wenn ein Mensch seine Neigungen wohlwollender Natur verleugnet und sich von Gott ab- und den unnatürlichen Kräften des Bösen zuwendet *(zwei Zeilen voller Symbole und* unverständlicher Buchstaben), dann wird er die Essenz und die Einflüsse des Bösen ausströmen – und sie werden aus diesem Menschen selbst kommen. Und sollte er sich beharrlich habgierigen und ehrgeizigen Zielen verschreiben und das zu erreichen suchen, was über ihm steht – seht euch mich und meine Erfindung neuer Tonschlüssel an der Flöte an –, dann werden diese Ausströmungen eigenständige und furchterregende Formen annehmen. Es ist das Böse in mir, das Gestalten und Gerüche entsetzlicher Natur angenommen hat. Ich bin es, der mich selbst in verschiedenen Gestalten quält, die mein fehlgeleiteter Wille hervorruft und schöpft.

Diese Geister tragen mein, Jan Pieter Voormans Wesen in sich. Wenn sie rufen, bin ich es, der, abgetrennt von mir selbst, ruft. Das Böse hat Signale an das Gute in mir erzeugt. Es gibt keine Dämonen als diejenigen, die wir mit unserem eigenen Willen hervorbringen. Manchmal erscheine ich vor mir selbst so, wie ich bin, manchmal als Diejenigen, die ich geschaffen habe. Und wenn ich in meinem Leben nach dem Tode umhergeistere, dann werde ich einmal als mein eigenes gutes Selbst in erbarmungswürdigem Flehen erscheinen und dann wieder als die bösen grauen Teufel, meine Vertrauten, die eins mit mir sind. Wie wir miteinander ringen und uns zu überlisten versuchen werden, Sie und ich, in jenem zukünftigen Leben! Sie haben dieselben Ängste wie ich; Sie fürchten und verabscheuen dieselben Dinge, die ich, mein gutes Selbst, fürchte und verabscheue. Sie schaudern und zucken zurück vor heiligen Kerzen und reinen Flammen, schreien und winden sich und entfachen rasendes Donnerwetter, Sie, die Dunklen, die ich sind und versuchen, das Gute in mir zu besiegen. *(Hier folgen über dreieinhalb Seiten Symbole und Buchstaben.)*

25. Februar 1763 (Ich hebe dieses Datum besonders hervor, weil gesagt werden muß, daß der Sklavenaufstand von Berbice am 21. Februar im oberen Gebiet des Canje-Baches begann, die Aufständischen erreichten den Berbice allerdings erst am 27. und trafen die Plantagenbesitzer völlig unvorbereitet. Daher kann Mijnheer Voorman am 25. noch nicht das geringste von dem bevorstehenden Sturm geahnt haben.)
Tiefer hinunter in das Dunkel. Oh, Maria, dein Name ist jetzt eine Lästerung auf meinen verderbten Lippen! Tiefer hinunter in das Blau, in die Ausdünstungen des Teufels, die beständig im Winkel jenseits dieses Lebens aufsteigen (sic.) Gestern nacht habe ich sie in verschiedenen Sprachen reden gehört – Sprachen, die ich nicht kenne und dennoch selbst sprach. Ich hörte Französisch und Deutsch und Englisch und Italienisch und andere Sprachen, die ich nicht erkennen konnte. *(Sie werden sich erinnern, daß Mrs. Nevinson in ihren Träumen auf englisch angesprochen wurde.)* Sie

redeten so lärmend durcheinander, daß es unbeschreiblich ohrenbetäubend war. Sie rauchten und wanden sich und umkreisten mich in Spiralen *(eineinhalb Zeilen lang Symbole und Buchstaben)*, und um mich herum dröhnte die Luft. Sie löschten zwei meiner Kerzen, nicht aber die dritte und die vierte, denn vor ihnen kniete ich im Gebet und flehte die Heiligen des Himmels an, sich für mich zu verwenden. Heute bin ich eine elende Kreatur, denn je weiter die Stunden vergehen, um so tiefer versinke ich in der Finsternis. Eine Katastrophe droht hereinzubrechen. Ich spüre es in der Luft. Ich bin eine feige und ängstliche Seele, ein Mensch, der am Rande der ewigen Dunkelheit taumelt. An wen, an was muß ich mein Flehen um Erlösung wenden?

Nachwort

Mittelholzers neunter veröffentlichter Roman unterscheidet sich in gewissem Sinne von der Mehrzahl seiner anderen Werke. Er enthält keine Beschreibung eines Utopia, experimentiert nicht mit neuen Ausdrucksmitteln, die Themen Erotik und Religion nehmen keineswegs eine herausragende Stellung ein, und es wird nicht gegen irgendein gesellschaftliches Übel geeifert. Es ist schlicht und einfach das, was der Erzähler nach eigenen Angaben auf Jessies Vorschlag hin zu erreichen versucht, nämlich, wie sie es in der einführenden Bemerkung ausdrückt: *eine gute, spannende, altmodische Gespenstergeschichte, in der das Rätsel am Ende gelöst wird.* Diese einfache Erzählung gewinnt jedoch durch die unterschiedlichen Talente und Vorlieben Mittelholzers an Interesse. Der Unterschied in diesem Roman liegt vielleicht in der Tatsache, daß der Autor all seine charakteristischen Anliegen und Techniken unbedingt der Geschichte untergeordnet hat, die sich schnell und spannungsvoll entwickelt und eine solche Kraft und Energie in sich vereint, wie sie nur wenige Autoren hätten vermitteln können. Zwei für Mittelholzer überaus wichtige Themen finden sich in *Gebein und Flöte*, das der Vergangenheit – die Begeisterung des Autors für die frühe Geschichte seines Herkunftslandes Berbice – und des Übernatürlichen: sein großes Interesse für parapsychische Phänomene. Das Geschichtsthema tritt vielleicht am deutlichsten hervor in seiner *Kaywana*-Trilogie (1952; deutsch 1954), die drei Jahrhunderte umspannende Familiensaga um die Groenwegels. In *Gebein und Flöte* spielt die Handlung im achtzehnten Jahrhundert auf einer Plantage am Fluß Berbice; es ist die Zeit der holländischen Kolonialherren und der Sklavenarbeit; es ist eine Zeit der Spannungen und Aufstände. Wir wissen, daß Mittelholzers Interesse für diese Welt der Vergangenheit und ihre Besonderheiten zum Teil von der Tatsache herrührt, daß seine eigenen Vorfahren um eben diese Zeit nach Guayana kamen. In seiner Autobiographie *A Swarthy Boy* (1963) berichtet er von einem seiner Vorfahren, der sich während des Sklavenaufstandes 1763 auf der Flucht mit dem Säbel verteidigen mußte, derselben Waffe, die Mittelholzer selbst einmal im Hause eines Onkels sah. Es scheint klar, daß sich der Autor mit seinen europäischen Vorfahren aus dieser Zeit identifiziert, daß er ihren Mut und ihren Kampf um die Beherrschung sowohl der Sklaven als auch der Umwelt bewunderte und gleichzeitig fasziniert war von ihrem gewaltigen Potential für Gut und Böse in dieser weitgehend ungeformten und ungeordneten Gesellschaft.

In dem Roman versetzt Mittelholzer Mijnheer Voorman in etwa die gleiche Umgebung wie seinen säbelschwingenden Vorfahren; er wird 1763 von aufständischen Sklaven verfolgt. Mijnheer Voorman ist aber auch jemand, der, in dieser marginalen und moralisch zweifelhaften Gesellschaft, einen Pakt mit bösen Geistern, ›den Schwärzeren Wesen‹, geschlossen hat, um seine wissenschaftlichen Entdeckungen auf dem Gebiet, von dem er besessen ist, der Flötenmusik, voranzutreiben. Als er von den aufständischen Sklaven ergriffen und getötet wird, wird der Kampf zwischen seiner gemarterten Seele und den bösen Geistern, die die Herrschaft darüber zu gewinnen suchen, ausgelöst. Das ist der Kampf, in den die Familie Nevinson zwei Jahrhunderte später in Goed de Vries hineingezogen wird. Das Verbindungsglied der Nevinsons zur Vergangenheit ist der Behälter, der Voormans Manuskript enthält, in dem die Geschichte seines Paktes mit dem Teufel beschrieben steht und der Leser aufgefordert wird, seine Gebeine und seine Flöte zu suchen und zu begraben. Anders als der vergleichbare Behälter in der *Kaywana*-Trilogie, der lediglich der geheiligte Aufbewahrungsort der Familiendokumente ist, stellt der Behälter in diesem Fall mehr als nur ein materielles Verbindungsglied zur Vergangenheit dar; er ist ein bedrohlicher Gegenstand, in dem sich die Handschrift befindet, die jeden, der sie berührt, in den Kampf zwischen den bösen und den guten Mächten hineinzieht.

Auf diese Weise werden die Geschichte und das Übernatürliche miteinander verbunden, ebenso wie in einer kurzen Episode im Roman *Corentyne Thunder* (1941), in der es um einen Fluch geht, der auf dem alten Grab eines Holländers lastet und jeden daran hindert, den Schatzbehälter, der mit ihm begraben ist, zu berühren. In diesem ersten Roman Mittelholzers wird das Übernatürliche immer wieder erwähnt, und wenn auch nur in der Form von ›Gnomen‹ und ›Schraten‹, die immer wieder in der Metaphorik des Werkes auftauchen. In *A Morning at the Office* (1946) finden wir die Geschichte eines Beines von einem Bürotisch, der vom Geist eines Schreinergehilfen geschnitzt wurde; irgendwie gelingt es der immateriellen Essenz dieses Tischbeins, hervorzutreten und Miss Henrys Knie zu berühren. Mittelholzer machte es offensichtlich Spaß, derartig abwegige Vorfälle inmitten ganz normaler Handlungen und Situationen in seinen Romanen anzusiedeln; *Gebein und Flöte* ist der Roman, in dem er dieser besonderen Vorliebe freien Lauf läßt.

In diesem Roman beweist Mittelholzer eine gründliche Kenntnis der literarischen Erfordernisse an eine Gespenstergeschichte. Das Übernatürliche tritt in den verschiedensten Erscheinungsformen auf, und es ist diese Vielseitigkeit, die dazu beiträgt, das Interesse des Lesers wachzuhalten: da ist die Flötenmusik, visuelle Erscheinungen wie die tierähnlichen Gestalten, formlose Gebilde und dunkler Nebel, der Abdruck der Flöte auf der Haut und der faulige, erstickende Gestank. Die geisterhaften Erscheinungen sprechen alle nur möglichen Sinne an: Sehen, Hören, Tasten, Riechen. Darüber hinaus gibt es Mrs. Nevinsons Träume und die beängstigende nächtliche Besitzergreifung von Jessies Körper durch die bösen Geister. Die Erscheinungen beginnen mit dem Harmlosesten, dem Flötenspiel, und entwickeln sich immer beängstigender, je mehr wir uns dem Höhepunkt des Romans nähern. Dasselbe gilt für Mrs. Nevinsons wiederkehrende Träume; jedem ist bewußt, daß ihr Traum sie mit jeder Nacht ein Stückchen näher an ihr offensichtliches Schicksal irgendwo auf dem Dschungelpfad heranführt, ein Schicksal, das gleichbedeutend ist mit ihrer Vernichtung. Wir stellen auch fest, daß das Tempo der Erzählung zu Anfang eher gemächlich ist und die Erscheinungen meistens bei Tage stattfinden; aber mit dem Fortschreiten der Geschichte beschleunigt sich das Erzähltempo, und das Grauen der gespenstischen Ereignisse wird durch die Dunkelheit, in der sie stattfinden, noch gesteigert.

Den Erscheinungen wird von Milton und den Nevinsons im übrigen in der konventionellen Weise begegnet: Sie üben physischen Widerstand und beständige Wachsamkeit und bedienen sich des Feuers und schließlich der christlichen Begräbniszeremonie, um die Geister zu bändigen und zur Ruhe zu bringen. Was dem Roman seine besondere und originelle Ausstrahlung gibt, sind die historischen und geographischen Einzelheiten, die die Handlung und Mittelholzers meisterhafte Beherrschung der konventionellen Romanelemente, wie wir sie gesehen haben, begleiten und beseelen.

Ein weiteres für Mittelholzer charakteristisches Thema des Romans ist der Kampf zwischen Gut und Böse. Gewöhnlich ist dieser Kampf innerer Natur, zwei Kräfte, die in einem einzigen Menschen um die Vorherrschaft ringen. In *Gebein und Flöte* wird dieser Kampf nach außen verlagert, insofern, als wir es hier mit den geheimnisvollen, übernatürlichen Erscheinungen zu tun haben, die versuchen, der normalen und ehrbaren Familie Nevinson in Goed de Vries Schaden zuzufügen.

Im Laufe des Romans stellt sich heraus, daß der Kampf zwischen Gut und Böse auch in der Geisterwelt stattfindet; daß die Kräfte des Guten Hilfe, die ihnen nur von den Menschen zuteil werden kann (das christliche Begräbnis), brauchen, um die Kräfte des Bösen, an die Voorman seine Seele verkauft hat, überwinden zu können. Dieser Widerstreit zwischen den Geistern läßt die nächtlichen Erscheinungen noch bedrohlicher erscheinen, als entdeckt wird, daß der Geist von Jessies Körper Besitz ergreift, um möglicherweise Mrs. Nevinson, die im selben Zimmer schläft und der in ihren Träumen der Weg zu den sterblichen Überresten Voormans gewiesen wird, ein Leid zuzufügen. 1763 spielte sich dieser Kampf bis hin zu seinem Tode in Voormans Innern ab, und die Ereignisse im Roman – insbesondere der Höhepunkt – sind die längst überfällige Entscheidung in diesem Kampf. Aus diesem

, Grund zeigen die Charaktere am Ende keine ernsthaften Spuren ihres Leidens; der Kampf zwischen Gut und Böse war nicht ihr eigener, sondern sie wurden durch die Geschehnisse und die übernatürlichen Kräfte gezwungen, den Kampf in Szene zu setzen und zu veräußern und seine Entscheidung herbeizuführen.

Das Thema der gegensätzlichen moralischen Werte reicht vielleicht hin bis zu dem Gegensatz zwischen Vergangenheit und Gegenwart und zwischen der ›Normalität‹ des Lebens und der Persönlichkeit der Charaktere und den außergewöhnlichen Ereignissen, von denen sie ereilt werden. Das Böse erscheint als Bestandteil der Atmosphäre der Zeit, in der Mijnheer Voorman gelebt hat; es drückt sich aus in der Gewalttätigkeit des Sklavenaufstandes, in der Tatsache, daß seine Frau das Leben in der Kolonie nicht ertragen kann und nach Europa zurückkehren will, und in dem Pakt, den er selbst mit dem Teufel schließt. Im Gegensatz dazu gewinnt das Gute, wie uns vermittelt wird, durch die Ehrbarkeit der normalen Menschen einer ruhigeren und geordneteren Zeit und Gesellschaft die Oberhand. Was Verstand, Gefühle und Bildung der handelnden Personen in dem Roman betrifft, so ist keiner von ihnen außergewöhnlich; Mittelholzer betont durch seinen Erzähler die gewöhnliche Häuslichkeit ihres Lebens, was dazu beiträgt, das Grauen der übernatürlichen Erscheinungen durch den entstehenden Gegensatz zu steigern. Auf diesen Gegensatz wird im Verlauf der Geschichte immer wieder eingegangen und so das Grundthema des Kampfes zwischen Gut und Böse betont.

Hauptfigur des Romans ist der Erzähler *Milton Woodsley*, und seine Charakterisierung ist einer der Höhepunkte des Romans. Woodsley wird von Mittelholzer genau die Mischung von Fähigkeiten und Eigenschaften zugemessen, die ihn als denjenigen glaubhaft wirken lassen, der das Rätsel löst und die Geschichte erzählt. Er ist wohlinformiert und aufgeschlossen infolge seiner Belesenheit, gleichzeitig aber jung und abenteuerlustig, genau die Art Mensch, der die Herausforderung eines Geheimnisses annimmt, wie er durch das spontane Berühren des verhängnisvollen Dokuments beweist. Wo es um die Enthüllung des Wesens der übenatürlichen Geschehnisse um ihn herum geht, wird Miltons Argumentationskraft ergänzt durch die Fähigkeit, Situationen intuitiv zu erfassen, und die Bereitschaft, begründete Spekulationen anzustellen und sich die verschiedensten Theorien zurechtzulegen, die er an den skeptischen Nevinsons ausprobiert. Es ist erwähnenswert, daß Milton, obwohl er das Dokument vor Mrs. Nevinson berührt, von allen vier Personen am wenigsten seiner Wirkung unterliegt; das Entsetzen, dem er Ausdruck gibt, gilt immer dem, was anderen, insbesondere Jessie, geschieht. Dieses Fehlen einer ernsthaften persönlichen Bedrohung durch die Geister, möglicherweise bewirkt durch die Kraft seiner Vernunft und seine optimistische Weigerung, sich einschüchtern zu lassen, ermöglicht es ihm, die Dinge in die Hand zu nehmen und die anderen beschützen zu helfen; sein intellektuelles Interesse an den Geschehnissen ist stets größer als sein Angstgefühl, und darum ist er es, der dem Geheimnis auf die Spur kommt und die schleichende und bedrohliche Entwicklung im Wesen der Erscheinungen beobachtet. Es ist Milton, der entdeckt, daß es kein Grund zur Freude ist, als Jessie die Fähigkeit verliert, die Flöte zu hören, indem er die Zeichen ihrer Besessenheit durch den Geist aufs genaueste darlegt:

Ich beobachtete ihr Gesicht mit sprachloser Faszination – und wieder sah ich sie: die Grimasse. Und ich blickte nach unten und sah, wie sich ihre Finger nach innen krümmten. Es war, als hätte sie für ein paar Minuten ihre alte Persönlichkeit abgestreift und ein anderes, unsagbar böses Wesen wäre in sie geschlüpft.

Als Erzähler der Geschichte ist auch Milton sehr geschickt. Mittelholzer hat ihn als den zuverlässigen, fast besessenen Berichterstatter von Tatsachen und Beobachtungen dargestellt, der das Vertrauen des Lesers genießt; wir erfahren, daß er ein Tagebuch geführt hat, in dem er pedantisch alle Ereignisse des Tages festgehalten hat, was im Zusammenspiel mit anderen Hilfsmitteln dazu beitragen soll, unsere natürlichen Zweifel in bezug auf die Art der Vorkommnisse, die berichtet werden, zu zerstreuen. Der Erzähler selbst ist sich der scheinbaren Unglaubwürdigkeit dieser Geschehnisse bewußt, und Mittelholzer läßt ihn geschickt die Frage der Glaubwürdigkeit immer wieder aufwerfen; abgesehen von der einführenden Bemerkung und dem Schluß gibt es etliche Passagen im Text, in denen Milton dem Leser versichert, daß seine Zweifel eine vollkommen normale Reaktion seien, und in denen er sich fast dafür entschuldigt, eine so merkwürdige Geschichte erzählen zu müssen:

... daß eine Geschichte wie diese nicht zu den Dingen gehört, die ein normaler zivilisierter Mensch freudig in Druck gibt.

All das trägt dazu bei, die Gedanken des Lesers um die Glaubwürdigkeit auf den Erzähler zu übertragen; es läßt darauf schließen, daß er jeden Einwand, den der Leser haben könnte, bedacht hat. Auf diese Weise ist der Leser aufgefordert, sich sicher zu fühlen, seine Zweifel aufzuschieben und sich dem Lauf der Geschichte zu überlassen. Eine solche Haltung ist in aller Regel die Voraussetzung für den Genuß an einer ›altmodischen Gespenstergeschichte‹.

Mr. Nevinson wird als berunruhigt und in Anspruch genommen von den merkwürdigen Geschehnissen beschrieben; seine Sorge ist angemessen, da er sich, abgesehen davon, daß er selbst durch die Geistererscheinungen bedroht ist, offensichtlich verantwortlich fühlt für die Sicherheit der übrigen Mitglieder des Haushaltes. Mr. Nevinson teilt Miltons Belesenheit und vielleicht auch seine Vorliebe für Geheimnisse und die Kraft der Vernunft, aber er verfügt nicht über dieselbe Freiheit, diesem Interesse nachzugehen, und spielt so eine eher untergeordnete Rolle neben Milton, der jedenfalls einem literarischen Selbstporträt Mittelholzers am nächsten kommt. Mr. Nevinson liefert den Hintergrund, vor dem Milton seine Theorien erprobt, und ist die Autoritätsperson, die er zur Rate zieht, wenn Entscheidungen getroffen werden müssen. Die beiden Männer teilen ihr Wissen und ihre Beobachtungen und verschwören sich gelegentlich, um die Frauen vor Informationen zu bewahren, die sie in noch größere Unruhe versetzen könnten. Von Mr. Nevinson ist zu sagen, daß er die Klugheit besessen hat, Milton zu dieser Reise einzuladen – den Inhaber genau der Eigenschaften, die notwendig sind, um die Schwierigkeiten zu meistern.

Mrs. Nevinson wird als starke, praktisch veranlagte Frau dargestellt, die immer wieder die Geduld verliert bei der Vorstellung, daß nichts unternommen wird, um den Geistererscheinungen ein Ende zu setzen und die Familienmitglieder von ihren Ängsten zu befreien. Aus diesem Grund versucht sie, das Manuskript zu verbrennen, und macht sich damit zur Zielscheibe der bösen Mächte. Eine weitere praktische Lösung, die sich ihr aufdrängt, ist die Rückkehr nach New Amsterdam; zwar läßt sie sich von den Männern überzeugen, daß das nichts nutzen würde, aber ihre Versuche deuten stets auf ihr praktisches Wesen hin, das bestrebt ist, schnelle Problemlösungen zu finden, und ungeduldig angesichts des langen Wartens und der umständlichen Theorien und Erklärungen von Miltons Seite. Sie hängt jedoch aufrichtig an den anderen Mitgliedern der Familie, und ihre Sorgfalt gilt nicht nur der eigenen Person. Sie lernt, ihre nächtlichen Qualen fast mit Resignation zu ertragen, begehrt aber neuerlich auf, als die Expedition in den Dschungel ihren Anfang nimmt, so daß sie von Mr. Nevinson und Jessie heftig zur Ruhe gemahnt werden muß. Trotz ihrer ausgeprägten häuslichen und familiären Instinkte zeigt sich hier ihre Unabhängigkeit und Charakterstärke.

Jessie wird als die Schwächste der Gruppe beschrieben und als die Empfänglichste für den Angriff der Geister. Sie ist mehr als alle anderen in deren Bann gezogen: Sie hört die Flöte und muß daran gehindert werden, ihr zu folgen, sie sieht unterschiedliche Erscheinungen, sie hat Träume, die denen ihrer Mutter ähneln, und sie wird tatsächlich von dem formlosen Bösen, das in der Nacht ihr Zimmer heimsucht, übernommen. Jessies Verletzlichkeit steht im Gegensatz zu der Stärke der anderen Personen, insbesondere Miltons, der ihr gegenüber Beschützerinstinkte entwickelt und manchmal glaubt, in sie verliebt zu sein. Für sie übernimmt Milton eine besondere Sorge und Verantwortung, und am Ende des Romans erfahren wir, daß sie seine Frau geworden ist. Jessies Warmherzigkeit und ihr Sinn für Humor sind ebenfalls wichtige Elemente der

Erzählung und bieten eine Abwechslung zu dem sorgenschweren Ernst der Männer und der finsteren Bedrohung durch die Erscheinungen des Bösen.

Rayburn wird im Haushalt aufgenommen und mit den Problemen vertraut gemacht, so daß er helfen kann, diejenigen, die unter dem Einfluß der unterschiedlichen Geistererscheinungen stehen, in Zaum zu halten. Er vermittelt vor allem Körperkraft und eine Art ruhiger Kompetenz. Da er am Rande der Familie und ihrer Schwierigkeiten bleibt, sehen wir ihn nicht empfänglich für die Angriffe der Geisterwesen. Wir erfahren zu Anfang des Romans, daß Rayburn nicht abergläubisch ist, und wir kennen seinen praktischen Wert als Hausverwalter und einem, der mit dem Boot und anderen Gerätschaften umzugehen weiß; die Tatsache, daß er mit den praktischen Erfordernissen in Verbindung gebracht wird und sich in Herkunft und Wesen von den anderen Männern unterscheidet, betont seine Distanz zu den Nöten der Familie Nevinson. Jemand wie Rayburn ist stets unverzichtbar in Situationen, wie sie in dem Roman beschrieben sind; er ist derjenige, der in der Lage ist, Anweisungen auszuführen und sich um die praktischen Einzelheiten zu kümmern, und darüber hinaus sind seine Kraft und sein vernünftiger Menschenverstand ein zusätzlicher Puffer zwischen den bösen Geistern und ihren Opfern.

Bei der Betrachtung der Person Miltons sind wir bereits auf einige stilistische Aspekte des Romans eingegangen. Die Geschichte von Milton auf diese besondere Weise erzählen zu lassen, ist ein wohlüberlegtes und wirkungsvolles Stilmittel. Selbst wenn er sich wortreich aufplustert, dient Milton dem nützlichen Zweck, den Leser zu entwaffnen, indem er ihm seine Fehlbarkeit oder seine jugendliche Begeisterung vor Augen führt und ihm den Eindruck vermittelt, daß er eine vertraute Person ist und dem Leser ähnlich.

Ein anderer wichtiger Aspekt von Mittelholzers Stil in diesem Roman, der die Erwähnung verdient, ist die Art, wie er die Natur einbringt, um Stimmungen zu verstärken und die Atmosphäre der Geschichte aufzuladen. A. J. Seymour hat sich in seiner 1968 erschienenen Biographie *Edgar Mittelholzer: The Man and His Work* darüber ausgelassen, wie der Autor vorgeht, um ein Element drohenden Unheils und Grauens in die Geschichte einzuführen, indem er der natürlichen Umgebung einen Hauch von Hoffnungslosigkeit beigibt: *Der Fluß zum Beispiel ist ein düsterer Feind, der Stille haftet etwas Abwartendes an, das aus der Ferne vernommene rauhe Bellen ist zu kraftvoll und scharf, um von einem Hund herzurühren ... Die Feuerfliegen in ihrem tödlichen, lautlosen Tanz unterstreichen das lauernde Wesen der Dunkelheit.* Mittelholzer appelliert energisch an die visuelle und akustische Vorstellungskraft seiner Leser mit seinen lauernden formlosen Gebilden und Schatten und mit den endlos finster gurgelnden Geräuschen des Flusses; die letzte Expedition auf dem Fluß und über den Pfad ist ein herrlich verwirrendes, surrealistisches Schlußorchester von Sinneseindrücken, von dem Geist, der in Form des *Tacooba* materialisiert und dann wieder mit dem Nebel verschmilzt, über die wütend summende, eindringliche Musik der Flöte bis hin zum Zurückschnellen und Peitschen der Zweige auf ihrer ungestümen Jagd durch den Dschungel. Es ist der passende Höhepunkt einer beeindruckenden, spannenden Geschichte.

Mark A. McWatt, Cave Hill, Barbados
März 1986

CUM GRANO SALIS